SOUS LE SIGNE DES POISSONS

MELISSA BRODER

SOUS LE SIGNE DES POISSONS

Traduit de l'anglais (États-Unis)
par Marguerite Capelle

CHRISTIAN BOURGOIS ÉDITEUR ◊

Titre original :
The Pisces

ISBN : 978-2-267-04397-6

Pour Nicholas

Ces événements n'eurent lieu à aucun moment,
mais existent toujours.

— Salluste[1]

1. Saloustios, *Des Dieux et du monde*, trad. G. Rochefort, Les Belles Lettres, Paris, 1960. (*Toutes les notes sont de la traductrice.*)

1

Je n'étais plus toute seule et en même temps si. J'avais Dominic, le foxhound diabétique de ma sœur. Il me suivait de pièce en pièce pour s'affaler sur mes genoux, inconscient de son poids. J'aimais l'odeur de viande de son haleine, fétide à son insu. J'aimais la tiédeur de son gros ventre, cette façon primaire de s'accroupir pour faire sa crotte. C'était tellement intime de ramasser ses gigantesques merdes, de gros paquets tout chauds. *Voilà comment faire bon usage de mon amour, voilà l'homme qu'il me faut, voilà la voie à suivre*, me disais-je.

La maison sur la plage était une forteresse contemporaine en verre, assez dépouillée pour ne rien me rappeler de la vie que je menais avant. Je pouvais disparaître, dans le bon sens du terme : comme si je n'avais jamais existé, rien à voir avec cette impression de m'évaporer que j'avais eue tout l'automne, l'hiver et le printemps dans mon appartement encombré et surchauffé de Phoenix, entourée de souvenirs de Jamie et moi, suffocant dans ce qui m'appartenait. Il y a de bonnes et de mauvaises manières de disparaître. Je voulais me détacher de toute possession.

Sur la terrasse du premier étage, je fuyais l'enfer de mon propre peignoir malodorant en portant un des kimonos en soie que ma sœur avait laissés. Chaque nuit, je m'endormais là, dehors, grisée par le vin blanc sous les étoiles de Venice Beach, les pieds calés sous la bedaine de Dominic, loin de toutes attaches familières. Je ne me mettais aucune pression pour dormir, et c'est comme ça qu'au bout de neuf mois d'insomnie, je parvenais enfin à m'assoupir facilement tous les soirs. Et puis, à trois heures du matin, je me réveillais en douceur et me traînais jusqu'au lit avec ses draps en coton égyptien, et je savourais ce moment en lançant mes jambes dans tous les sens. Je roulais sur moi-même et tâtais ma peau comme une étrangère qui toucherait une personne inconnue, ou bien je serrais tendrement contre moi le dos large du chien, pour mourir huit heures de plus aux yeux du monde. Peut-être même que j'étais heureuse.

Et pourtant, un soir où je marchais sur le boulevard Abbot Kinney à la fin de ma première semaine là-bas, longeant les vitrines des boutiques pour yuppies – comme autant de galeries d'art blanches et cubiques – j'ai vu deux personnes, un homme et une femme, vingt ans peut-être, qui en étaient manifestement à leur premier ou deuxième rencart, et j'ai su que je n'allais toujours pas bien. Ils débattaient avec animation du choix de l'endroit où ils iraient manger et boire, comme si c'était vraiment important. Lui avait un accent, allemand, je crois, et il était beau, le genre qu'on se taperait bien : des cheveux coupés ras, un air juvénile, des bras musclés, et une pomme d'Adam saillante qui me donnait envie de la suçoter.

La femme était, comme auraient dit les étudiants de la fac où je travaillais en tant que bibliothécaire en Arizona, une crevette (tout est bon sauf la tête).

Ça faisait neuf ans que j'étais à Southwest State et suivais le double programme de doctorat en littérature et lettres classiques. Allez savoir comment, par miracle, on ne m'avait pas retiré mon financement alors que je n'avais toujours pas rendu ma thèse. En échange de trente heures de travail hebdomadaires à la bibliothèque, j'étais logée dans un appartement en dehors du campus avec un loyer inférieur aux prix du marché, et je recevais une bourse annuelle de 25 000 dollars. J'étais censée travailler sur un projet de thèse intitulé « La faille accentuelle : les lacunes comme essence chez Sappho ». Cette année, parce que j'étais trop lente, on m'avait attribué un nouveau comité consultatif composé des présidents des deux départements de lettres classiques et d'anglais, et je ne pouvais plus échapper aux radars.

En mars, j'avais eu rendez-vous avec eux dans un snack Panera Bread, où ils m'avaient annoncé la nouvelle autour d'un sandwich (poulet amandes pour la présidente du département d'anglais, dans son pull de Pâques maculé de café ; thon mayonnaise pour le président du département de lettres classiques, avec son nez boursouflé par la couperose) : je devais présenter une version complète de mon projet d'ici à l'automne, sinon on me coupait mes financements et je dégageais. Pour le moment, ça ne m'avait pas incitée à m'activer davantage.

Ce n'était pas que je ne me passionnais plus pour Sappho. C'était toujours le cas, autant qu'on peut se passionner pour quelqu'un avec qui on vit depuis neuf ans. Mais j'avais pris conscience aux alentours de la sixième année que la thèse de ma thèse, toute sa raison d'être, était défaillante. En fait, elle n'était pas juste défaillante. C'était carrément de la merde. Mais je ne savais pas comment arranger ça. Alors j'avais continué sur ma lancée.

Le projet partait du principe que les spécialistes présupposaient toujours une narration à la première personne en lisant la poésie de Sappho. C'était un peu des connards, ces spécialistes, en vrai ils détestaient le mystère – ils avaient en horreur toute incapacité à combler les blancs. Ils étaient victimes, comme nous tous, du mode de fonctionnement de leur cerveau, qui s'efforçait de ranger la moindre bribe d'information dans une case pour former un schéma. Ils voulaient que l'univers ait un sens. Comme tout le monde ! Et donc, pour lire l'œuvre de Sappho, ils allaient chercher des détails de sa vie qu'ils connaissaient déjà où croyaient connaître, et s'en servaient pour combler les blancs. Mais leur analyse était erronée, comme quand un psychologue croit connaître entièrement un patient parce qu'il a recueilli trois éléments sans rapport entre eux à propos de son enfance.

Ma thèse développait l'argument suivant : il fallait lire le nombre important d'effacements dans l'œuvre de Sappho comme intentionnel. Certes, ce n'était pas Sappho elle-même qui les y avait mis. Ils avaient été créés par le passage du temps et de la poussière, depuis 600 avant J.-C. En fait, l'essentiel de son œuvre avait disparu : seuls six cent cinquante vers sur dix mille avaient survécu. Mais je défendais l'idée que réimaginer ces blancs comme une création de Sappho elle-même relevait nettement moins de la récupération que de combler les vides avec le peu qu'on savait de sa vie, de leur inventer un sens bien à nous par volonté de s'approprier son histoire, et par-dessus tout, d'y projeter une narration à la première personne. J'avais le sentiment que la seule manière de cesser de se projeter, c'était de lire les blancs comme un texte intentionnel en soi. Peu importe si elle était lesbienne, préférait les hommes plus jeunes, était hypersexuelle, bisexuelle ou avait beaucoup d'amants. Si on devait assigner un sens, il fallait le faire avec ce qui était là plutôt qu'avec ce qui n'y était pas.

Malheureusement, cette proposition était nulle à chier. Moi-même, j'entretenais un rapport très compliqué avec le vide, l'absence, le néant. Parfois je n'avais qu'une envie, combler ce vide, par crainte qu'il me dévore vivante ou me tue. Mais d'autres fois je brûlais d'y finir totalement annihilée – un effacement magnifique et silencieux. L'envie d'être escamotée. Et donc pour ce qui était de projeter une intention, j'étais la plus coupable de tous. Je le savais, et c'est pour ça que je n'avais pas vraiment avancé. Je n'étais pas certaine que mon comité consultatif le sache. Mais j'allais bientôt me faire couper les vivres, et je me disais qu'une thèse de merde, c'était probablement mieux que pas de thèse du tout.

Alors je continuais péniblement, parce que je n'avais pas envie d'abandonner et de trouver un « vrai » boulot, et que je ne savais pas vraiment ce que je pourrais faire de toute façon. L'essentiel du temps que je passais avec les autres était consacré à la bibliothèque, fréquentée par les étudiants de premier cycle, et c'est là que je les avais entendus utiliser des expressions comme *crevette* ou *baisable avec un sac sur la tête*. C'est comme ça qu'ils qualifiaient les femmes dont le corps était attirant mais pas le visage, et celle que je venais de croiser sur le boulevard Abbot Kinney appartenait clairement à cette catégorie, d'après moi. J'ai pressé le pas derrière elle pour mieux l'observer.

Son visage, quand elle tournait la tête pour s'adresser à l'homme, était dur, avec des traits accusés, un nez et un menton proéminents, mais ses beaux cheveux et son corps sexy lui sauvaient la mise. Elle portait un minuscule short en soie bleu marine, laissant carrément entrevoir le bas de ses fesses, qui dépassaient juste un tout petit peu. Ça donnait une envie presque irrésistible de les toucher. Tout ce qu'elle disait passait à travers le filtre de la conscience qu'elle avait de son superbe cul, les mots qu'elle prononçait étaient quasiment secondaires comparés à la splendeur sous ce short. Pratiquement comme si elle n'était qu'un support pour cul et short. Elle arpentait le trottoir dans une sorte de pas de danse, en secouant ses cheveux.

Lui ne valait pas mieux. Il posait des questions stupides – « Alors, t'habites ici depuis combien de temps ? » et « Tu t'y plais ? » – mais chacune était l'occasion de faire la démonstration de son propre sex-appeal. Franchement, pourquoi est-ce qu'ils s'embêtaient à parler ? Qui avait du temps pour ces conneries ? Pourquoi est-ce qu'ils ne baisaient pas tout simplement, sur place, au grand jour ? Toute cette performance ne servait qu'à véhiculer autre chose. C'était du néant.

Évidemment, comparé au néant suprême – le vide, l'absence de sens explicite dans la vie, le fait qu'aucun de nous ne comprend rien à ce qui se passe ici-bas –, au moins c'était quelque chose. Leur investissement dans cette danse consistant à sublimer un pauvre resto jusqu'au plus haut degré d'importance, à discuter de kombucha, à donner du poids à l'éphémère, et puis le short : tout ça, c'était un bras d'honneur adressé au vide. Ou peut-être que ces détails étaient symptomatiques de leur ignorance du néant. Le néant était-il tellement imperceptible à leurs yeux que ces choses-là pouvaient compter ?

Y avait-il des gens capables d'ignorer totalement le vide ? Est-ce qu'on n'en avait pas tous conscience, est-ce qu'on ne s'y était pas tous frottés – même seulement épisodiquement, comme lors de l'enterrement de quelqu'un de très proche, au moment où vous sortiez du funérarium et que l'espace d'un court instant votre existence avait cessé d'avoir le moindre sens. Ou peut-être pendant un mauvais trip aux champis, quand un de vos potes de défonce avait soudain l'air d'être en plastique. Pouvait-il y avoir des gens sur cette planète qui ne s'arrêtaient jamais un instant, pas une seule fois, pour se demander : à quoi ça rime ?

Qu'il s'agisse ou non de ce genre de personnes, je savais qu'à cet instant, aucun de ces deux-là ne se posait la question. Qu'ils aient, ou pas, déjà ressenti la nausée de ne pas savoir pourquoi on est là ou qui on est, ils l'ignoraient à présent délibérément, et ça marchait. Ou peut-être qu'ils étaient simplement stupides. Ah, l'heureux don de la stupidité. Je les enviais.

Mais, au fond, je savais que tout revenait à son short. Toutes les réponses résidaient dans la courbe de ce cul – toutes les peurs, toutes les inconnues, tous les néants condensés et éclipsés par la courbe d'un cul. Qui tenait sa place, au milieu de tout ça. Qui se contentait d'exister, comme s'il était facile de vivre. La courbe de ce cul n'avait pas vraiment besoin de faire quoi que ce soit, mais elle menait la danse. La courbe de ce cul était le point de départ et l'aboutissement de tout dialogue. Le tour que prendrait leur soirée, leur conversation et, d'une certaine manière, l'univers même finissaient là. Je les détestais.

Je détestais leur façon d'être à l'aise avec tout. Je détestais leur absence de solitude, leur perception d'un temps qui s'étirait nonchalamment comme si on pouvait jouer avec, comme s'il ne risquait jamais d'être trop tard, ni ce soir ni dans leur vie. Je ne savais pas à qui j'en voulais le plus : l'homme ou la femme.

2

J'ai toujours pensé que ce serait chouette d'être un homme. Non seulement j'ai toujours eu envie d'avoir une bite à moi – rien que pour sentir ce poids entre mes jambes, ce pouvoir – mais je rêvais d'échapper aux pressions temporelles que m'imposait mon corps. Je détestais l'Allemand d'Abbot Kinney pour ce privilège qui était le sien : pas de pression temporelle. Je détestais la femme aussi, parce qu'elle était si jeune, parce qu'il lui restait tellement de temps pour être sexy et peut-être un jour avoir un bébé.

Je n'ai jamais eu envie d'un bébé. Je n'ai jamais ressenti ce désir que tant de femmes décrivent, qui les frappe d'un coup. À tout juste trente-huit ans, cela faisait une éternité que j'attendais que ce désir me submerge, mais ça ne venait pas. Alors je considérais toujours la question avec désinvolture, comme un truc légèrement rebutant : un bout d'oignon que j'aimerais autant ne pas mettre dans mon assiette.

Mais j'aimais avoir le choix de faire un bébé si finalement j'en voulais un. J'aimais avoir l'avenir devant moi. On dit souvent que les jeunes ne connaissent pas leur chance, et j'admets volontiers qu'à bien des égards, j'étais passée à côté de ma propre jeunesse, mais en un sens je l'avais aussi appréciée à sa juste valeur. J'avais toujours eu conscience de ma posture privilégiée par rapport au temps. Ma décontraction sur la question des enfants était en partie liée au fait que je mesurais la chance que j'avais de pouvoir choisir un jour, si je le désirais. L'idée que ce jour était très lointain me plaisait bien. Cette distance avait le goût du luxe.

J'avais secrètement jugé les femmes qui regrettaient de n'avoir jamais eu d'enfant, et qui avaient passé l'âge d'une grossesse. Peut-être que je les jugeais parce que j'avais peur de devenir l'une d'entre elles. Mais à trente-huit ans désormais, mon temps commençait à être compté. Je ne voulais toujours pas d'un enfant. Je ne savais pas ce que j'aurais fait d'un enfant si j'en avais eu un. Mais je regrettais cet espace ouvert devant moi, où je pouvais décider. Et si la nana aux fesses apparentes avait fait attention à moi, je savais qu'elle m'aurait jugée, comme j'en avais jugé d'autres de mon âge.

Elle aurait aussi pu me juger parce que je n'étais pas mariée. Lors de notre première rencontre avec Jamie, je lui avais dit que le mariage était un titre de propriété archaïque et que ce n'était pas mon truc. « Bien », avait-il répondu, parce que ce n'était pas son truc non plus. Mais au bout de quatre ans de relation, j'avais désespérément envie que Jamie me demande de l'épouser, ne serait-ce que parce qu'il n'en ferait rien. Je n'avais jamais été très branchée bijoux, mais quelque chose en moi désirait ardemment cette bague. Je crachais à voix haute sur les diamants de sang, tout en examinant discrètement les bagues des autres femmes, mémorisant le nom des différentes tailles de pierre : en coussin, émeraude, princesse. J'aurais juré que les femmes mariées utilisaient davantage leur main gauche que la droite quand elles parlaient, faisaient un geste ou écartaient une mèche rebelle, juste pour en remettre une couche. Elles avaient l'air de dire : *Regarde, quelqu'un me veut à ce point-là. J'ai réussi, je suis à l'abri de l'autre côté.*

Mais qu'est-ce que j'aurais fait d'une vie de femme mariée ? Qu'est-ce que j'aurais fait de Jamie dans mon espace, ou de moi dans le sien ? Avoir choisi d'aimer Jamie pendant toutes ces années était peut-être plus symbolique de ma propre peur de l'intimité que de la sienne. Il était ensorcelant lors de notre première rencontre : géologue, un mètre quatre-vingt-dix, beau dans le genre explorateur à gilet multipoches, la peau dorée, une barbe de trois jours, avec des cheveux couleur miel et dix ans de plus que moi. Avec lui j'avais l'impression d'être une petite chose précieuse. Grâce à son travail dans le désert avec l'université, il avait reçu une bourse de la Fondation américaine de géologie pour réaliser des documentaires sur les parcs nationaux. Il réalisait et montait ses films lui-même, et la bourse lui permettait de voyager, d'être libre tout en restant productif. Même si ses docus passaient à deux heures du matin sur des chaînes câblées à audience limitée, on ne pourrait jamais l'accuser d'avoir échoué. « Je suis davantage du côté des scientifiques que des artistes », disait-il. Mais il avait le sex-appeal d'un artiste.

Au cours de nos premières années ensemble, j'allais souvent le voir sur le terrain. Je passais mes vacances dans une caravane Airstream, dans les parcs nationaux d'Acadia, de Glacier ou de Yosemite. Il partait en tournage toute la journée, et j'explorais les environs, rapportant de menus souvenirs. Il adorait m'écouter raconter ce que j'avais vu, corriger ma terminologie en matière de paysages. Ce que je préférais, c'étaient les lacs et les océans, les rivières et les cascades, rien à voir avec ce qu'on avait dans le désert. Les eaux vives, et le voyage en général, me donnaient l'impression d'avancer dans ma vie, malgré ma thèse qui battait de l'aile. Je m'identifiais à son travail. Je me sentais aventureuse.

Mais plus tard, il s'est mis à couvrir davantage de sites désertiques : la vallée de la Mort, les Arches. Je restais dans la caravane toute la journée à attendre son retour. Quel besoin aurais-je eu d'explorer un autre désert, alors que j'en avais un en bas de chez moi ? Et pourquoi étais-je venue voir cet homme qui était le même ici qu'à la maison ? Même tête, même bite. Même ennui d'une relation longue mais sans désir d'engagement. Je lui disais que je restais dans la caravane pour travailler sur ma thèse. Mais quand les gens me demandaient ce que je faisais dans la vie, je passais rapidement sur mon projet Sappho et la bibliothèque pour évoquer très vite le travail de Jamie. Je faisais comme si ça m'excitait toujours. Mais la seule véritable excitation qui restait, c'était le défi de lui passer la corde au cou dans notre avenir imaginaire.

Le jour de notre rupture, j'avais crevé sur Camelback Road, et je l'avais appelé à l'aide. En arrivant, il a regardé dans mon coffre : « Mais tu n'as pas de roue de secours. » « Non », ai-je répondu. C'était tard le soir, un dimanche, et les garages du coin seraient fermés, alors on a appelé une dépanneuse. Pendant qu'on attendait, j'avais chaud, je me sentais irritable et énervée. Je ne savais pas vraiment pourquoi. Je trouvais qu'il avait l'air débile, avec son ventre mou et son menton fuyant. Il s'était empâté de partout. Il faisait des petits bruits de succion avec ses dents de devant, alternant avec des petits sifflements. C'était l'un de ces moments où vous regardez celui que vous aimez depuis longtemps, et soudain plus rien ne va chez lui. Il n'y a absolument rien de bien. Vous avez même du mal à croire qu'il ait pu vous fasciner un jour.

« Je ne me sens pas heureuse, ai-je dit.

— Moi aussi je préférerais être ailleurs, a-t-il répondu.

— Je suis sérieuse. Je crois qu'il faut qu'on parle. De nous.

— Maintenant ? »

Je l'ai observé, si à l'aise avec lui-même, le gras au niveau de la taille, les multiples couches de capitonnage autour du menton, qui disparaissaient dans la chair du cou comme dans un soufflé. Toute cette zone de son menton ressemblait à une deuxième bouche, et je l'ai imaginée en train de parler. Qu'est-ce qu'elle disait ?

Nourris-moi, disait-elle. *Je me fous complètement d'être séduisant ou pas. Pas besoin. J'ai l'embarras du choix.*

Tout son être exprimait ça. Son rire nerveux à chaque fois que j'avais évoqué le mariage – ou même l'idée d'emménager ensemble –, toutes ces années à balayer cette idée, à prétendre que ça ne me conviendrait pas non plus, jusqu'à la disparition du bel inconnu buriné que j'avais rencontré dans une soirée, devenu un gros nounours que j'avais appris à connaître et à aimer, et puis un autre genre d'étranger : une manifestation physique du temps et du laisser-aller, qui avait éclipsé à la fois l'inconnu et le nounours jusqu'à ce qu'ils se soient pratiquement évanouis. J'étais furieuse. Comment osait-il s'en foutre ? Quel luxe, un luxe de mec. Le luxe de quelqu'un qui contemplait les ravages du temps et lâchait : « Boah. » Et c'est alors que je l'ai dit.

« On devrait peut-être simplement rompre. »

À l'instant où je l'ai dit, j'ai su que c'était une menace en l'air, un truc que j'avais balancé comme ça. C'était ce que je ressentais, mais seulement en partie – un certain pourcentage. Vingt-deux pour cent peut-être. Ces vingt-deux pour cent parlaient fort à ce moment-là. J'avais envie de ponctuer la lourdeur et l'ennui de la soirée, cette attente d'un sauvetage. Je voulais du drame, ne serait-ce que pour rompre la vacuité des choses qui se cassent, le fardeau de devoir vivre dans ce monde, dépendre d'objets, dépendre des autres, attendre une assistance routière avec un menton qui parle. Je voulais le pousser pour qu'il essaie de m'arrêter, pour qu'il intervienne. Peut-être que je voulais le blesser un petit peu. Surtout, je voulais l'entendre dire non.

Mais il n'a pas dit non. Il n'a pas dit non du tout. Il m'a regardée, il a soupiré, et il a dit calmement : « Je crois que tu as peut-être raison. » Et à ces mots, le double menton a disparu. Et tout ce que je voyais à présent, c'étaient ses épaules puissantes, ses yeux d'un bleu intense. Très souvent quand on baisait, tandis que son ventre rebondissait sur moi, j'essayais de ne regarder que ses yeux – de faire renaître l'attirance que j'avais ressentie lors de notre première rencontre. Et soudain, je ne voyais plus que ça.

« Ou au moins, a-t-il repris, on peut peut-être essayer de se séparer un petit moment. »

Et voilà que mes mots avaient eu l'effet opposé à mes intentions. Ou peut-être pas tout à fait opposé. En mordant à l'hameçon, mais pour s'enfuir avec dans une direction totalement inattendue, Jamie m'avait clairement fait oublier mon ennui et mon agacement. La peur est un puissant stupéfiant, à sa manière. Tous ceux qui ont pris goût à son adrénaline vous le diront. Mais en prenant ce risque, avec cette suite de mots énervés, cette seule phrase, j'avais perdu le contrôle de ma propre histoire. Désormais, c'est lui qui avait le pouvoir. J'étais à sa merci.

J'ai pensé que la seule manière de le récupérer serait de continuer à le tester. Joue-la cool, ne panique pas.

« O.K., ai-je dit. Si c'est ce que tu veux. »

Ce n'était pas ce qu'il voulait, a-t-il répondu. Mais il ne savait pas trop quoi faire. Il a dit qu'il avait l'impression de ne pas réussir à me satisfaire dans cette relation depuis longtemps.

« Me satisfaire ou te satisfaire ?

— Eh bien, peut-être un peu des deux », a-t-il répondu.

Le type de l'assistance routière est arrivé. Jamie a assuré l'essentiel de la conversation. J'entendais ce que disait cet homme, mais je ne parvenais pas vraiment à l'assimiler parce que j'étais en train de digérer ce qui venait de se passer. J'aurais mieux fait de ne pas l'ouvrir, me suis-je dit. Mais d'un autre côté, j'avais l'impression d'avoir été fidèle à moi-même, simplement je ne savais pas à quel moi exactement. Le moi qui voulait bousculer les choses pour obtenir de l'attention, pour se faire chouchouter ? Le moi qui avait besoin qu'on le bouscule, parce que putain, c'était tellement usant et douloureux d'habiter un corps ? Un moi supérieur selon qui ce mec n'était pas assez bien pour moi ? Les vingt-deux pour cent de connasse en moi ?

« La nuit porte conseil, a dit Jamie, une fois la roue de secours en place. On n'est pas obligés de prendre une décision maintenant.

— Ensemble ou chacun de son côté ? » ai-je demandé.

Ensemble ou chacun de son côté, c'était toujours la grande question entre nous. Il ne voulait pas qu'on partage plus de deux nuits par semaine. J'insistais pour en avoir quatre. Quand j'étais seule dans mon appartement, je me languissais de ses bras. Je lançais des perches et des allusions, comme quoi j'avais du temps libre. Je me saoulais au vin blanc, et puis je suppliais. Je voulais avoir accès, être invitée, sentir que j'étais toujours la bienvenue. C'était un besoin fondé sur son absence de besoin à lui. Alors j'insistais pour qu'on soit davantage ensemble. Mais une fois avec lui, l'intimité ne ressemblait jamais à ce que je voulais. Je suffoquais en sa présence. Quand il n'était pas en train de me repousser, l'intimité était écœurante.

« Peut-être chacun de son côté ce soir. Demain et mardi aussi ? Peut-être toute la semaine. J'ai beaucoup de travail et ce serait bien d'essayer simplement ça, déjà, un peu d'espace pour voir ce que ça fait ?

— D'accord », ai-je répondu, même si j'avais peur.

Il m'a embrassée sur le front.

« Je t'aime, a-t-il dit.

— Ouais, c'est ça, ai-je répondu.

— Oh, arrête, Lucy. » Il a ouvert la portière de ma voiture, est descendu, et l'a claquée derrière lui.

« Je suis désolée ! » ai-je lancé, ma voix s'attardant derrière lui.

3

Ce soir-là, je l'ai appelé.

« Bon, on n'est pas vraiment en train de faire une pause, hein ? ai-je demandé.

— À vrai dire je crois que c'est une bonne idée. Je sais que c'est toi qui as abordé le sujet, mais en fait j'aimerais bien.

— Mais qu'est-ce que ça veut dire ? Combien de temps ? Est-ce que c'est juste temporaire, et on se remet ensemble à la fin ?

— Prenons les choses l'une après l'autre, déjà », a-t-il répondu.

Je n'arrivais plus à visualiser Jamie tel qu'il m'était apparu plus tôt ce jour-là : gros, incapable de résoudre mon problème, fermé. Désormais je ne le voyais plus que comme à l'époque où on s'était mis ensemble : la mâchoire carrée, l'indépendance sexy, le beau gosse en Gore-Tex. Je le voyais de nouveau comme une personne distincte, non plus une extension de moi-même avec laquelle il fallait composer ou manœuvrer, mais une entité à part entière : pince-sans-rire, capable, un homme, un vrai – peu importe ce que ça voulait dire. J'ai vu ce que j'avais perdu, j'en ai senti le poids, et je me suis assise sur mon lit. Ma bouche s'est affaissée nerveusement et mon estomac s'est soulevé. J'ai senti des larmes monter. Ça faisait des années que je n'avais pas pleuré.

Depuis un long moment, je sentais que si je commençais à pleurer je ne pourrais plus m'arrêter – que si je finissais par craquer, il n'y aurait rien pour m'empêcher de vomir mes tripes. J'avais peur de ce qui pourrait sortir de moi : les trucs que je verrais, ce que verraient les autres. J'avais peur que ces sentiments me dévorent. Les sentiments étaient un luxe, c'était pour les jeunes ou pour les gens plus forts que moi – les gens plus à l'aise avec le fait d'être humain. C'était trop tard pour les larmes. Il fallait que je tienne bon, que je continue à aller de l'avant, même si la vie était tout sauf satisfaisante. Pas question de me demander où j'allais, ni si c'était vraiment là que j'avais envie d'aller. Je ne devais même pas me demander si j'allais quelque part, en fait. Mais à présent voilà que j'étais en train de sangloter.

Et c'est ainsi que la mélancolie a commencé. L'époque où je pleurais, sans crier gare, aux moments les plus inopportuns : au travail, à la banque, en faisant la queue à la caisse de chez Whole Foods quand j'apercevais sa marque de protéines en poudre préférée, et que mon âme avait le souffle coupé de l'avoir perdu. C'était comme si la poudre, c'était lui, ou qu'elle le transsubstantiait. C'est tellement bizarre de connaître la marque préférée de protéines en poudre de quelqu'un, son parfum préféré (vanille amande) et puis qu'il ne soit simplement plus là. Je n'ai ni appelé ni envoyé de texto. Je suis du signe des Poissons, et pas très douée pour la retenue, mais cette fois j'étais bien décidée à maintenir un silence punitif pour créer le manque chez lui. Il va bientôt revenir, me disais-je. Obligé.

Quatre jours ont passé. Aucune nouvelle. Ça m'a rendue dingue. Huit ans, et c'était tout ? Il ne cherchait pas à savoir comment j'allais ? J'aurais pu être morte. Le sixième jour il m'a appelée. Il voulait savoir comment je vivais la chose.

« Pas super, ai-je répondu. Et toi ?

— Horrible, a-t-il dit. Je ne dors plus. »

Dieu merci, ai-je pensé.

« Je sais. C'est vraiment débile. Je pense qu'on devrait arrêter ça. Franchement, ça suffit.

— J'ai besoin d'un peu plus de temps, a-t-il répondu.

— Et si tu passais simplement à la maison ? ai-je supplié.

— Je ne crois pas que ce soit une très bonne idée, là tout de suite. Dans quelques semaines, peut-être ?

— Quelques semaines ?! Mais ça va durer encore combien de temps, cette histoire ?

— Je ne sais pas. Je t'aime.

— Va te faire foutre ! » ai-je hurlé, et j'ai raccroché.

Et puis je lui ai envoyé un texto.

je suis désolée

c'est juste que je souffre et j'ai peur

tu me pardonnes ?

moi aussi je t'aime

Il a répondu :

Faisons déjà cette pause

4

Puis est venu le temps de l'obsession. J'ai commencé à lire mon horoscope hebdomadaire et le sien (Sagittaire), que j'analysais mot par mot en quête d'un signe indiquant que l'univers allait nous réunir. S'il n'y avait rien sur l'amour, je lisais un autre horoscope. J'en lisais jusqu'à ce que j'en trouve un qui me convenait – jusqu'à ce que ça dise que c'était mon jour, ma semaine ou mon mois de chance. J'ai consulté une voyante, une vieille femme à Tempe qui travaillait dans l'arrière-boutique d'un restaurant méditerranéen. Elle m'a dit qu'il fallait que je me concentre sur moi-même, que je travaille sur moi et mes « blocages » et que d'autres révélations viendraient. Elle m'a conseillé une poudre à base de cristaux de quartz à mettre dans mon bain. Elle a dit que ça permettrait d'éliminer la négativité. J'en ai eu pour 250 dollars et je me suis trempée dedans. Il ne s'est rien passé. Alors j'ai appelé d'autres voyantes.

J'ai pris conscience de tout le temps que j'avais passé avec Jamie. Ou peut-être pas tant le temps que j'avais passé avec lui, mais celui que j'avais passé seule en sachant, tout au moins, qu'il était là. C'était différent à présent que j'étais totalement seule, sans quelqu'un pour occuper l'arrière-plan de mes pensées – cette petite silhouette, comme un coussin. Il faut dire qu'à Phoenix, je n'avais jamais eu beaucoup d'amis. Il y avait bien Rochelle, une professeure d'anthropologie, par l'intermédiaire de qui j'avais connu Jamie.

Rochelle était déjà mariée quand je l'ai rencontrée. Quarante-cinq ans environ, avec des cheveux drus semblables à des poils pubiens qu'elle coupait toujours très court, coiffure que j'avais secrètement baptisée « la Spontex », elle ne portait pas de maquillage et était profondément satisfaite de sa personne. Je trouvais ça sympa qu'il y ait un homme sur Terre qui soit content de la sauter – et non seulement de la sauter, mais de l'épouser. Je me demandais si c'était de là qu'elle tirait son assurance, ou si c'était cette assurance qui avait attiré son mari.

Quand Rochelle m'a présenté Jamie, j'avais à peine trente ans et le luxe du temps devant moi, j'abordais l'avenir en toute décontraction : zéro désespoir apparent. Elle a probablement pensé que j'étais normale. Pendant des années nous nous sommes vues tous les six mois à peu près dans le même restaurant colombien, et avons fait les mêmes blagues sur son mari et Jamie qui ronflaient tous les deux, et qui se comportaient comme des bébés quand ils attrapaient un rhume. Ces vannes bon enfant traduisaient une aisance artificielle, comme une façon de dire : *Je sais que cet homme est à moi. Il ne risque pas de s'en aller. Je m'en fous un peu.* Avec elle, je faisais semblant de ne pas avoir envie d'épouser Jamie ou qu'on s'installe ensemble, je prétendais passer largement assez de temps avec lui à mon goût. J'étais une femme satisfaite de son sort, je n'avais pas d'autres attentes, vis-à-vis de rien ni de personne.

Mais à présent j'étais devenue un vrai pot de colle avec Rochelle, je l'assiégeais d'un feu roulant de questions obsessionnelles sur ce que devenait Jamie. L'interrogatoire était assorti d'une suite d'assertions névrosées de ma part, comme quoi il allait revenir, et que la seule question c'était quand.

Pendant ces premières semaines, le simple fait de passer du temps avec elle me donnait l'impression d'être en contact avec Jamie, même si elle ne me racontait pas grand-chose. Elle me regardait comme une femme qui aurait attrapé une terrible maladie, qu'elle n'aurait jamais imaginé pouvoir toucher l'une d'entre nous. Elle jouait avec sa boucle d'oreille pendante en perles, et disait qu'elle ne l'avait pas vu depuis un moment, qu'elle n'avait pas envie de se retrouver au milieu. Et puis j'ai vu une photo d'eux sur Facebook, assis côte à côte lors d'un anniversaire. Ils avaient tous les deux un verre de vin et une petite assiette de flan, tellement civilisés, putain. Ils étaient en train de trinquer. Rochelle était clairement une traîtresse.

Je me sentais dissociée de mon corps, comme si ma tête était dans un nuage de brouillard et que mes membres échappaient à mon autorité. Je me suis mise à fumer de l'herbe vingt-quatre heures sur vingt-quatre, un truc que je n'avais plus fait régulièrement depuis mes vingt ans, et j'allais bosser défoncée à la bibliothèque. Ma thèse n'avançait pas du tout. Je n'avais qu'une envie, traîner et manger du sucre et du gras : des boissons chocolatées géantes de chez Starbucks, des sachets de chocolats Hershey's et de nounours Haribo, des nachos trempés dans le fromage fondu. J'avais toujours été menue et ne prenais pas facilement du poids, à part dans les hanches, que j'avais larges. Mes choix vestimentaires les faisaient paraître faussement plus fines : des jupes et robes en coton amples et fluides, des pantalons larges en lin qui les dissimulaient. Le reste de mon corps nageait dans mes vêtements, me donnant l'allure d'une sorte de lutin délicat, tout ça grâce à mes hanches. Mais désormais mon pantalon laissait une marque d'élastique bien nette autour de ma taille à chaque fois que je l'enlevais.

J'ai aussi commencé à m'adonner à des activités manuelles chelou. J'avais désespérément besoin de m'exprimer et de créer, d'une discipline artistique, mais mon esprit n'était pas assez lucide pour Sappho. Je suis allée au magasin de loisirs créatifs du quartier et j'ai acheté un pistolet à colle, des perles, des outils pour faire du canevas. Je me suis mise à coller des perles au pistolet sur des bouteilles de vin vides, pour faire des « vases ». Enfin, j'ai totalement cessé d'aller à la bibliothèque. Je leur ai dit que j'avais besoin d'un break d'une semaine pour travailler sur ma thèse. Les autres bibliothécaires ont accepté de me remplacer.

Mon appartement ressemblait à la fois au dortoir d'une fraternité et à un marché artisanal. Je veillais toute la nuit à coller des perles. D'une semaine, on est passé à deux. J'ai fini par traîner mes fesses à la bibliothèque, mais je ne dormais toujours pas. Je me cachais dans les toilettes de l'université pour fermer les yeux.

Et puis Jamie est effectivement revenu, en tout cas pour une nuit.

« Je suis prêt à ce qu'on se voie, maintenant », a-t-il dit, et on s'est donc retrouvés dans notre resto mexicain préféré.

Après quelques margaritas, il m'a pris la main sous la table et on s'est regardés droit dans les yeux. Je ne me souvenais pas qu'on ait été aussi présents lors d'un repas depuis des années, ensemble, tous deux pleinement impliqués, personne sur son téléphone. Après le dîner, on s'est roulé des pelles dans sa voiture. Il avait un goût différent, comme si un parfum de réglisse avait imbibé son corps le temps de notre séparation. C'était peut-être la coriandre. Il m'a ramenée chez moi puis il est monté. Je suis allée lui chercher un verre d'eau. Quand je suis entrée dans le salon, il était assis sur le canapé.

« Viens là », a-t-il fait.

Je me suis approchée et me suis assise sur sa jambe. J'ai porté le verre à ses lèvres. Il a bu, puis l'a reposé sur la table et m'a embrassée. Il m'a déshabillée, toujours assise sur ses genoux. Puis il m'a allongée sur le canapé et s'est dévêtu précipitamment pendant que je le regardais, dans le noir. On a baisé sur le canapé, vite, sans décoller nos bouches tout du long. Je n'ai pas joui. La pénétration ne me faisait jamais jouir. Le manque d'initiative de Jamie pour me faire un cunni était un motif perpétuel de discorde entre nous. Il était partant, mais n'en raffolait pas non plus. Mais sa bouche sur ma bouche pendant qu'on baisait me donnait d'une certaine façon la même sensation que si elle avait été sur mon sexe. Il n'est pas resté dormir.

Et puis Rochelle a appelé.

« La fille avec qui il sort est une scientifique, a-t-elle dit. Elle est blonde.

— Il sort avec quelqu'un ?

— Je pensais que tu le savais », a-t-elle répondu.

Apparemment la fille s'appelait Megan et elle avait cinq ans de moins que moi. Rochelle n'en savait pas davantage à son sujet. Elle était tombée sur eux dans un restaurant chinois.

« Bon, tu peux tenter d'en savoir plus ?

— Je vais essayer », a répondu Rochelle.

Je voyais bien que je la saoulais. Pire que la saouler, en fait, je lui faisais peur. Elle avait toujours cru qu'on était toutes les deux immunisées contre la maladie de la meuf folle : tout ce besoin et ce désespoir. Mais voilà que j'étais tombée dedans, jusqu'au cou, et elle découvrait comment quelqu'un pouvait tout simplement partir en vrille. Vous rigoliez avec vos amis en vous plaignant d'un pétomane, et l'instant d'après vous auriez tué pour qu'on vous les rende, ces pets. Est-ce que je risquais de lui refiler la maladie ? Sa propre existence satisfaite était-elle menacée ? Je lui ai envoyé trois textos pour avoir des infos mais elle s'est contentée de répondre :

super oqp

J'avais envie de lui dire que j'étais furax, que j'avais le sentiment qu'elle m'avait abandonnée, trahie. J'avais envie de lui dire que l'unique raison pour laquelle cette pauvre Spontex avait la moindre confiance en elle – la seule raison pour laquelle « ça allait bien » – c'était qu'il y avait trop d'inertie dans son couple pour que son mari s'en aille. J'avais envie de lui dire que ce n'était pas une raison pour avoir confiance, ni un motif de fierté. Comme j'avais pu le constater, une telle inertie pouvait être perturbée à n'importe quel moment par un dérapage verbal accidentel. Mais je ne voulais pas qu'elle me mette totalement en quarantaine. Je pourrais avoir besoin d'elle.

Alors j'ai forgé ma propre version de l'histoire. Megan était non seulement une scientifique, mais une géologue reconnue par ses pairs. Ils randonnaient ensemble en discutant reproduction des cactus. Ils baisaient sur un rocher. Il n'y a rien de plus beau que le sexe entre votre ex-petit ami et sa nouvelle amante. Rien de plus magique, de plus haletant. Pendant ce temps-là, j'étais au fond du paquet de chocolats. Je ne pouvais plus la jouer cool. Un soir, je me suis garée dans la rue de Jamie, à l'écart de sa maison, jusqu'à ce que je le voie pénétrer dans l'allée et descendre de voiture. Il était seul. J'ai attendu que les lumières s'allument. Puis je suis sortie de mon véhicule.

En remontant son allée je me suis rendu compte que j'avais des papillons dans le ventre pour la première fois depuis des années. Peut-être que c'était ça qu'il fallait pour continuer à avoir des papillons dans le ventre en remontant l'allée de votre compagnon ? Une scientifique blonde nommée Megan.

J'ai sonné. Il a mis une minute, n'a pas demandé qui c'était, et a ouvert la porte.

« Lucy », a-t-il fait.

J'ai senti la rage dans ma poitrine, dans tout mon être.

« Va te faire foutre, enfoiré de connard ! » ai-je hurlé. Et puis je l'ai frappé au visage.

Je n'avais encore jamais frappé personne. Ce n'était pas ce que j'avais prévu. Je n'avais rien prévu du tout à vrai dire. On était tous les deux sous le choc. Je ne savais pas quoi dire. Deux gouttes de sang ont dégouliné de son nez, le long de sa lèvre, avant d'éclabousser le sol. Il a porté les mains à son visage.

« Putain de merde, a-t-il dit.

— Jamie. Jamie, attends, laisse-moi regarder. Laisse-moi regarder.

— Va-t'en. Va-t'en ! »

Il a claqué la porte. J'ai pivoté sur mes talons et j'ai redescendu la rue jusqu'à ma voiture. Je me sentais encore plus mal.

Plus tard ce soir-là, j'ai reçu la visite d'un agent de police qui enquêtait sur l'incident. Apparemment, Megan avait appelé la police de l'hôpital – ou elle avait forcé Jamie à le faire. Je lui avais cassé le nez. Le flic a dit que le couple n'engagerait pas de poursuites si j'acceptais de suivre une thérapie. Le couple ? Ils prenaient des décisions comme une seule entité à présent ?

« Elle avait l'air de quoi ? ai-je demandé.

— Euh… a-t-il bafouillé.

— Vous diriez qu'elle est plus jolie que moi ?

— Madame, a répondu le flic, je vous recommande fortement de vous faire aider pour vos problèmes de gestion de la colère. Pour cette fois on se contente d'un avertissement. Mais si le couple n'avait pas été aussi indulgent, vous devriez répondre dès aujourd'hui de graves accusations d'agression.

— Agression ! ai-je répondu. J'ai l'air d'un agresseur ? »

Il a gardé le silence.

« Dites-moi juste, s'il vous plaît… à part le nez cassé, ils avaient l'air heureux ? »

5

J'ai toujours imaginé que la dépression n'avait pas de forme précise. Que lorsqu'elle se manifestait, comme un sentiment de vide, vous pouviez injecter un truc à l'intérieur : une barre chocolatée Milky Way, une balade, quelque chose qui lui donne une nouvelle forme. Vous pouviez y pénétrer pour la remodeler de façon à vous sentir mieux. Tout au moins, vous pouviez créer une forme à l'intérieur de la dépression, ou bien autour. Mais cette fois c'était différent, comme une vase plus épaisse, plus gluante. Elle avait sa propre forme. On ne pouvait pas la contenir. C'était une terreur. Je n'étais pas vraiment capable de définir ce qui me terrifiait au juste, mais ça m'écrasait. Ça absorbait toutes les autres formes. Je ne dormais plus. Est-ce que c'était à cause de Jamie tout ça ? Comment quelqu'un qui me tapait à ce point sur le système pouvait-il avoir un tel pouvoir sur moi ?

J'ai demandé du Stilnox à mon médecin. Le Stilnox m'a aidée à dormir. Mais le matin, cette chose poisseuse était toujours là, elle m'attendait. J'étais déjà dedans. Elle se densifiait. Un soir j'ai pris neuf Stilnox. Je n'essayais pas de me tuer, plutôt de disparaître. Je voulais seulement m'endormir et être transportée dans l'éther, dans un autre monde. J'imagine que disparaître aurait signifié la mort, alors peut-être que c'était une tentative de suicide ? Mais j'avais peur de la mort, ou en tout cas, j'avais peur de mourir. Existait-il quelque chose qui n'était pas la mort, mais qui n'était pas non plus ici ?

Je me suis réveillée quatorze heures plus tard, avec une faim de loup. Des donuts ! Il me fallait des donuts. Dans les vapes à cause du Stilnox, j'ai pris ma voiture, et puis le reste est flou. J'ai dû faire un black-out. Je me souviens seulement de m'être réveillée sur la route, à l'arrêt, en nuisette, avec des donuts éparpillés sur les sièges : au sucre glace, fourrés à la crème, un à la confiture. Je n'aimais même pas la confiture. Des voitures klaxonnaient derrière moi mais j'étais incapable de savoir quoi faire. Alors je suis restée garée comme ça au milieu de la route, et me suis rendormie sur le volant.

Et puis je me suis de nouveau réveillée. Un agent de police était penché dans ma voiture, côté passager. Il m'a demandé si je pouvais sortir du véhicule. Je m'en suis extirpée, dans le coaltar. Je me souviens avoir songé à une blague débile à propos de flics et de donuts. Puis j'ai réalisé : c'était le même flic qui était venu chez moi au sujet du nez de Jamie.

« Salut », ai-je fait.

Il m'a tendu un éthylotest pour vérifier mon taux d'alcoolémie. Il était normal. Puis il a fouillé la voiture, en quête de drogues qu'il n'a pas trouvées.

« Je me sens vraiment mal, ai-je dit. D'abord la rupture, et maintenant une sorte de grippe. J'étais partie m'acheter des donuts, pour le sucre. J'ai dû m'évanouir. Enfin bref, laissez-moi rentrer chez moi et ça ira.

— Madame, je ne peux pas vous laisser conduire dans cet état. Est-ce qu'il y a quelqu'un que je peux appeler pour venir vous chercher ? »

J'ai pensé à Jamie. En général c'était lui mon contact en cas d'urgence. Mais je ne voulais pas qu'il sache que j'avais besoin de lui. Je voulais qu'il pense que j'allais super bien. Mais je me sentais vraiment mal. Et j'avais peur. Est-ce que ce serait ma deuxième infraction ? Est-ce qu'ils allaient m'envoyer en prison ? J'avais juste envie qu'on me foute la paix. Je me disais que si le flic me laissait seule, je pourrais me garer sur le côté et me reposer un peu plus longtemps, et que ça irait. Pas question que quelqu'un me voie comme ça, en nuisette.

« Vous pouvez appeler ma sœur », ai-je dit.

Je lui ai donné le numéro de ma sœur Annika. Je ne lui ai pas dit qu'elle vivait en Californie. Il lui a laissé un message expliquant que j'avais fait un malaise en voiture, et lui demandant si elle pouvait venir me chercher. Elle allait se demander ce qui se passait.

« Il y a quelqu'un d'autre qu'on peut appeler ?

— Ça va aller, ai-je dit. Je me sens beaucoup mieux.

— Je vais devoir vous demander de prendre la prochaine rue perpendiculaire et d'y laisser votre véhicule. Vous pouvez récupérer vos donuts et je vous ramène chez vous.

— Bon, d'accord. Vous savez où j'habite. »

6

« Il faut absolument que tu te tires de là, a dit Annika. Je ne sais pas ce que c'est que cette histoire de donuts, mais il y a un truc qui ne tourne pas rond.

— Je vais bien.

— Écoute, Steve et moi partons tout l'été. Conférence sur le yoga en Provence, puis deux semaines à Budapest, un mois à Rome, et encore une conférence. Oh, et puis le Burning Man avec une des start-up de Steve. On a besoin de quelqu'un pour garder la maison et s'occuper de Dom, lui faire des câlins, lui donner ses médicaments. Tu devrais prendre un billet d'avion. Passer tout l'été ici. Te tirer de cette saloperie de désert. C'est un cauchemar pour toi, sur le plan ayurvédique.

— Je ne sais pas si je peux me permettre de prendre des congés cet été », ai-je répondu. Je faisais souvent des petits boulots à la bibliothèque en juillet-août, même quand il n'y avait pas cours.

« Bien sûr que tu peux, a-t-elle rétorqué. Où est passé l'argent que Papa t'a laissé ? »

Annika était en réalité ma demi-sœur, de neuf ans plus âgée, mais on avait le même père. Il était mort dans son sommeil à quatre-vingt-six ans et nous avait légué à chacune environ 20 000 dollars.

« Je l'ai dépensé en voyants. Je garde le reste pour quand je mourrai seule. Pour la crémation, ai-je dit.

— Je te paierai ta crémation. Et aussi, je te paierai pour vivre ici. Je veux que tu te fasses plaisir pendant que tu es là. Produits bio, spa, tout ça. Il faut que tu oublies Jamie. Je sais que c'est à cause de lui, même si tu refuses de l'admettre. Tu as toujours été complètement tarée quand il s'agit des mecs. Tu crois que je ne me souviens pas de la fois où ce type t'a larguée au lycée, le poète, et où Papa t'a retrouvée à poil au sous-sol, endormie avec un couteau à viande ?

— C'était un couteau à beurre, ai-je dit. J'essayais d'ouvrir un pot de beurre de cacahuètes. J'étais en train de m'empiffrer.

— On s'en fout, a-t-elle répliqué. J'ai parlé au flic. T'as cassé le nez de Jamie ? Ils veulent que tu suives une thérapie, et je vais m'en occuper. Un truc en groupe, je pense, pour les personnes codépendantes. Je demanderai à mon psy s'il connaît quelqu'un de bien. Tu as besoin d'être avec des femmes, sans mecs, et tu as besoin de faire ce travail.

— En groupe ? Annika, non…

— Bon, donc c'est décidé. Tu arriveras le quatre juin et tu resteras jusqu'au dix septembre. Je rentrerai une semaine avant le Burning Man et on pourra se voir. Et je te paierai le double pour t'occuper de

Dominic de ce que tu gagnerais à la bibliothèque. J'allais payer quelqu'un de toute façon.

— Le groupe, pas question, ai-je répondu. Et je ne veux pas de ton argent. Mais je peux peut-être venir. Il faut que je voie avec la bibliothèque.

— Tu veux qu'ils engagent des poursuites ? a-t-elle répondu. Non ? Alors tu vas en thérapie. Et je te paie, donc arrête. »

Je n'ai pas protesté davantage. J'avais besoin de cet argent, et Annika en avait. Des tonnes d'argent. À la fin des années 1990, elle s'était lancée sur le marché des salles de yoga de Santa Monica et avait conçu une ligne de tapis en bambou. Ses tapis avaient figuré dans *Yoga Journal* : une présentation sur trois pages de leurs propriétés biodégradables et de leur texture parfaite pour l'asana. Deux jours plus tard, elle avait reçu un appel. C'était l'entreprise Hain Celestial. Ils voulaient acheter le brevet. Puis c'est Native Foods qui avait appelé. S'était ensuivie une guerre des enchères, et le brevet avait été acheté par Hain Celestial pour 3,1 millions de dollars, qu'Annika avait utilisés pour percer dans les conférences sur l'innovation et les nouvelles technologies, à l'époque de la première bulle internet. C'est là qu'elle avait rencontré Steve, un investisseur juif et hippie, au fin fond de la Silicon Valley 1.0. Elle l'avait mis au kombucha, lui avait appris à se relaxer (plus ou moins), et ils s'étaient mariés à Sonoma. Puis elle avait traîné Steve à Venice Beach et avait puisé dans sa fortune pour bâtir une maison en forme de cube géant de verre et de métal, donnant directement sur Ocean Front Walk. Plus tard, ils avaient eu Dominic: un foxhound pure race qui était devenu leur enfant. Annika ne pratiquait plus le yoga Ashtanga ou Vinyasa depuis des années – seulement le Hatha yoga et le yoga réparateur – et elle était devenue grosse. Steve adorait son cul et n'arrêtait pas de le palper à pleine main. Il essayait de faire pousser ce qui lui restait de cheveux pour les avoir aussi longs que Kenny G, et gérait en toute décontraction une société d'investissement qui avait son siège à Century City. Il allait bosser vêtu d'un short en lin. Ils avaient rejoint une synagogue hippie à Malibu, et ils étaient heureux.

Sauf que désormais ils se plaignaient de la dernière vague de gentrification, ce que les agents immobiliers avaient baptisé «Silicon Beach», qui était en train d'envahir Venice. Un nouveau genre de yuppies, clinquants comme le jeune couple aux fesses. Les vêtements vendus sur Abbot Kinney et Main Street affichaient toujours un esprit bohème, mais coûtaient à présent des milliers de dollars. Des hippies riches. Ça n'embêtait pas autant Annika que les chaînes de magasins qui avaient commencé à s'implanter, huppées et sans âme.

«Ils sont en train de transformer cet endroit en centre commercial pour MILF[1], disait-elle. Bientôt ce sera exactement comme Phoenix.»

Mais Venice ne ressemblerait jamais à Phoenix, à cause de tous les clodos. Jamais Phoenix ne laisserait prospérer ainsi toute une communauté de SDF. On

1. Mère de famille ou femme mûre sexuellement attirante. C'est un acronyme qui signifie «*Mother I'd Like to Fuck*» (littéralement «mère que je me taperais bien»).

les expédiait plutôt à L.A., tous autant qu'ils étaient. Si vous étiez sans abri et que vous ne viviez pas à Venice, alors vous vous étiez planté quelque part. Venice était *the place to be*. Ils s'alignaient le long de la pelouse entre la plage et Ocean Front Walk : des campements entiers qui s'étalaient au soleil. Il y avait beaucoup de meth et d'héroïne, et des jeunes dans les vapes, pieds nus, vêtus de fripes militaires et couverts de crasse incrustée. D'autres étaient là depuis plus longtemps, endurcis, comme si la saleté avait totalement fusionné avec leur peau. Ils puaient la pisse et se battaient entre eux, des junkies hargneux. Ils plantaient la tente et cherchaient la bagarre, se baladaient main dans la main et parlaient tout seuls. La nuit, ils remontaient de la plage jusqu'à Third Street pour former une cité de tentes sur deux pâtés de maisons entiers, laissant la rue jonchée d'ordures, de merde et de sacs de couchage au petit matin. Personne ne les embêtait.

La première fois que j'étais venue à Venice, j'avais trouvé ça bizarre, tous ces millionnaires qui vivaient parmi les clodos. Si vous aviez emménagé ici au cours des dix dernières années, soit vous possédiez une maison à un million de dollars, soit vous dormiez sur le trottoir devant l'une de ces maisons. Cette première visite avait été un désastre. Annika et moi on se voyait rarement, même si ça faisait des années que je lui promettais de venir faire un tour à la plage. Je n'arrivais jamais à faire coïncider le planning de Jamie et le mien, à le motiver, et j'avais peur de venir seule – de partager l'intimité d'Annika – sans qu'il soit là pour faire tampon. Je ne voulais pas qu'on me voie de trop près, sinon je risquais de devoir me regarder aussi.

« Tu n'as qu'à venir seule, disait-elle. Je m'en fiche de lui, c'est toi que je veux voir. »

C'était facile à dire pour elle, qui avait le confort de vivre en couple. Son indépendance, si elle avait vraiment existé autrefois, n'était plus qu'un air qu'elle se donnait. Comment osait-elle me critiquer de vouloir attendre Jamie, alors qu'elle avait Steve qui lui collait au train comme un sherpa ? Je me sentais jugée, même si ce n'est pas ce qu'elle faisait. Alors j'ai repoussé ma visite pendant des années. Et puis enfin, alors que Jamie tournait un épisode spécial sur le parc de Joshua Tree, on a décidé que je viendrais à Venice à la fin de son séjour, et qu'il prendrait la caravane pour m'y retrouver.

J'étais tellement nerveuse l'après-midi où j'ai pris l'avion pour aller la voir, que je me suis saoulée à bord. J'étais incapable de dire si Steve ou elle l'avaient senti à mon odeur à l'atterrissage, même si lui me regardait bizarrement. J'étais à l'arrière de leur Prius, et je l'observais en train de masser doucement le cou d'Annika quand le téléphone a sonné. Le tournage de Jamie avait été prolongé, il n'allait pas pouvoir venir. Je lui ai parlé calmement, j'ai essayé de contenir ma rage. Je ne voulais pas qu'Annika et Steve, surtout, ne perçoivent la moindre colère chez moi. Si j'étais capable de leur donner le change, alors peut-être que moi-même je n'aurais pas à ressentir cette colère.

Mais ce soir-là, je me suis tellement saoulée au vin blanc que j'ai vomi partout dans le lit d'invités d'Annika. Apparemment, pendant un moment de black-out, j'ai parlé de suicide à Steve. Je ne menaçais pas de le faire, je discutais simplement des mérites de cette solution pragmatique aux problèmes de la vie.

Je me suis tenue à carreau pendant le reste du séjour. J'ai utilisé les clodos comme échappatoire, en posant beaucoup de questions sur eux, en leur donnant de l'argent. Je me disais que, par rapport aux clodos, j'aurais l'air moins affreuse. J'ai inventé un jeu, « milliardaire ou clodo » : je demandais à Steve de parier sur la catégorie à laquelle appartenait tel ou tel type au look bohème un peu dépenaillé. Apparemment, il s'en est offusqué. Elle a continué à m'inviter là-bas, surtout quand ils ont eu Dominic, mais je lui répondais toujours : « bientôt ». Je ne l'ai jamais invitée dans mon propre monde.

Désormais, c'étaient les clodos, et notamment les jeunes fugueurs qui atterrissaient ici, qui empêchaient Venice de devenir totalement un campus Google – du moins jusqu'ici. Ils taguaient les palmiers, s'assuraient que les drogues coulent toujours à flots. Ils m'attiraient, les plus jeunes en particulier, cette façon de larguer complètement les amarres. Leur capacité à faire ça. Les palmiers des destinations idylliques me déprimaient. Mais avec un peu d'aspérités, ils étaient sexy sur fond de soleil couchant.

« Putain de merde », ai-je lancé aux palmiers.

Je ne me sentais pas à ma place sur le boulevard Abbot Kinney, cette longue enfilade de boutiques pour yuppies en métal et bois blond qui coupait Venice en diagonale. J'étais plus raccord avec les sans-abri. Il y avait tellement de nanas magnifiques : des filles de vingt ans et quelques en robe bohème chic et balayage ombré, des Françaises minimalistes enveloppées de cuir noir, avec des bijoux anguleux, et même des mannequins, qui me faisaient contempler avec dégoût mes orteils poilus et mes jambes couvertes de duvet. J'avais arrêté de me raser depuis la rupture. Mes cheveux, qui avaient toujours eu tendance à frisotter, étaient devenus encore plus rêches, envahis de gris. Je ne faisais même plus de hennés. Mes jambes maigrichonnes faisaient ressortir ma culotte de cheval. Je n'en avais plus rien à foutre.

En regardant ces femmes à présent, je me suis dit : Et si je devenais super canon pendant mon séjour ici ? Et si je redevenais celle que j'étais, ou bien celle que j'avais été il y a très longtemps, ou encore quelqu'un de totalement nouveau ? Quand je rentrerais à la maison, peut-être que Jamie voudrait de nouveau de moi.

Qu'est-ce que je pourrais faire ? Peut-être me teindre les cheveux en auburn, me remettre à porter du rouge à lèvres, m'épiler la chatte pour lui donner un minimum de forme. J'avais toujours été plutôt nature comme nana, et je supposais que Megan la scientifique était du genre à ne pas se prendre la tête côté pubis, mais à quel moment est-ce que nature devenait trop nature ? J'étais devenue tellement nature que j'étais naturellement morte.

7

Au bout de quelques jours à Venice, je suis allée à ma première séance de thérapie collective : c'était un groupe spécialisé pour les femmes souffrant de dépression et de troubles sexuels et amoureux. Il y avait quatre femmes dans le groupe, plus la thérapeute et moi. Mais elles se fondaient toutes en une même hydre à plusieurs têtes de désespoir.

Judith, notre thérapeute et animatrice, n'était manifestement pas mariée. Dans ses mains dépourvues d'alliance, elle tenait un mug de thé vert fumant et ne disait pas grand-chose, murmurant de temps à autre des « mmmmm » et des « ahhhh ». Parfois, elle demandait comment l'une ou l'autre avait vécu tel événement. Tout le monde l'appelait « Dr Jude ».

Le Dr Jude était une collectionneuse – son cabinet était bourré de bibelots : des statuettes de Bouddha, une petite figurine articulée représentant Freud, une boîte de pastilles de réglisse, des plantes suspendues, un vieux distributeur de chewing-gums, des « cartes des anges » aux messages inspirants et des petits écriteaux avec des phrases du genre : « Qu'est-ce que vous tenteriez si vous étiez sûr de ne pas échouer ? » et « Faites-vous confiance ! Vous en savez plus que vous ne croyez ! » Manifestement aucune de nous n'était capable de se faire confiance, sinon nous ne serions pas là.

Hélas, notre intrépide animatrice était profondément célibataire et s'efforçait d'être en paix avec cet état de fait. Je me demandais même si elle avait déjà eu un copain. Comment pouvait-elle animer un groupe sur les troubles sexuels et amoureux ? Qui aurait envie de recevoir des conseils de vie amoureuse de la part d'une célibataire qui se persuadait qu'elle était heureuse en placardant des dictons de supermarché sur ses murs ? Et quel genre de docteur était-elle, d'abord ? Je ne voyais pas de titre officiel à côté de son nom. Est-ce qu'elle était docteur en amour ?

Le Dr Jude avait des dents jaunâtres et une coupe de cheveux à la Dorothy Hamill. J'imagine que les dents jaunes montraient qu'elle s'acceptait, et qu'elle n'était prête à changer pour personne. Curieusement, j'étais intriguée par l'attitude positive qu'elle manifestait devant l'abîme, comme si j'étais une anthropologue rencontrant pour la première fois une nouvelle culture. Mais quand elle a cité E. E. Cummings pour tenter d'expliquer que nous n'avions pas d'autre choix que d'être nous-mêmes, j'ai décidé qu'elle était stupide. Et puis elle n'arrêtait pas d'utiliser l'expression *acceptation radicale*. Hors de question que j'accepte radicalement quoi que ce soit. Quand je rentrerais à Phoenix, je voulais que tout soit radicalement différent. Je ne l'aimais pas. Mais par rapport à la catastrophe qu'était le reste du groupe, le Dr Jude avait tout d'une gagnante.

Notre plus jeune membre s'appelait Amber : environ vingt-cinq ans, une carrure de catcheuse, pantalon de survêt couvert de poils de chien. Amber était celle qui était là depuis le plus longtemps, et qui avait le plus avancé dans son « travail » au rayon amour et développement personnel. Elle veillait à ce qu'on soit toutes au courant. Dans mon esprit, je l'ai immédiatement surnommée Crin-Bec, parce qu'elle avait le crâne allongé comme celui d'un cheval, mais aussi un nez busqué et de grosses gencives roses qui évoquaient la crête et les barbillons d'une poule. Elle semblait prendre son pied à nous expliquer à toutes qu'on se plantait.

Le Dr Jude avait encouragé Crin-Bec à recommencer à sortir avec des mecs, mais elle ne s'y était pas encore mise. Elle se focalisait plutôt sur les interactions problématiques qu'elle entretenait avec certaines personnes dans sa vie.

« Mon chef fait de la maltraitance émotionnelle. Il me persécute, a-t-elle expliqué.

— Peux-tu nous en dire davantage ? a demandé le Dr Jude.

— Je ne peux pas l'expliquer, c'est juste un truc que je ressens. Et en tant que victime, il me semble que je ne devrais pas avoir à m'expliquer.

— C'est compréhensible, a répondu le Dr Jude.

— C'est ma vérité. Et j'ai peur d'en parler à ses supérieurs, parce qu'il s'est passé la même chose avec mon ancien chef. Lui aussi était maltraitant ; c'est un schéma qui se répète. Quand j'ai soulevé le problème dans mon ancien boulot, tout le monde s'est mis à essayer de me faire perdre les pédales en prétendant que c'était moi qui étais folle. »

Crin-Bec était aussi impliquée dans une altercation du même genre à domicile. Apparemment elle avait « cafté » auprès de la proprio au sujet de ses voisins qui mettaient la musique trop fort. Elle avait laissé des messages sur le répondeur de la proprio tous les jours pendant deux semaines, en plus d'avoir frappé à leur porte tous les soirs en gueulant que vingt-et-une heures, c'était trop tard pour faire du bruit, peu importe lequel. Désormais, sa proprio l'accusait de vouloir semer la zizanie dans l'immeuble. Elle essayait de la virer pour harcèlement, ce qui était injuste, vu que c'était elle qui subissait leur harcèlement musical. Ça aussi, c'était sa vérité.

Je ne savais pas exactement ce qui était arrivé à Crin-Bec pour qu'elle atterrisse là – seulement que ça impliquait un homme marié et une injonction d'éloignement. Je me demandais si elle avait déjà cassé le nez de quelqu'un, elle. Elle semblait plutôt du genre à foutre le feu à votre maison.

À côté de Crin-Bec, il y avait Sara qui, apparemment, craignait non seulement les hommes mais aussi la lumière, les produits d'entretien, la moisissure, le pollen, le gluten, les produits laitiers et le sucre. Elle avait une fibromyalgie, des migraines chroniques, et à cause de son hypoglycémie, elle jouissait d'une autorisation spéciale pour manger pendant la séance. Elle disait que ça l'aidait à considérer cette pièce comme un « safe space », un lieu sûr. Pendant les quatre-vingt-dix minutes de séance, elle a consommé deux bananes, une nectarine, une figue séchée, un gros paquet de raisins, et un bidon de deux litres d'eau tout entier. Elle m'agaçait, à insister tellement sur l'hydratation.

De ce que j'avais compris, Sara avait été amoureuse d'un homme nommé Stan – qui était chercheur à l'hôpital où elle travaillait – pendant douze ans. Malheureusement, si Stan couchait volontiers avec elle, il était incapable de s'engager dans une relation. Et puis Sara s'était réveillée à cinquante et un ans – sans enfants, sans mari – et avait décidé que ça suffisait comme ça. Elle avait rejoint le groupe et entamé une « désintox » de Stan.

Jamie était-il un Stan ? Pire encore, est-ce que j'étais une Sara ? Contrairement à l'ex de Crin-Bec, Stan n'était marié à personne, mais pour une raison ou une autre, il était quand même « indisponible ». Voilà un mot que j'ai entendu répété par toutes les femmes au cours de la séance, comme un chœur résonnant en continu. La malédiction de la femme disponible et de l'homme qui ne l'est pas ! Mais allez savoir comment, toutes ces femmes s'étaient convaincues qu'elles non plus n'étaient pas disponibles, sur le plan émotionnel. Comme les y encourageait le Dr Jude, elles en étaient venues à prendre conscience que leurs choix d'hommes indisponibles reflétaient en fait leur propre indisponibilité intériorisée. Eh bien, elles avaient pourtant toutes l'air foutrement disponibles, si vous voulez mon avis.

Dans ses efforts pour se désintoxiquer de Stan, Sara faisait un break de quatre-vingt-dix jours sans aucun contact avec lui. Elle en était à présent au quarante-troisième jour, et affirmait aller plutôt bien. En fait, disait-elle, c'était à peine s'il lui manquait.

« Je me concentre sur moi. Et ce soir, je vais danser la salsa. »

La salsa... franchement c'était le coup de grâce, la preuve que Sara n'allait pas tout à fait aussi bien qu'elle le prétendait. Qui dansait la salsa ? Danser la salsa, c'était le dernier arrêt sur l'autoroute du suicide. Peu importe qu'elle soit prête à l'admettre, il était clair que Sara courait à la catastrophe.

Mais le pire au sujet de Sara, c'étaient peut-être ses pieds. Elle portait des « sandales de sport » blanches et moches qu'elle retirait dès qu'elle était assise. Elle avait de petits pieds, mais couverts de corne, avec un ongle qui jaunissait. Pendant toute la séance, elle s'est prodigué différentes déclinaisons du massage de pied : caresses, papouilles, frictions. Elle tripotait aussi ses durillons et l'espace entre ses orteils. Quel luxe de croire que vos pieds méritent d'être massés aussi langoureusement, et devant tout le monde ! C'était incroyable d'être désinhibée au point de ne pas se soucier de ce que pensaient les autres. Je me demandais même si ses pieds lui faisaient vraiment mal, ou si elle aimait simplement avoir un truc à caresser. Peut-être qu'elle faisait exprès d'essayer de nous dégoûter ? Je me suis juré de ne jamais lui toucher la main ni d'accepter quoi que ce soit de sa part. Pour une raison que j'ignore, tout ça me mettait en rage. Je trouvais que ce n'était pas juste pour nous. Je me suis demandé si je pouvais dénoncer son comportement, dire au groupe que ça me donnait le sentiment que cet endroit n'était pas « safe » pour moi. On devrait imposer une règle sur les chaussures. Mais est-ce qu'elle était tordue parce qu'elle se massait les pieds, ou est-ce que je l'étais parce que je m'en souciais ?

Comment est-ce que j'avais atterri parmi ces loseuses ? Je détestais les concepts qu'elles maniaient : *l'enfant qui sommeille en vous, prendre soin de soi, l'intimité, s'aimer soi-même.* On était des Américaines, comment voulez-vous que la vie nous gâte davantage ? On avait toujours été chouchoutées. Qu'est-ce qu'Annika m'avait fait ? Est-ce que j'avais envie de soulager ma souffrance ? Absolument. Mais désolée, ce n'était pas ici que j'allais apprendre à m'aimer. On aurait dit qu'elles étaient toutes en compétition pour voir laquelle serait la plus immonde, tout en s'aimant elle-même au plus haut point. Est-ce que c'était ça que ça voulait dire, s'aimer soi-même ? Être répugnante ?

À côté de Sara, il y avait Brianne : une authentique native de Los Angeles, à qui j'aurais sans doute donné également la petite cinquantaine, mais qui s'était injecté tellement de saloperies dans la figure qu'elle était totalement hors du temps. Au lieu de prendre de l'âge, le visage de Brianne avait pris du volume : lèvres bouffies dignes d'un poisson, peau des joues tirée et brillante – distendue par tous les produits de remplissage. À un moment donné elle avait aussi subi une rhinoplastie foireuse, qui lui avait laissé une narine très évasée tandis que l'autre était étroite et triangulaire. Elle semblait avoir en outre une maladie de peau, une sorte d'éruption qui lui envahissait le visage, le cou et la poitrine, et sa peau était si fine à cause de tout ce qu'elle pouvait bien lui faire qu'on voyait tous les petits vaisseaux de ses joues.

Sous son chapeau à larges bords, la chevelure partagée en deux longues nattes noires, comme une poupée, Brianne a déclaré qu'elle n'avait couché ni n'était sortie avec personne depuis la naissance de son fils, quinze ans plus tôt. D'après ce que je comprenais, le père de son fils passait encore de temps à autre – et peut-être même qu'il s'intéressait à elle – mais ils n'avaient jamais été mariés. S'ils s'entendaient globalement bien, il y avait récemment eu un incident impliquant une tentative de massage du cou qui s'était mal passée. Désormais, il était persona non grata.

Sur les encouragements du Dr Jude, Brianne s'était mise à Internet depuis un an pour rencontrer des hommes. Les sites qu'elle avait choisis étaient Match.com et Millionaire Match, et elle répétait leurs noms comme si elle récitait un mantra : « Match et Millionaire Match, Match et Millionaire Match. » Elle semblait traverser une mauvaise passe sur les deux sites : les hommes n'arrêtaient pas de disparaître. Elle trouvait quelqu'un qui semblait prometteur, lui envoyait des messages pendant quelques semaines, et puis il se volatilisait d'un coup. Dans les rares cas où l'un de ces types ne disparaissait pas et lui proposait réellement un rencart, bizarrement il lui paraissait soudain répugnant. Mais la plupart du temps, ils prenaient la poudre d'escampette.

La dernière disparition en date était celle d'un homme qui prétendait être pilote de chasse à la retraite. Ça lui avait plu, a-t-elle expliqué, vu qu'elle aimait les militaires, et puis il avait l'air beau. Pendant deux semaines, il lui avait écrit des messages tous les jours : sans jamais rien dire de grossier ni envoyer de photo de son pénis. Et puis, un jour, elle lui avait demandé si ça lui dirait qu'ils se rencontrent en vrai. Il avait supprimé son compte.

« Mais si c'est mon destin, très bien. Et si ça ne l'est pas, c'est comme ça », a-t-elle dit doucement, en ajustant la bretelle de sa robe babydoll. Elle portait aussi des chaussettes montantes et des babies. « J'ai une vie bien remplie. Très bien remplie. Je ne sais même pas si j'ai vraiment envie de faire de la place à quelqu'un d'autre. »

Et puis elle a soupiré.

La seule personne qui me plaisait, c'était une femme qui s'appelait Claire. Elle était anglaise, vulgaire et vénère, avec de longues boucles rouge feu. « Marre de toutes ces conneries », n'arrêtait pas de répéter Claire. Elle avait quitté son mari deux ans plus tôt, quand elle avait rencontré un mec plus jeune dans un bar à jus, et qu'elle s'était rendu compte, pour reprendre ses mots, qu'elle n'avait pas été fourrée par une bite digne de ce nom depuis douze ans. Le type plus jeune la baisait volontiers, mais il ne l'avait jamais poussée à quitter son mari. C'est elle qui s'était imaginé qu'ils avaient un avenir ensemble. Pendant six mois, ils s'étaient vus par intermittence, jusqu'à ce qu'elle finisse par lui balancer à la figure une assiette de nouilles au pesto d'algues du Café Gratitude, y mettant un terme pour de bon. Clean et sobre depuis neuf ans, elle avait peur de se remettre à boire à cause de toute cette histoire. Mais plus récemment, un homme nommé Brad l'avait blessée et à nouveau mise en rogne. Il avait l'air assez naze – chauve, avec une casquette de baseball, genre avocat en contentieux – mais elle l'aimait vraiment bien. D'après ses dires, ils avaient atteint une réelle intimité quand il avait perdu sa mère, et puis il s'était évaporé. Elle ne buvait pas, mais elle était en train de reprendre des tas de mauvaises habitudes pour supporter sa dépression.

« J'ai laissé mes enfants avec une amie et j'ai loué une chambre d'hôtel pour pouvoir me faire du mal en paix, a-t-elle dit. Mais alors j'ai commencé à avoir peur de me foutre en l'air. Je ne savais pas quoi faire d'autre. Donc je suis revenue dans cette saloperie de trou à rat. »

Contrairement à Brianne et Crin-Bec, Claire avait reçu l'ordre formel de ne pas sortir avec quelqu'un tant qu'elle n'aurait pas travaillé sur elle-même. Elle qualifiait ça de « ramassis de conneries ».

« Lucy, j'aimerais te suggérer la même chose, a annoncé le Dr Jude. Pas de rencart, pas de sexe, pas de contacts avec Jamie pendant les quatre-vingt-dix jours à venir. Tu traverseras probablement une période de manque, si ce n'est pas déjà le cas. Mais ça en vaudra la peine, en fin de compte.

— De manque ?

— Oui, tu es en train de te désintoxiquer de lui… de tout un mode de vie, en réalité. Une vie définie par la quête d'autres personnes pour te compléter.

— Et ça implique quoi, le manque ?

— Les gens en état de manque évoquent des symptômes comme la dépression, le désespoir, l'insomnie, une impression de vide.

— Ah, donc la vie, quoi, ai-je fait.

— Parmi les autres symptômes il peut y avoir des nausées, de l'angoisse, des pensées irrationnelles, et même des distorsions cognitives.

— Super, de quoi se réjouir encore plus.

— Une dernière chose. Tu as mentionné avoir dépensé de l'argent pour des voyants, des astrologues, des filtres d'amour. Je te recommande fortement d'abandonner ce genre d'entreprises, qui ne font que prolonger ton incapacité à établir une intimité avec toi-même. Or c'est là qu'est le vrai trésor.

— Ah, ai-je lâché. J'ai trop hâte. »

8

Sur Abbot Kinney, il y avait un endroit qui m'apportait du réconfort : la librairie Mystic Journeys. J'ai contemplé dans la vitrine les rangées de cristaux de quartz rose. Je savais grâce à Google que le quartz rose était censé apporter l'amour. En fait, la plupart des cristaux semblaient vous apporter un truc que vous vouliez. Si les cristaux étaient aussi efficaces qu'ils le prétendaient, il n'y aurait probablement plus aucun problème dans le monde. Chacun aurait ce qu'il désirait, et la paix régnerait partout, ou en tout cas tous les gens qui vendaient des cristaux seraient riches, célèbres et couverts d'amour. Ils ne vendraient probablement plus de cristaux, ils n'en auraient plus besoin. Et pourtant, ça me plaisait de croire à la magie. Il fallait que j'entre.

Je n'étais pas vraiment une hippie, au sens propre du terme. Mais ayant grandi avec Annika comme grande sœur, j'étais plutôt à l'aise avec les trucs New Age. À la fac, elle suivait les tournées des Grateful Dead et m'envoyait des bricoles qu'elle achetait sur le parking : de l'encens Nag Champa, un collier avec un pendule en malachite, un talisman en verre bleu pour éloigner le mauvais œil. Annika avait été la seule figure maternelle dans ma vie depuis la mort de ma mère quand j'avais onze ans – une figure maternelle totémique, à distance, mais c'était tout ce que j'avais – et la culture New Age avait donc toujours eu un côté rassurant pour moi. Dans cette boutique, avec ses étagères et ses vitrines de cristaux et de minéraux – de l'améthyste, du quartz rose, du quartz fumé, de la pyrite, de l'onyx, de l'apophyllite, du sel gemme, de l'aqua aura – on pouvait vraiment croire à la magie. L'air embaumait l'ambre et le bois de santal. Vous pouviez vous offrir un peu d'éveil spirituel grâce à différents textes orientaux : la Bhagavad-Gita, les Yoga sūtras de Patañjali. Vous pouviez acheter votre guérison sous forme de bougies blanches au jasmin, ou la protection d'un cierge noir. La magie du capitalisme.

J'avais acheté assez de babioles New Age au cours de ma vie pour savoir qu'au bout de quelques jours à peine ce ne serait plus que du bordel supplémentaire. Mais dans la boutique, au moment d'examiner les pierres et leur signification, il y avait l'espoir d'un moment décisif. C'était la rapidité de l'acte d'achat qui était grisante, le potentiel que ça représentait. Je pouvais croire à la magie de toute ma foi capitaliste. Cette boutique offrait de l'espoir, et l'espoir était ce qui me séparait de la morne plaine du reste de ma vie. C'était une ligne, un portail qui m'empêchait d'être engloutie.

J'ai passé en revue tous les prospectus de guérisseurs divers et variés. Certains pratiquaient la numérologie, d'autres le tarot, d'autres encore le reiki et la purification des chakras. J'aurais pu y passer la journée et me faire dire la bonne aventure jusqu'à ce que quelqu'un me prédise ce que j'avais envie d'entendre – que j'allais me remettre avec Jamie, qu'il allait me revenir – et je me suis donc dépêchée de tourner les talons. J'ai regardé les cristaux. J'aurais adoré acheter du quartz rose, d'énormes morceaux de quartz rose, pour des centaines et des centaines de dollars. Je voulais tracer un cercle autour de moi ; faire des trucs rituels avec des pétales de rose ; brûler de l'encens à la vanille, au gardénia et à la fraise pour attirer l'amour. Mais j'ai préféré acheter une améthyste brute étincelante, d'un violet extrêmement pâle, qui était censée apporter la paix et la stabilité.

Il y avait aussi une table où l'on vendait des bougies magiques : rouge pour l'amour et la passion, vert pour l'argent. J'ai esquivé la bougie d'amour pour en choisir une couleur coquille d'œuf, dédiée à la purification et au changement nécessaire. Peut-être que je pourrais simplement faire cramer toute cette année.

À la maison, je mangeais des pads thaïs et buvais du vin blanc, je nourrissais Dominic et je lui donnais son médicament. Avant lui, je ne connaissais rien aux chiens – comment et où les caresser – mais il se montrait patient avec moi, et j'ai bientôt découvert les endroits où il préférait qu'on le touche. Il avait la tête entièrement marron à l'exception de deux taches blanches : une bande au milieu du front, sur laquelle je passais doucement mon doigt et que je surnommais sa marque d'ange, et l'autre en forme de diamant derrière son cou, une flèche pointée comme pour dire: *Gratte-moi ici.* C'était la zone qu'il ne pouvait pas atteindre avec ses pattes et qu'il suffisait de gratouiller pour l'expédier directement dans les bras de Morphée. On avait un petit jeu: il me fixait amoureusement en luttant pour garder ses yeux bruns ouverts, et puis ses paupières s'alourdissaient, s'ouvraient de nouveau brusquement, avant de s'alourdir encore, toujours plus lourdes, jusqu'à finir par se fermer hermétiquement: ne restaient plus que deux balafres bordées de petits cils.

Quand il roulait sur le dos et me montrait son ventre blanc, ça signifiait que c'était l'heure des papouilles. Parfois je m'excitais comme si j'étais en train de lustrer une voiture, et Dominic agitait joyeusement les pattes en l'air, fourrure au vent, langue pendante, tout haletant. D'autres fois je caressais et embrassais tendrement ce pelage doux, savourant son odeur qui rappelait vaguement les effluves d'un poulet rôti tout chaud.

L'endroit où je préférais l'embrasser se situait pile au milieu d'une de ses grosses oreilles pendantes. Je sentais qu'il n'aimait pas qu'on le touche là, mais qu'il faisait un sacrifice suprême en me permettant de lover mon visage dans une de ces délicieuses crêpes veloutées. L'autre zone que j'adorais, c'était le creux de son cou, sous la mâchoire, là où la peau était souple et lâche. Allez savoir comment – peut-être à cause du collier, ou simplement avec le temps – il avait perdu tous ses poils à cet endroit, de sorte qu'il ne restait qu'une peau de bébé laiteuse à souhait. Je passais l'essentiel du temps que je partageais avec lui la tête nichée dans ce creux. J'aurais pu y passer ma vie.

Notre dîner terminé, j'ai posé mes doigts sur la bougie que j'avais achetée, et les ai fait courir de haut en bas en priant pour être heureuse. J'adressais cette courte supplique à des dieux auxquels je n'étais pas sûre de croire – en fait je doutais carrément de leur existence. À vrai dire, j'avais l'impression que c'était la prière qui me prononçait, plutôt que l'inverse.

« Ô Dieux, aidez-moi s'il vous plaît à être heureuse. Permettez-moi d'accomplir la volonté de l'univers et donnez-moi la volonté d'accomplir la volonté de l'univers, d'ailleurs je ne sais pas trop ce que c'est. Je ne sais clairement pas grand-chose. Ce que je crois savoir ne me mène clairement qu'à des envies suicidaires. Je n'ai jamais demandé à naître sur cette planète. Je n'ai jamais demandé à exister. Mais je suis là maintenant, donc peut-être que vous pourriez au moins faire un petit effort pour m'aider à apprécier ma vie ? »

Faire le vœu d'apprécier ma vie m'a fait me sentir idiote. Je me suis demandé si c'était plus que ce que n'importe quel être humain devrait souhaiter. Qui avait dit que la vie était faite pour être appréciée, et pas pour souffrir ? Et si la souffrance était le but ? Mais je ne voulais plus souffrir. Je ne le supporterais pas. Ça, c'était clair. Alors j'allais essayer d'être heureuse, même si ça m'apportait davantage de souffrances. Avec la bougie qui brûlait, l'améthyste en main, assise sur la terrasse de la maison au bord de la plage, je me sentais plus connectée à moi-même que je ne l'avais jamais été depuis avant Jamie. Je me suis mise à pleurer. Dominic a émis un bruit, puis il a grimpé sur mes genoux et léché les larmes sur mon visage. Il les léchait parce qu'elles avaient bon goût. Il faisait pareil quand je transpirais. Mais j'ai fait comme si c'étaient des coups de langue pleins d'amour, et ça y ressemblait. Peut-être que cette connerie de thérapie de groupe fonctionnait. Peut-être que c'était ça, s'aimer soi-même. Je n'en savais rien, et je m'en fichais un peu. L'immonde bouillasse de la dépression avait été remplacée par du calme. Ce calme était un objet en soi : il était rempli de douceur, comme si un alchimiste avait transformé la dépression en un truc délicieux.

J'ai regardé l'océan au loin. C'était comme si je ne l'avais pas remarqué jusqu'à présent, ou que je n'avais pas voulu le voir. J'étais effrayée par son ambivalence sauvage, lui si puissant et informe à la fois, comme la dépression elle-même. Il n'en avait rien à foutre de moi. Il pouvait m'engloutir sans même y penser.

Mais à présent je distinguais chaque vague individuellement, l'une après l'autre, et je sentais qu'elles étaient au diapason de mon rythme cardiaque. Elles scintillaient et faisaient jaillir leurs éclaboussures au clair de lune. Peut-être que l'océan m'applaudissait, en fin de compte ? Peut-être qu'on était du même bord, composés des mêmes éléments, de l'eau surtout, du mystère aussi. L'océan avalait des trucs – des bateaux, des gens – mais ne cherchait pas à se réaliser en dehors de lui-même. Il pouvait très bien se passer de tout ce qui écumait sa surface. Dans ses profondeurs vivait déjà tout un monde de machins mystérieux. Il se suffisait à lui-même. Je devrais faire pareil. Du coup je me suis demandé ce que j'avais en moi.

9

J'avais entendu dire que c'est parfois quand on se sent bien qu'on est le plus suicidaire. Peut-être qu'après avoir décidé de le faire, on paraît d'un coup plus heureux. Je ne pense pas que ce soit la raison qui m'a poussée à traverser la plage jusqu'à l'océan ce soir-là. Je ne crois pas avoir eu l'intention de sauter bourrée dans l'océan, ou de me faire assassiner par un inconnu. Je savais que c'était dangereux de m'aventurer par là à minuit. J'allais même rarement sur la promenade passé dix ou onze heures. Je crois que je me sentais invincible, c'est tout, en phase avec moi-même comme si je pouvais faire n'importe quoi et m'en tirer sans une égratignure. Peut-être que j'étais à la recherche d'un nouveau genre de défonce.

J'ai grimpé sur l'un des gros rochers noirs entassés le long de l'océan. Je suis restée assise là un petit moment, à regarder les vagues, plutôt grises et blanches à présent que j'étais tout près. Je me suis demandé si les rochers étaient dotés d'une forme de conscience, s'ils se sentaient seuls là-dehors, sous le clair de lune glacial.

« Salut », ai-je dit aux rochers.

Les rochers n'ont rien répondu. Ils avaient l'océan, ils avaient leurs voisins rochers. Peut-être que le clapotis perpétuel des vagues les agaçait parfois, cette irritation quotidienne de leur érosion progressive. Espéraient-ils secrètement qu'un tsunami les balaye dans l'océan, histoire d'en finir une bonne fois pour toutes ? Ou peut-être appréciaient-ils ces caresses lentes et rythmées ?

Du coin de l'œil, j'ai repéré un truc couleur chair au bord d'un des rochers. C'était une paire de mains. Des mains à la peau claire, pâles sous la lune, les ongles rongés réduits à des croissants. Fuis ! a glapi une voix en moi. Une déferlante d'adrénaline a parcouru mon corps comme un signal d'alarme. Mais j'étais incapable de bouger.

Et puis j'ai vu un beau visage, une vague de cheveux bruns ondulés qui retombait sur un œil, et j'ai lâché un cri. Était-ce à cela que la mort ressemblait ?

« Vraiment désolé, a dit le visage. Je ne voulais pas te faire peur. Je faisais juste une petite pause avant de repartir nager.

— Pas de problème », ai-je bafouillé, toujours pétrifiée.

Le nageur a pris appui sur le rocher avec ses bras. Ils étaient massifs, charnus – pas dessinés comme ceux des culturistes, mais on voyait les muscles sous ce qui ressemblait à la chair potelée d'un bébé. Ils me faisaient penser à la texture que peut avoir un poisson à peau épaisse avec une mince couche de gras, à la fois ferme et tendre sous la dent, très blanc. J'avais envie de mordre dedans. Sa poitrine était imberbe, et j'ai remarqué qu'il avait les tétons exactement de la même couleur que ses lèvres, celle des gommes à crayon. Il semblait n'avoir pas plus de vingt et un ans. Si c'était la mort, eh bien la mort était canon.

« Ça ne te fait pas peur de nager la nuit ? L'eau n'est pas glacée ? ai-je demandé.

— Je porte une combi en bas, a-t-il répondu. Mais non, ça ne me fait pas peur. J'aime bien l'effet des éclaboussures dans le clair de lune, et j'aime bien avoir l'océan rien que pour moi. Enfin presque rien que pour moi.

— Oui, c'est sympa par ici », ai-je dit.

L'effet du vin se dissipait. Je me suis brutalement sentie épuisée. Il avait les dents d'un blanc brillant, mais pas comme celles d'un acteur. Elles n'avaient l'air ni fausses ni artificiellement blanchies. Elles étaient littéralement irisées, comme l'intérieur d'un coquillage. Il y avait quelque chose de presque féminin chez lui, de joli, mais il avait la mâchoire bien dessinée. Ah, ces surfeurs. J'oubliais toujours qu'ils existaient pour de vrai. Enfin, je savais qu'ils existaient. Je savais qu'ils faisaient partie des vivants. Mais en vérité j'avais l'impression que le surf était un déguisement, qu'ils faisaient seulement semblant d'être totalement passionnés par ça. Comment pouvait-on se consacrer avec une telle ferveur à un truc qui manquait à ce point de destination ? Une vague après l'autre, encore et encore, c'est tout. J'aurais bien aimé que quelqu'un se passionne autant pour moi. Mais leur amour du surf était réel. C'était un fait. Ils adoraient vraiment le surf autant qu'ils en avaient l'air. Mais celui-là n'avait pas de planche. Ce n'était pas un surfeur. C'était un nageur.

« Comment tu t'appelles ? a-t-il demandé.

— Lucy. »

Je me suis sentie vieille.

« Enchanté Lucy, a-t-il répondu. Moi c'est Theo. »

Quand il a prononcé son nom, son sex-appeal est monté d'un cran. Il était réel, là dans l'eau, réel d'une manière dont moi je ne l'étais pas. En train de nager, mouillé, et moi… qu'est-ce que je foutais ? J'ai pensé à tous mes livres, tous ceux qui m'attendaient en piles là-bas dans mon appartement desséché de Phoenix, à prendre la poussière. J'ai pensé à la bibliothèque universitaire. J'ai imaginé la bibliothèque grossir encore et encore, les livres s'entasser au bord de cet océan. Il suffirait d'une seule vague pour les anéantir tous. Ils étaient tellement secs, comme s'ils étaient faits de véritable poussière. Ma peau aussi me faisait l'effet d'un vieux bouquin : un parchemin poudreux couvert de marques censées receler du savoir, mais qui, en y regardant de plus près, n'étaient que de vains gribouillages. Pas le bon type de savoir. Si on me plongeait dans l'eau, moi aussi j'allais me dissoudre. J'en étais certaine.

« Tu nages toujours la nuit ?

— Oui, a-t-il répondu. Les vagues sont plus intenses mais ça a un effet fortifiant.

— Tu n'as pas peur de te noyer ?

— Non », a-t-il répondu.

J'ai regardé la lune. Et puis j'ai de nouveau baissé les yeux sur lui, et j'ai pris peur. Qui était-il ? Je ne voulais pas mourir. Ou en tout cas, je ne voulais pas avoir la sensation de mourir ou de me noyer. Et me voilà, assise sur les rochers à minuit, à discuter avec un inconnu, les jambes pendantes au-dessus de l'eau. Il lui suffirait de m'attraper la cheville, de me tirer à bas des rochers et de me maintenir la tête sous l'eau, et ce serait fini. Mais pourquoi est-ce qu'il ferait ça ?

J'ignore s'il est jamais possible d'être parfaitement à l'aise dans la vie, mais il y a des moments où on se sent plus proche de cet état – quand on ne se souvient plus de ce que ça fait de souffrir. Pendant ces périodes-là, on avance dans le vide, oubliant qu'on ne va nulle part, et du coup ce vide paraît moins effrayant. On a l'impression de se démerder. On se démerde et on travaille sur soi. Et puis quelqu'un d'autre arrive, nous rencontre à cet instant-là, et on se dit qu'on est capable de gérer. On se dit qu'on est capable de gérer, parce qu'à ce moment-là on a l'impression qu'on est capable de gérer n'importe quoi.

J'ai toujours cru que j'étais capable de gérer, jusqu'au jour où je ne l'étais plus. Je parlais de mourir comme si ça n'avait pas d'importance, mais à cet instant précis, je n'avais absolument pas envie de mourir. C'était de la folie d'être là-dehors. Je ne savais pas ce que je foutais.

« Je ferais mieux d'y aller. Il fait froid, et il faut que je sorte mon chien.

— Oh, tu as un chien ? » a-t-il fait, l'air un peu déçu.

Ça aussi, c'était bizarre. Les accros au surf semblaient toujours fans des chiens. Eux-mêmes étaient semblables à des bâtards des mers, magnifiques et désinvoltes.

« Oui. Pourquoi ?

— Pour rien.

— Tu as des chiens ou des chats ?

— Non », a-t-il répondu. Puis il a ri. « J'ai des poissons.

— Des poissons ? ai-je laissé échapper, et je me suis mise à rire aussi malgré moi.

— Tu habites où ? a-t-il demandé.

— Juste de l'autre côté de la plage, dans une de ces maisons. »

J'ai désigné vaguement la direction de la maison d'Annika.

« Ahhh. Une fille de Venice.

— Ouais. Je vis avec ma sœur. »

Je ne lui ai pas dit que je venais du désert.

« Bon, si tu décides de revenir te balader sur les rochers tard le soir, on se reverra peut-être. Je viens tout le temps dans le coin pour nager.

— Ouais, peut-être. D'accord, bon, salut. Fais attention à toi.

— Salut… toi aussi », a-t-il répondu.

Il était toujours agrippé aux rochers quand je suis partie. Il avait l'air de ne pas avoir envie de lâcher, mais pas parce qu'il avait peur des vagues, juste parce que… je ne sais pas vraiment pourquoi. J'ai marché sur la plage et ôté mes sandales. Quand je me suis retournée, il se tenait toujours aux rochers, la joue posée sur un des blocs. Il a agité la main.

En arrivant à la maison, j'aurais juré sentir encore son regard sur moi. J'ai jeté un dernier coup d'œil en arrière, mais il avait disparu. Je ne le voyais nulle part dans les vagues. J'ai senti un frisson parcourir ma colonne vertébrale, et j'étais contente que le chien m'attende.

« Salut Domi », ai-je lancé en faisant coulisser la porte en verre.

Mais Dominic n'a pas bondi vers moi comme d'habitude. Au lieu de ça, il a reniflé l'air à plusieurs reprises, gardant ses distances. Les oreilles aplaties, il s'est mis à gronder. Je ne l'avais jamais vu comme ça auparavant, et je me suis demandé si j'étais hantée, désormais. Il a continué à grogner, mais je trouvais ce bruit mignon. Il essayait de faire le vrai chien sauvage, ou bien le loup. Est-ce qu'il y avait toujours des chiens à l'état sauvage ? Ou n'importe quoi d'autre d'ailleurs ? Existait-il encore le moindre coin de nature sauvage, ou est-ce que tout était désormais peuplé de types de la Silicon Valley, avec des bars à jus et à brushing ? Restait-il quoi que ce soit qui n'ait pas été découvert, ou est-ce qu'Internet s'emparait de tout dès l'instant où ça existait ? Rien ne restait intact. Ou peut-être que certaines choses n'étaient pas encore totalement cartographiées, et qu'il restait une petite place pour le mystère. Peut-être qu'un garçon étrange et magnifique pouvait encore surgir de la mer et vous surprendre.

« Dominic, non, ai-je dit. Il n'en est pas question. On ne gronde pas. On ne gronde jamais sur Maman. »

Soudain je me suis sentie étourdie, stupide. Je n'avais plus peur, même pas un tout petit peu. Je me suis demandé si les dieux ou peut-être l'univers avaient entendu ma prière à l'améthyste, en fin de compte. Tout était tellement bizarre. La vie était supportable, cela dit. La vie était peut-être même assez mignonne. Il suffisait de ne rien en attendre. C'est ce que croyaient les Stoïciens – Zénon et Sénèque, ces connards de l'Antiquité. L'astuce, j'étais d'accord avec eux à présent, c'était de ne s'attacher à aucun désir ni perspective d'avenir. Il ne fallait jamais s'attacher à personne, ne rien attendre de bien de la vie, et c'était comme ça qu'on en tombait amoureux, et comme ça, peut-être, qu'il pouvait vous arriver des trucs bien, des trucs drôles. La seule condition pour ça était de n'avoir besoin de rien ni de personne. Tant qu'on ne prenait rien à personne et qu'on ne cédait rien de soi en retour, tant qu'on se contentait de retrouver l'autre en plein vide, si l'on veut, il pouvait se passer des trucs chouettes. Il fallait d'abord tomber amoureuse du silence.

10

Mais au matin, la plage était pleine de touristes et l'améthyste un simple caillou. Le calme s'était à nouveau enfui, remplacé par le néant. La bougie avait fondu partout sur la terrasse et j'ai passé une bonne demi-heure à gratter de la cire en train de se figer – en fine couche – au soleil. J'ai décidé d'emmener Dominic se promener au marché paysan de Santa Monica, d'essayer de faire comme les autres humains le dimanche. Acheter des fruits, peut-être, et me laisser embarquer dans les conneries du jour. Peut-être que je pouvais simplement être une femme avec son chien, sortie acheter des fruits.

Le marché paysan était bourré de familles. Je n'aime pas les familles. Il y avait un groupe qui jouait des reprises de Crosby, Stills & Nash et des gamins qui faisaient des tours de poney. Ça m'a donné envie de ne plus jamais rien manger de bio. Devant le maïs locavore, je suis tombée sur Claire, la rouquine de la thérapie de groupe. Elle m'a souri en me faisant signe. J'imagine qu'elle allait un peu mieux. Au moins, elle ne pleurait plus.

« Je ne remettrai jamais les pieds dans ce groupe, a-t-elle déclaré. Qu'ils aillent se faire foutre avec leurs conneries, ils savent que dalle de moi. L'addiction amoureuse, j'y crois pas. Le manque, arrêter les rencards pour un temps, tous ces trucs tellement puritains et caricaturaux : je refuse de croire que c'est ça qui va régler mon problème.

— Ouais, elles sont assez déprimantes.

— Grave. Et je viens à peine d'avoir un rencart avec un mec plus jeune et canon. Il s'appelle David, une vraie bombe. Je suis déjà à fond, probablement pas loin de l'obsession. Mais je crois que si j'arrive juste à entretenir le flux – tu sais, coucher avec plus d'un mec à la fois, deux ou trois peut-être – alors je ne ferai pas une telle fixette sur l'un ou l'autre.

— Ça semble malin, ai-je dit.

— Je suis déjà en train de faire passer des entretiens pour me constituer un harem. Je suis allée à des rencontres sur le polyamour. J'ai connu ce type, Trent, à une réunion à Topanga. Il est un peu plus vieux, il a fait du porno. Il a une queue-de-cheval, et je ne suis pas sûre de savoir si c'est mignon ou minable, mais je crois que c'est mignon. Il a une femme. Elle a des petits copains. Je vais me le taper demain soir. J'ai aussi rencontré cet autre type qui s'appelle Orion ; il a genre à peine dix-huit ans, il est super cucul. Il portait un kilt. Il est pansexuel. On a passé la soirée à s'emballer. Mais il vit dans le Vermont et il est déjà reparti, alors j'en cherche encore un troisième. Je vais peut-être me faire ce type qui travaille chez Best Buy.

On a déjà baisé avant. C'est un Jamaïcain, super bien foutu, vraiment sympa avec moi.

— Ils sont tous poly ? David aussi ?

— Non, lui je ne sais pas trop ce qu'il est. Programmateur informatique. Peut-être bien autiste. Il fait du yoga, cela dit. Énorme bite.

— Trop fun, ai-je dit, je suis jalouse.

— Tu devrais vraiment te mettre à Tinder. Ou venir avec moi à un de ces trucs poly.

— Oh, je sais pas trop. J'ai peur de faire une fixette sur quelqu'un d'autre. Et le Dr Jude a dit…

— Conneries. Et tu crois que tu vas l'oublier comment, autrement ? Tu penses que tu vas juste guérir ? Personne ne guérit. Il faut que tu le remplaces ! C'est ça qui le fera revenir au final, mais à ce moment-là tu ne voudras plus de lui. Les mecs le sentent, quand on est passées à autre chose. Surtout à une plus grosse bite. Brad le chauve m'a envoyé un texto.

— Ne réponds pas !

— Oh, je n'ai pas l'intention de répondre. Je n'en ressens pas le besoin.

— Bon, c'est intéressant, ai-je répondu. Je suis contente que tu aies trouvé une façon de garder une sorte d'équilibre, sans t'attacher.

— Pour des femmes comme nous ? Je suis convaincue que c'est le seul moyen. Le seul moyen pour que tu l'oublies, c'est d'avoir un maximum de relations sexuelles et de voir ce qu'il y a d'autre à découvrir. Tu pourrais même te surprendre toi-même. Tu pourrais te rendre compte que t'en es capable, que t'es capable de baiser sans t'attacher. Je te garantis que je ne vais pas m'attacher à Trent.

— Le type à la queue-de-cheval ?

— Oui. » Elle a ri. « Et puis, il faut aussi que tu te rendes compte à quel point t'es canon. Que tu le sentes.

— Je ne suis pas franchement canon, ai-je ri. Je suis immonde.

— Oh, va te faire foutre. T'as ce truc d'ingénue, genre petit oiseau ébouriffé. Comme cette pétasse dans *Les Misérables.* »

Elle a regardé sa montre.

« Merde, faut que j'aille chercher mes gosses. Ne fais jamais d'enfants. Ta vie est foutue, après.

— Ce n'est pas dans mes projets.

— Tu devrais essayer Tinder, a-t-elle ajouté. Essaie, c'est tout. »

11

Ce soir-là, j'ai songé à aller jusqu'aux rochers voir si Theo le nageur était à nouveau là. Du coup je me suis sentie idiote. Qu'est-ce que je foutais, à courir après un mec ? À la place, je me suis créé un faux profil Facebook (j'avais fermé le mien depuis que j'avais vu Jamie et Rochelle trinquer devant une part de flan) et j'ai ouvert un compte Tinder, en utilisant de vieilles photos : certaines dataient de cinq ou dix ans. Ce n'était pas un calcul conscient, genre *Je vais tuer l'ancien moi et à sa place fleurira un moi électronique*, mais c'était ce que j'étais en train de faire. Je voulais me nier, en quelque sorte, comme s'il suffisait de s'inscrire quelque part pour disparaître. Comme si on pouvait s'inscrire pour vivre vraiment, mais dans la peau de quelqu'un d'autre. Eh bien, je serais quelqu'un qui se moquait de tout. Je serais libérée dans ma sexualité, dans mon corps. Je voulais être celle qui n'en avait plus rien à foutre. Était-il possible de se façonner soi-même pour devenir quelqu'un qui n'en a rien à foutre ? Pouvais-je retrancher le fait d'en avoir quelque chose à foutre de toute la période de ma vie qui avait précédé ma rencontre avec Jamie, quand je couchais avec des tas de gens, mais que je n'arrivais jamais à ne pas me préoccuper de savoir s'ils m'aimaient, après ? Il fallait que j'aborde ça avec l'objectif affiché de n'en avoir rien à foutre. Alors j'ai rédigé ma bio :

Viens, on va se rouler des pelles dans une ruelle sombre.

Il y avait beaucoup de types dégoûtants, en particulier les mecs du genre acteurs. Je détestais les acteurs. Avec mon niveau d'anxiété sociale, je ne pouvais pas être avec quelqu'un qui faisait semblant d'être détendu. On portait déjà tous bien assez de masques. Je n'avais pas besoin de quelqu'un dont la profession était d'en enfiler encore plus. J'avais une propension à arracher les masques aussi vite que possible, à tout exposer, pour évacuer la gêne d'avoir à en porter un au départ. J'avais une tendance presque compulsive à la confession. Mais avec les acteurs, on aurait dit que le stock de masques était sans limites, couche sur couche.

La première personne à qui j'ai envoyé un message était un designer nommé Garrett. Sa bio disait qu'il possédait sa propre société de création graphique, avec des clients tels que JetBlue, Apple et MTV, et pourtant il n'avait que vingt-neuf ans. Putains de jeunes. Il était beau gosse, cela dit, et je n'arrivais pas à croire qu'il pourrait s'intéresser à moi. J'ai menti et prétendu que j'avais un copain, mais qu'on était un couple libre. Je ne sais pas pourquoi j'ai dit ça :

peut-être pour qu'il sache que j'étais désirée ailleurs, peut-être pour sembler moins désespérée, l'esprit occupé. Ou peut-être pour souligner que s'il essayait de me tuer, il y aurait quelqu'un pour se rendre compte de ma disparition. Il a dit que c'était marrant, parce qu'il avait une copine et qu'eux aussi étaient un couple libre. Il était originaire de Toronto, il vivait désormais à Silver Lake. Il a dit qu'il était à Venice ce soir-là pour boire un verre avec un client.

se rouler des pelles dans la rue, hein ? a-t-il écrit.

oui, ai-je tapé.

et si on faisait tout le reste ? n'importe où ailleurs ? ça te dit de baiser ?

J'ai commencé à stresser.

Et puis je me suis mise à échanger des messages avec Adam, vingt-sept ans, qui ressemblait un peu à un singe, mais d'une façon sexy. Il portait un chignon genre « man bun ». Adam m'a dit direct que j'étais canon. Ça m'a plu. Il a dit qu'il adorerait me rouler des pelles dans la rue, n'importe quelle rue. Il a dit qu'il vivait tout près de Venice, à Marina del Rey, et qu'il était serveur au Whiskey Red's, mais qu'il essayait de devenir écrivain. C'était mon homme.

J'ai dit non merci à Garrett et il a eu l'air déçu. Il m'a demandé si j'étais certaine de ne pas avoir envie de baiser. Si ça ne me faisait rien, pouvais-je lui dire pourquoi je préférais décliner ? Je lui ai dit que j'avais rencontré quelqu'un qui me semblait mieux me convenir. Il a dit qu'il comprenait, mais de lui faire signe si je changeais d'avis.

Adam et moi avons décidé de nous retrouver le surlendemain soir pour tenter notre histoire de roulages de pelle dans la rue. Il était désormais 1 h 57 du matin. Je me suis rendu compte que j'avais passé toute la nuit à swiper des profils et à vérifier ma messagerie. J'avais oublié de sortir Dominic, ça faisait huit heures. Je lui ai papouillé le ventre et me suis excusée, puis je l'ai promené jusqu'aux canaux de Venice. Adam, Adam, me disais-je, et je m'imaginais avoir envie de lui. Plus encore, je l'imaginais lui, qui avait envie de moi. Qui me désirait. Je me suis masturbée pour m'endormir en pensant à cette personne, encore essentiellement imaginaire à ce stade.

Je me suis réveillée la main dans la culotte. Mes poils pubiens me semblaient hirsutes, broussailleux, comme un tampon à récurer en laine d'acier. Avant, je mettais parfois de l'après-shampoing dessus, mais ça faisait un moment. Je me suis demandé de quoi Adam avait l'habitude, si les filles de son âge avaient le moindre poil pubien, déjà. Puis je suis passée à ma chevelure à proprement parler, côté crâne. Elle ressemblait à un nuage de mauvais augure. Je sentais tout le gris ressortir, de quoi me filer la nausée, et sans doute à Adam aussi.

Je voulais être parfaite pour lui. J'ai promené Dominic et lui ai donné son déjeuner, puis je suis allée jusqu'à Abbot Kinney. Il y avait là un salon nommé Trim qui paraissait plutôt désert. Je me suis adressée à une jolie brune avec des reflets caramel, nommée Allison.

« J'ai un rencart, ai-je lâché.

— Super, a-t-elle dit. Alors, qu'est-ce que t'as envie de faire ?

— J'ai besoin d'une couleur. Rien de trop fou. Genre une teinte auburn, c'est ce que je fais en général. »

Je lui ai montré des photos de moi sur mon téléphone, l'allure que j'avais avant de partir en sucette.

« Alors, où est-ce que tu vas pour ce rencart ? a-t-elle demandé. Un endroit cool ? »

Je n'avais pas envie de lui dire qu'on allait se bavouiller dessus comme des chiens dans la rue. Ni que c'était avec un mec que je n'avais jamais rencontré et qu'il avait plus de dix ans de moins que moi. Enfin bon, la différence d'âge en soi était plutôt cool, mais ça me faisait quand même drôle. Alors j'ai menti et prétendu que c'était un cadre de la Silicon Valley, plus âgé, que je fréquentais depuis quelque temps. J'ai dit qu'on partait quelques jours dans une chambre d'hôte à Santa Barbara.

« Oh, ça sera sûrement super », a répondu Allison avec enthousiasme.

C'était amusant d'avoir une conversation de filles comme ça. Je n'avais jamais ce genre de conversations – pas depuis que Rochelle était passée d'alliée à faux jeton. Il y avait de l'espoir là-dedans, comme une raison valable de se sentir excitée – pour Allison comme pour moi. Elle faisait seulement semblant de s'intéresser, sûrement. Mais même si tout ça n'était qu'un mensonge, je préférais le mensonge à la vraie vie.

Après avoir fait ma couleur, je suis entrée dans des boutiques de vêtements, toutes complètement hors de prix. C'étaient des trucs pour hippies riches : des kimonos de soie à 700 dollars, des manchettes et des colliers plastrons qui avaient l'air sortis tout droit d'une tente de Woodstock mais coûtaient plus de 3 000 dollars, des vestes frangées à 1 900 dollars. Mais ensuite j'ai trouvé une boutique qui affichait tout à moins de 20 dollars. J'ai essayé une robe noire à manches longues qui mettait en valeur mes jambes et ma taille minces, tout en ayant une forme trapèze au niveau des hanches.

Les vendeuses ont toutes déclaré que j'étais magnifique, et leur enthousiasme m'a plu. Cette attention me faisait plaisir et me grisait. Désormais je me fichais même de savoir comment se passerait mon rencart avec Adam. Rien que de s'y préparer semblait une raison de vivre, un filet qui m'avait rattrapée et extirpée de la vase de ma vie. C'était comme l'extension anticipée d'un merveilleux événement à venir. Il suffisait que l'événement futur existe pour que je savoure dès à présent l'excitation et l'impatience.

Ensuite, je suis allée dans une boutique de maquillage de luxe et j'ai acheté un rouge à lèvres assorti à ma couleur de cheveux, carmin mat. Les femmes de la boutique m'ont traitée comme une intruse et m'ont regardée de travers. Je parlais sans doute trop de mon rencart. Je n'arrêtais pas de mentionner le cadre de la Silicon Valley et Santa Barbara pour qu'elles me croient assez friquée pour cet endroit. Mais elles n'ont pas lâché un sourire. Peut-être que je n'étais pas censée leur parler ? Est-ce qu'on ne pouvait parler de rencards imaginaires qu'avec certaines femmes, alors que d'autres étaient capables de flairer votre réalité à la minute où elles posaient les yeux sur vous ?

La touche finale, c'était une épilation du maillot. Je suis allée dans un boui-boui – un trou à rats où ils disaient pouvoir me prendre tout de suite. J'allais seulement demander à faire les côtés, mais quand l'esthéticienne – une femme à la poitrine généreuse nommée Kristina – a vu mon sexe, elle s'est mise à crier.

« Trop de poils ! Trop de poils !

— Je sais ! Qu'est-ce que je devrais faire selon vous ?

— Moi ? je dis on enlève tout.

— Ha, pas moyen.

— Bon, d'accord. J'en enlève un peu. Je te montre. Allonge-toi. »

J'ai posé la tête sur le petit oreiller recouvert de papier. La pièce était froide et le plafond était couvert de ce qui ressemblait à de grosses taches de pisse et de moisissure.

« Tu as copain ? a-t-elle demandé. Les poils, lui, il pense quoi ?

— Non, ai-je répondu. Pas de copain.

— Ah tu vois ! a-t-elle répondu. Je t'arrange ça. Détends-toi. »

Je l'ai sentie étaler la cire. Elle me paraissait trop chaude, mais je ne savais pas à quel point c'était censé l'être. J'avais l'impression que ma lèvre droite était en feu. Elle a soufflé deux ou trois fois sur la cire avec des gestes frénétiques.

« Un, deux, trois », a-t-elle dit.

Puis elle a tiré d'un coup. J'ai eu l'impression que mon sexe était un arbre, et qu'on arrachait ses racines du sol. C'était une douleur, une déchirure et une brûlure tout à la fois. J'avais envie de la tuer.

« Oh bon Dieu ! » ai-je gueulé.

J'ai baissé les yeux. Et voilà ma touffe au naturel avec un énorme trou dedans. La zone était rose, avec quelques minuscules points de sang. Mon entrejambe ressemblait à une bouche poilue à laquelle on aurait arraché une dent.

« Chérie, allonge-toi. Ça c'est rien du tout.

— Non ! Ne faites pas ça, s'il vous plaît. J'arrête. J'arrête.

— Je ne peux pas te laisser comme ça. Tu vas aller avec des hommes comme ça ? a-t-elle demandé, désignant mon sexe ravagé.

« Je m'en fous !

— Je vais y aller plus doucement. »

Je ne savais pas quoi faire. On était pratiquement en train de se bagarrer. Je repoussais ses mains et elle appliquait la cire. À la seconde bande, je me suis mise à pleurer.

« C'est un truc de taré, putain », ai-je dit.

Mais je l'ai laissée me faire les lèvres, ce qui m'a donné l'impression qu'elle me passait la vulve au fer rouge. Je n'arrivais pas à croire que les autres nanas faisaient ça. Mais qui étaient ces gens ? Et puis elle s'est occupée de mon trou du cul, elle a dit qu'elle devait parce que ça « traînait des mauvaises odeurs ». Ça faisait trente-huit ans que je traînais des mauvaises odeurs.

De retour à la maison, je me suis allongée avec Dominic et j'ai pressé un paquet de fèves de soja congelées contre mon sexe. J'en voulais à la terre entière. À présent la robe, le rouge à lèvres et même ma coloration me semblaient débiles. J'ai pris conscience que je me foutais pas mal de tout ça, même de la robe, que j'avais adorée. Il ne s'agissait pas de la robe. C'était dans l'achat de la robe qu'il y avait eu de la beauté.

J'ai réfléchi aux différents types de bonheur. Il y avait le bonheur que me procurait toute cette adrénaline, le fait de courir partout, un bonheur un peu barge. Il était différent du calme et de la paix que je ressentais rien qu'en étant avec Dominic. Je lui ai embrassé l'oreille.

« Désolée d'être aussi distraite. »

Il m'a reniflée. Soudain, je n'avais plus envie de sortir avec Adam. Je me suis endormie avec les fèves de soja en train de décongeler contre mon sexe.

Mais le lendemain matin, mon excitation – cette impression d'avoir un but – était curieusement revenue. Je me suis réveillée avec un texto d'Adam qui disait :

on se voit ce soir ma belle

Il y a un truc dans le matin qui précède un rencart qui a fini par m'avoir. M'avoir, et m'extirper de mon brouillard existentiel. Ou peut-être seulement de la tristesse de savoir que j'allais mourir un jour. Ça a crevé le néant. Désormais, je n'étais plus qu'amour et passion.

12

De retour en thérapie, le mot du jour n'était visiblement plus *indisponible* mais *déclencheur*. Dans le « safe space » du cabinet encombré de bordel du Dr Jude, on aurait dit que tout le monde avait récemment été confronté à un élément déclencheur.

Pour Crin-Bec, c'étaient les problèmes avec sa propriétaire qui dégénéraient. Le harcèlement était semble-t-il monté d'un cran, et c'était devenu de l'ordre de la maltraitance. La proprio de Crin-Bec était entrée dans son appartement sans sa permission, alors qu'elle prenait sa douche, rien que ça, et en plus accompagnée de son petit garçon. En sortant de la cabine, Crin-Bec avait eu le choc de tomber sur un gosse de trois ans avec son nounours. Elle avait hurlé et accidentellement lâché sa serviette. À présent la propriétaire l'accusait de comportement inconvenant vis-à-vis de son fils. Elle avait reçu un avis d'expulsion sous trente jours.

« Tout ça a un effet déclencheur sur l'enfant qui sommeille en moi, parce que je ne me sens plus en sécurité, a-t-elle expliqué, les gencives plus gallinacées que jamais. Mais j'ai du mal à exprimer ma colère. J'ai peur de ne plus avoir d'endroit pour vivre, alors au lieu de me battre j'essaie d'être "gentille" et je supplie la propriétaire de me laisser rester. Mais c'est moi, la victime ! »

Le groupe a prononcé des paroles apaisantes et affectueuses, lui a expliqué que ce n'était pas sa faute. Y avait-il des choses qui étaient notre faute, parfois ?

J'avais envie de dire à Crin-Bec qu'elle avait probablement juste besoin de tirer un coup. Pourquoi est-ce qu'elle ne se remettait pas à sortir avec des mecs ? Peut-être parce que la version encouragée par le Dr Jude, « la rencontre consciente », avait l'air foutrement chiante. On était censées téléphoner à une copine pour faire le point avant et après chaque rendez-vous, ne pas envoyer plus d'un texto par jour, ne pas coucher en dehors d'une relation monogame. Peut-être que Crin-Bec ne se croyait pas capable de suivre les règles. Elle m'avait tout à fait l'air du genre *Liaison fatale*.

Sara, le nez dans un gros paquet de figues séchées, nous a raconté comment danser la salsa s'était soudain révélé dangereux pour elle.

« Ça a fait ressurgir tous mes complexes physiques, expliquait-elle. Quand personne ne m'a prise comme partenaire, ça a déclenché mes angoisses par rapport à mon apparence. Et puis un homme m'a finalement choisie, et je me suis rendu compte que ça me faisait l'effet d'une drogue, que j'en attendais plus de sa part, exactement comme ce que je ressentais avec Stan. C'était dangereux. »

Désormais Sara remplissait ses jours et ses nuits sans Stan en suivant un atelier « Ouvrir son cœur » dans son quartier à Santa Monica.

Mais le cœur de Sara me paraissait déjà sacrément ouvert. À quel point voulait-elle encore l'ouvrir davantage ?

« On verra comment ça se passe, a-t-elle déclaré. Ça a déjà un peu un effet déclencheur sur moi, parce que dans ces ateliers il y a des femmes qui se retrouvent en binôme avec un homme. C'est comme s'ils formaient un couple pour la semaine. Mais ça ne m'est jamais arrivé à moi. Où est mon petit copain d'atelier ? »

Le Dr Jude a rappelé à Sara que de toute façon elle n'était pas encore autorisée à reprendre les rencontres.

« Je sais, a répondu celle-ci, en mordant dans une figue d'un air morose. Mais ce serait sympa de savoir que je pourrais avoir un petit copain d'atelier si je voulais vraiment, pour une fois. »

Le fils de Brianne s'était trouvé une copine, et c'était dur pour elle.

« Ça a un effet déclencheur sur moi, parce que du coup j'ai tendance à beaucoup plus m'isoler », a-t-elle déclaré sous son chapeau à larges bords, le visage enduit d'une substance crayeuse que je devinais être du zinc. Elle avait l'air de porter un masque de clown.

« Il n'a jamais eu beaucoup d'amis, mais maintenant il sort presque tout le temps et je n'ai plus aucune compagnie. »

Je me suis demandé, au passage, si le fils de Brianne était également en thérapie. Sinon, ça n'allait pas tarder.

« Je garde le cap avec Match et Millionaire Match, a-t-elle repris, tapotant doucement ses lèvres pour vérifier qu'elles étaient toujours énormes. Et on verra bien, voilà tout. Si ça doit arriver, ça arrivera. Sinon, pas grave. Je n'ai besoin de personne. J'ai une vie très bien remplie. »

Elle ne me ferait pas avaler ça aujourd'hui.

« Donc ça ne te ferait vraiment rien de ne jamais retomber amoureuse de toute ta vie ? » lui ai-je demandé.

Brianne m'a regardée à travers son maquillage de clown.

« Je me sens jugée, a-t-elle fait.

— Désolée.

— Et toi Lucy ? Tu ne crois pas qu'on puisse être seule et heureuse ? a demandé le Dr Jude.

— Je ne sais pas. Sans doute pas, ai-je répondu.

— Mmmm.

— Et vous ?

— Oh si, absolument, a répondu le Dr Jude, toutes dents jaunes dehors. Je ne crois pas que nous ayons besoin d'une autre personne pour nous compléter.

— Même pas pour baiser ?

— Veillons bien à faire attention au vocabulaire déclencheur.

— Oui, je sens que ça me déclenche, a dit Sara.

— Ah oui, pardon », ai-je fait.

Le silence est retombé dans la pièce.

« Vous êtes en couple, Dr Jude ? » ai-je demandé.

Elle a marqué une pause et tripoté une carte des anges sur la table à côté d'elle. *L'éveil*, était-il écrit.

« Non, a-t-elle répondu. Pas en ce moment.

— À quand remonte la dernière fois où vous avez été en couple ?

— Eh bien, si vous voulez tout savoir, j'ai divorcé très récemment.

— Oh. Et vous diriez que vous êtes heureuse ?

— Hmmmm, a-t-elle répondu en sirotant son thé vert. En fait oui. La plupart du temps je dirais que oui, je suis heureuse. »

Personne ne parlait. Sara était en train d'éplucher lentement une clémentine avec la main qu'elle utilisait pour se masser le pied. Ce petit fruit qu'elle engloutirait en une bouchée ne valait clairement pas le temps que ça lui prenait. Je l'ai regardée éplucher sans fin la peau orange et blanche, et je me suis mise à trembler. C'était la clémentine de Sisyphe. Il n'y avait aucun espoir. Et puis Sara a offert à Brianne un quartier de son fruit-pied que celle-ci a accepté avec enthousiasme, comme si c'était un joyau. J'ai eu pitié d'elles. Elles n'avaient toutes les deux plus rien à espérer côté cœur. Peut-être connaîtraient-elles quelques rencards sans enthousiasme régis par des règles strictes, mais elles n'auraient pas droit aux ruelles sombres. Qu'est-ce qu'elles avaient comme raisons de vivre, au fond ? Un fils qui finirait par grandir et vous oublier complètement ? Un partenaire d'atelier en pantalon de chanvre, qui vous complimentait sur votre aura ? Un cabinet rempli de cochonneries ? Au moins j'avais encore un peu de paillettes dans ma vie. J'allais vivre une aventure.

Bien sûr, je n'ai pas dit un mot au sujet d'Adam. Je ne voulais ni de leurs remontrances, ni de leurs conseils salutaires. Je savais ce qu'elles allaient dire : je n'étais pas encore censée sortir avec des hommes. Et retrouver un inconnu dans une ruelle ne constitue pas une rencontre consciente. Mais peut-être que je n'avais pas envie d'être consciente.

13

Plus tard, en attendant Adam sur Ocean Front Walk, près de Marina del Rey, là où les sans-abri se faisaient plus rares et la promenade plus désolée, j'étais tellement excitée que j'en avais la nausée. Les monts Santa Monica étaient enveloppés de brouillard, si bien que Venice, avec ses silhouettes roses de palmiers, semblait former une île à part – un paysage de plage d'autrefois, figé dans le temps. Il y avait du vent et j'avais froid, mais je me sentais importante – capitale – comme si j'accomplissais une mission éternelle. J'aurais pu être n'importe qui, sur n'importe quelle plage de l'Histoire, attendant un amant. J'aurais pu être Sappho appelant Aphrodite dans son sanctuaire, défiant Eros.

Mais dès que je l'ai vu arriver, je me suis dit : Oh mon Dieu, non. Il ressemblait plus ou moins à sa photo, mais plus dans le look singe que beau gosse. En plus, il avait aussi un côté loup-garou que la photo ne rendait pas. Ce n'étaient pas seulement les dents irrégulières, le bouc broussailleux, il y avait autre chose chez lui qui évoquait clairement le loup-garou. Il m'a fait signe, et j'ai répondu de la main en jurant tout bas, déjà déçue. Quand il a traversé la rue j'ai essayé de ne pas le montrer, d'être avenante, même si je ne savais pas trop pourquoi je me souciais de ce qu'il pensait. J'imagine que je m'en voulais de rejeter quelqu'un sans même le connaître. Quelque part je me sentais honteuse de le juger sur son apparence, mais pour se rouler des pelles dans une ruelle, quels autres attributs pouvait-il y avoir ? C'était logique. Évidemment que je ne pouvais pas espérer mieux que cette créature mi-singe mi-loup.

Il était peut-être déçu lui aussi par mon apparence, mais ne l'a pas montré.

« T'es vraiment mignonne, a-t-il dit, comme pour nous rassurer tous les deux sur ce point. T'as l'air beaucoup plus jeune que quarante ans. Beaucoup plus jeune.

— J'ai trente-huit ans, ai-je répondu.

— C'est pas que j'aime pas les femmes plus vieilles. J'adore les femmes plus vieilles. Vous avez du piquant. Mais tu ressembles à une jeune femme plus vieille. Ou une vieille femme plus jeune…

— C'est bon, ai-je lâché, le soulageant du fardeau d'avoir à parler. J'ai pigé.

— Alors, qu'est-ce que t'as envie de faire ? a-t-il demandé. Tu veux qu'on reste là prendre un verre ou qu'on aille faire un tour ?

— Prenons un verre d'abord.

— Waouh, t'es vraiment mignonne », a-t-il dit.

On est entrés dans un petit rade. Je me suis commandé une vodka tonic. Je ne buvais presque plus d'alcool fort, mais j'avais l'impression que la situation l'exigeait. J'avais besoin de perdre un peu de ma lucidité. Il n'a pas proposé de payer mon verre. Mais il a pris deux shots de tequila, m'en offrant un, et un whisky Coca. J'ai refusé en riant.

« Alors, qu'est-ce que tu lis en ce moment ? » a-t-il demandé, après avoir trinqué avec un de ses deux shots. Je lui avais dit sur Internet que j'étais bibliothécaire, et ça lui avait beaucoup plu. Il m'avait demandé de porter mes lunettes, mais je n'avais pas de lunettes.

« Je lis presque toujours des auteurs grecs, ai-je répondu. Je travaille sur un projet au sujet de la poésie de Sappho depuis pas mal d'années. J'essaie de finir cet été.

— Ah ouais, lui, je l'ai lu au lycée. Je suis à fond dans les Beats en ce moment. T'aimes bien les Beats ? »

J'avais aimé les Beats pendant environ une seconde quand j'avais quatorze ans. À seize ans, je m'étais déjà rendu compte que globalement ils étaient surtout utiles pour repérer les gros cons. Il y avait un truc entre les gros cons et les Beats. Ça les attirait comme des mouches, c'était comme ça.

« Ouais, je les adore, ai-je dit. C'est lequel ton préféré ?

— Kerouac. Kerouac, Burroughs et Bukowski, je kiffe vraiment. Kerouac est toujours trop vrai, genre la manière dont il écrit ses personnages est juste trop… y a pas de chichis, tu vois. Je voudrais trop écrire comme lui un jour.

— C'est clair, ai-je répondu.

— Alors, ça te dit qu'on aille le faire, ce petit tour ? »

Dehors, il faisait presque nuit. Il a allumé une cigarette et m'en a offert une. J'ai refusé et l'ai regardé plisser les yeux en prenant une bouffée, avant de souffler. Il avait manifestement travaillé le geste : une pose de fumeur à la James Dean. Mais il n'avait rien d'un James Dean, et ses mains étaient encore plus singe-garou que le reste de sa personne : singe dans leur façon de s'enrouler autour de la cigarette comme si elles agrippaient une banane, et loup-garou à cause des poils qui envahissaient ses bras bien au-delà des poignets, recouvrant même ses mains. Il était poilu jusqu'aux phalanges de ses doigts. On s'est mis à marcher, et j'ai eu l'impression que j'allais gerber. Je n'arrêtais pas d'être sur le point de dire : « Tu sais quoi ? Merci, mais je ne me sens pas super bien, je vais rentrer chez moi. » Mais on a continué à marcher.

Soudain il m'a attrapé la main : « Je peux t'embrasser ? »

Mais il n'a pas attendu ma réponse. Sa paume était moite, mais il avait des lèvres pleines et j'ai fermé les yeux, et ça faisait un choc d'embrasser quelqu'un de nouveau. La nouvelle forme de bouche était excitante, bizarre aussi. Au bout de huit ans, j'avais oublié que les lèvres pouvaient avoir différentes formes, différentes textures. Et puis le goût des cigarettes et du whisky était grisant. J'étais mi-nauséeuse, mi-excitée. Je me sentais rebelle, jeune.

« Qu'est-ce qu'il y a ? a-t-il demandé.

— Rien, ai-je répondu en gloussant. T'es mignon c'est tout. »

En le regardant, je ne le trouvais vraiment pas mignon. Mais je ne savais pas quoi dire d'autre, alors j'ai fermé les yeux, posé ma main derrière sa tête, et je l'ai attiré à moi. C'est là qu'il a introduit sa langue dans ma bouche, beaucoup plus profond, en tournant dans le sens des aiguilles d'une montre. Qu'est-ce qu'il foutait, putain ? Il était en train de tout gâcher. J'ai voulu essayer de sortir ma propre langue en guise de rempart, pour tenter de bloquer son organe rotatif, mais j'imagine qu'il a pris ça comme le signe que j'étais excitée – que ça me plaisait – parce qu'il a continué à tourner, mais encore plus profond dans ma bouche, dans la gorge, presque, me donnant des haut-le-cœur. J'ai glissé mon doigt entre nos bouches pour faire mine de caresser le contour de ses lèvres, mais en vrai j'essayais de mettre de la distance. Et puis j'ai serré beaucoup plus les lèvres, le guidant pour des baisers plus doux, plus tendres. J'ai gardé les yeux fermés. J'aurais pu simplement en rester là. J'avais eu ce que j'avais dit que je voulais. Je ne sais pas vraiment pourquoi je n'ai pas fait ça.

Il m'a peloté les nichons à travers la robe de coton noir. Je sentais le renflement dans son pantalon contre moi. Et puis il a commencé à m'embrasser l'oreille et le cou, ce qui doit exciter certaines femmes, j'imagine, parce que les mecs font ça tout le temps – surtout les plus jeunes. Ces manœuvres me revenaient à présent, de l'époque où j'avais vingt ans et quelques : cette façon chelou de vous souffler dans l'oreille, la traînée de bave gluante dans le cou, des gestes qu'il avait probablement appris sur Esquire.com. Je ne pensais qu'à une chose, mon cou et mon oreille désormais imprégnés de l'odeur de son haleine, qui avait viré à l'aigre : le whisky, la tequila et la fumée formaient une soupe toxique.

« Allons chez moi, a-t-il murmuré dans mon oreille.

— Euhhh, même pas en rêve. Et si t'étais un meurtrier ?

— Je suis pas un meurtrier, il s'est marré.

— Si t'étais un meurtrier, c'est évident que tu ne me le dirais pas.

— Je suis vraiment tout sauf un meurtrier.

— Bon, je veux bien marcher encore un peu, et puis je déciderai. Je découvrirai peut-être d'autres indices d'ici là.

— Ouais, on n'a qu'à marcher vers chez moi. Ou on pourrait aller chez toi, plutôt ? »

J'ai imaginé ramener ce petit jeune dans la maison d'Annika. Je ne voulais pas qu'il sache où j'habitais. Ni de lui là-bas, pour commencer.

« Non, ça va. C'est quoi ton adresse ? » ai-je demandé.

Ensuite j'ai envoyé un texto à Claire.

je vais là avec un garçon inconnu rencontré sur internet

c'est ta faute

si je t'envoie pas de texto après c'est là que tu trouveras le corps

Sa maison se résumait à une unique pièce minuscule qui puait la clope. Les toilettes étaient juste derrière la tête de lit, le mini frigo, la cuisinière et le four collés à l'autre bout. Il y avait de la moquette beige partout, même dans la partie « cuisine », avec des taches qui ressemblaient à de la sauce tomate et du goudron, et quantité de moutons. Il avait très peu de livres, pour quelqu'un qui se prétendait écrivain et adorait lire. J'en ai compté sept, dont trois de Bukowski.

« C'est peut-être bien Bukowski que je préfère, en fait, a-t-il dit, surprenant mon regard sur les livres. Trouve ce qui te plaît et laisse-le te tuer. Trop fort. »

Je n'ai rien dit. Il m'a enlacée et s'est mis à m'embrasser, puis il m'a entraînée sur le couvre-lit écossais crasseux et m'a retiré ma robe.

« T'as vraiment un corps super sexy pour quarante ans.

— Trente-huit.

— Mmmm, a-t-il fait, glissant ses doigts dans le champ de bataille sous ma culotte pour suivre les contours de mes lèvres ravagées. J'adore ta chatte. C'est carrément torride que t'aies des poils. »

Je lui ai ôté son pantalon. Sa queue était dure comme la pierre, et pourtant rose et visqueuse en même temps. Je n'avais pas envie de la toucher. Alors je ne l'ai pas fait. Il s'est mis à me doigter, à sec, agressant encore davantage mon pauvre vagin massacré à la cire.

Il n'arrêtait pas de murmurer : « Je peux te baiser ? J'ai envie de te baiser. Tu veux bien me sucer la bite ? »

Je n'arrêtais pas de répondre : « Non, pas encore. Je ne suis pas prête. »

Pour essayer de me chauffer, j'imagine, il a enfoncé deux doigts supplémentaires dans mon vagin mal en point, dans un mouvement de va-et-vient brutal. Mes lèvres me brûlaient mais j'ai constaté avec surprise qu'à l'intérieur j'étais mouillée, comme si j'étais excitée sans le savoir. La mouille commençait à couler vers mes lèvres et mon clito. Mais il a ignoré ce dernier, se contentant de continuer ses coups de boutoir.

« Oh, la belle petite chatte étroite et rose », a-t-il lâché.

Je me demandais comment il savait qu'elle était rose. Il ne l'avait même pas regardée ni léchée.

« J'ai envie de la baiser. Tu veux bien ?

— Non, ai-je répondu.

— D'accord, alors tu veux bien me sucer ? Allez, suce-moi un peu, a-t-il demandé. Je veux voir ces vieilles lèvres sexy sur ma queue. »

C'en était trop.

« Tu sais ce que je trouverais sexy ? ai-je demandé. Ce qui m'exciterait ? J'ai envie de te regarder un peu te branler. »

Il a arrêté de me doigter et m'a regardée dans les yeux.

« Vraiment ?

— Oh ouais. C'est le truc qui m'excite le plus. J'ai envie de te regarder allongé là en train de te donner du plaisir. Branle-moi cette belle bite. »

Je ne sais pas d'où je sortais ça. Quand j'avais la vingtaine, j'aimais bien regarder mon copain se branler. Mais pas ce type. Je crois que j'essayais seulement de le faire jouir, pour pouvoir me tirer de là sans avoir à toucher sa drôle de bite rose et ses couilles brunes asymétriques.

Il s'est mis sur le dos, a obtempéré et commencé à se caresser. Je faisais genre : « Oh oui bébé, c'est bon. » J'ai songé à tout ce subterfuge, rien que pour me tirer d'une situation où je m'étais fourrée moi-même. Techniquement, je n'avais même pas besoin de faire quoi que ce soit pour me sortir de là, il suffisait de m'en aller. Il ne me quittait pas des yeux et j'avais seulement envie qu'il jouisse vite. Juste avant d'éjaculer, il m'a demandé si je voulais bien lécher. J'ai dit non, que sinon je ne pourrais pas regarder.

Une fois l'affaire terminée je lui ai dit que j'avais vécu un moment torride mais qu'il fallait que je rentre, pour nourrir Dominic et lui donner son médicament. Il a répondu qu'il voulait s'occuper de moi – qu'il n'y avait pas de raison qu'il soit le seul à prendre son pied. Je lui ai dit que c'était merveilleux, vraiment, et plus que suffisant.

Une fois dans la rue je me suis sentie libre, curieusement euphorique. Ce n'était pas seulement la joie de lui avoir échappé, mais le fait de me sentir courtisée, en fin de compte, désirée – ce qui était nouveau, après tout cet hiver passé à courir après Jamie. Je n'avais pas fait trois pâtés de maison qu'il m'a écrit :

t es incroyable trop envie de recommencer

Je n'ai pas répondu, mais j'ai poussé une sorte de glapissement. Adam n'avait plus besoin d'être le vrai

Adam. À présent il redevenait l'Adam fantasmé, et je les avais dans la poche, le fantasme et lui. Bien sûr, le moment en tant que tel s'était révélé décevant et répugnant, mais au moins c'était différent de la déception à laquelle je m'étais accoutumée pendant ces années passées avec Jamie. Quand on était ensemble, tous les deux, et que le sexe était tout sauf passionnant, je me sentais pleine d'idées noires, après : de l'ennui plein la tête, la poitrine suffocante. C'étaient les mêmes idées noires qui m'avaient assaillie dans la voiture, juste après notre rupture. Il y avait un côté *alors ça se résume à ça*. J'allais aux toilettes tout de suite après qu'il avait joui. C'était en partie pour éviter les infections urinaires, mais aussi pour qu'il ne me voie pas tirer la tronche. Quand il me trouvait assise là, la mine triste, je lui disais que c'était parce que le sexe me faisait ressentir des trucs tellement forts. Mais en réalité, ce que je ressentais, c'était du désespoir : que ça se résume à ça, pour toujours et à jamais, jusqu'au jour, bien sûr, où ça a cessé d'exister.

Mais si Adam me désirait, alors il y en aurait d'autres, peut-être beaucoup d'autres, peut-être même des mecs qui ne lisaient pas Bukowski. J'ai imaginé un bouquet de bites, un paquet d'abdominaux tel un jeu de cartes déployé à travers le ciel. Soudain, la faim que j'avais en moi m'a paru sans fond. Elle me faisait un peu peur.

14

Plus tard cette nuit-là, je me suis surprise à pousser de nouveau jusqu'aux rochers. J'étais en train de jeter des coquillages dans l'eau quand Theo le nageur s'est approché en barbotant, ses épaules blanches sous le clair de lune. J'espérais qu'il serait là. Il avait l'air content de me voir aussi.

« Tu es revenue, a-t-il dit.

— Eh oui.

— Salut.

— Salut. T'es vraiment pas gelé ?

— Non, pour moi c'est naturel.

— C'est dingue. Bon, j'ai une question. Tu aimes Bukowski ? ai-je demandé.

— Qui ?

— Charles Bukowski ; c'est un poète.

— Je ne sais pas qui c'est, a-t-il répondu, en faisant du sur-place. Pourquoi ?

— Ça n'a pas d'importance.

— Non, dis-moi pourquoi. Tu l'aimes bien ?

— Absolument pas, ai-je répondu. Mais je viens d'avoir un rencart avec quelqu'un qui est super fan.

— Ah bon ? a dit Theo. Et c'était comment ? »

Je ne parvenais pas à savoir s'il avait l'air sincèrement intéressé ou s'il se montrait simplement poli.

« Atroce, ai-je répondu.

— Ça arrive, j'imagine. »

Brusquement je me suis sentie trop… je ne sais quoi. Je voulais qu'il sache que j'avais eu un rencart, pour voir sa réaction. Mais je ne voulais pas qu'il pense que j'étais du genre à me plaindre ou en manque d'affection, ou que ça ne marchait pas trop pour moi. Je n'avais pas envie de paraître amère. Je voulais avoir l'air débordante de jeunesse et de joie de vivre.

« Pas grave, ai-je fait. J'ai un nouveau rencart potentiel en ligne de mire, avec quelqu'un d'autre. Un mec, un designer. Lui, je vais peut-être l'emballer. »

Mais qu'est-ce que je racontais ?

« Ah », a-t-il fait.

Est-ce qu'il avait l'air dégoûté ? Son expression était tellement sérieuse que je n'en savais rien.

« Et toi ? ai-je coupé court. Est-ce que t'as une copine ?

— Pas en ce moment, a-t-il répondu.

— Un copain ?

— Nope.

— Franchement, ça m'étonne. J'aurais cru que des tas de gens te couraient après. »

Je ne sais pas ce que j'essayais de lui faire dire. Je voulais surtout nous amener à parler de sexe et d'amour. Mais il a changé de sujet.

« Alors, qui tu aimes comme poètes ? a-t-il demandé.
— Moi ? En ce moment aucun. En fait j'éradiquerais bien la poésie. S'il n'y avait plus un seul poème nulle part, ça m'irait très bien.
— Moi aussi je déteste l'art, a-t-il fait.
— Vraiment ?
— Non. » Il a affiché un grand sourire.
« Je ne déteste pas vraiment la poésie. Mais ça fait très longtemps que je travaille sur un projet, sur une poétesse en particulier. Et je galère avec. Alors en ce moment, j'en ai plutôt ras le bol de la poésie.
— Quelle poétesse ? a-t-il demandé.
— Oh, elle s'appelle Sappho.
— Je connais Sappho.
— Bien sûr que non », ai-je rétorqué.
J'ai supposé qu'il faisait partie de ces gens qui, interrogés sur un film qu'ils n'ont jamais vu, répondent en soutenant qu'ils ont vraiment adoré.
« Si, Sappho, c'est pas non plus comme si elle était complètement ésotérique. La poétesse grecque de l'amour. En fait d'ailleurs, elle était musicienne. Bien sûr, la plupart des gens l'ignorent.
— Ouais, je sais. Comment tu sais ça ?
— Je connais quelques trucs.
— Incroyable.
— Alors, c'est quoi ce projet ?
— C'est un ramassis de conneries, à peu de choses près.
— Vraiment ? J'ai du mal à imaginer qu'on puisse dire des conneries sur Sappho. Ses mots sont si beaux, enfin ce qu'il en reste.

— Je ne sais pas si c'est des conneries. C'est une tentative d'essayer de lire Sappho, en quelque sorte, à travers le… néant qui l'entoure. À travers la destruction de son texte.

— Ça semble plutôt intéressant, en fait. C'est bien, le néant. Presque aussi bien que de remplir le moindre espace, a-t-il souri. Et la destruction. La destruction ça peut être sexy. »

J'ai frissonné légèrement.

« J'imagine que les blancs nous rappellent en quelque sorte qu'en amour, les choses se délient, ai-je dit. Parfois les gens disparaissent, c'est tout.

— Peut-être qu'ils laissent de la place pour quelque chose de plus infini, a-t-il répondu.

— Peut-être. Tout ce que je sais, c'est que ça n'avance pas très bien. Je n'y prends aucun plaisir.

— Mais tu continues ? a-t-il demandé.

— Oui. Il faut croire que j'aime bien me faire du mal.

— Ça aussi, ça peut être sexy, enfin si c'est bien fait, j'imagine. »

Est-ce qu'il se foutait de moi ? Je me suis levée. Je ne savais pas s'il fallait me rapprocher ou m'éloigner de lui sur le rocher, alors j'ai levé les yeux vers la lune, en forme de croissant. Je me suis imaginé la lécher, ou bien la prendre en moi.

« Bon, Lucy, plein de bonnes choses pour tes séances de torture, a-t-il dit. Et pour ton prochain rencart.

— Merci, ai-je répondu. On se reverra peut-être par ici ?

— Peut-être.

— D'accord.

— Passe une bonne nuit », a-t-il dit.

Et à ces mots, il a pris appui sur le rocher pour s'en écarter, et s'est éloigné en brasse coulée.

15

En rentrant à la maison, j'étais excitée. Quel petit con. C'était qui ce mec, d'abord, à rôder dans l'eau comme ça ? J'ai décidé de passer immédiatement à l'action. J'ai à peine croisé Dominic, qui m'a reniflée d'un air soupçonneux en grondant un peu, et j'ai attrapé mon téléphone. Il était temps d'envoyer un message à Garrett de Tinder.

Salut. J'ai changé d'avis. Tu veux qu'on se voie finalement ? ai-je écrit.

Il a répondu au bout de quelques secondes.

ça n'a pas marché avec l'autre mec, on dirait ?

haha, ai-je répondu.

tu veux venir vers Downtown ? je travaille dans un loft là-bas. retrouve-moi sur le toit de l'Ace Hotel demain. 19h

ça devrait le faire, ai-je répondu, genre super décontractée.

Immédiatement après ce message, j'ai reçu un texto. C'était Jamie.

Comment ça va ? Tu me manques.

Mon estomac s'est noué. Claire avait raison ! C'est comme s'il pouvait sentir que je voyais d'autres hommes. Désormais j'avais de l'attention comme s'il en pleuvait. Il y avait Adam, Garrett, Theo, et Jamie. J'avais envie d'attendre pour répondre mais évidemment je l'ai fait immédiatement.

Ça va. à fond dans la thérapie, je suis les ordres

Et comment va megan ?

Il y a eu une pause.

Elle va bien.

Bon, eh bien voilà…

Bien sûr, elle n'est pas toi

Alors là, ça devenait dingue. Est-ce que j'étais magicienne ? Est-ce que c'est moi qui avais conjuré tout ça ? Qu'est-ce qu'il essayait de faire ? On aurait dit que j'étais l'autre femme et que c'était avec Megan qu'il se retrouvait coincé. Soudain ça ne me faisait plus du tout mal de le savoir avec elle. Ça me plaisait d'être celle qui était désirable. Et puis ça me plaisait de jouer avec lui. J'allais l'ignorer. Je planais déjà grâce à Garrett et notre rencart imminent, je pouvais y arriver. C'était ça qu'il me fallait – plein d'hommes en permanence. Comme ça je n'aurais besoin d'aucun d'entre eux. Mettez-moi toute nue dans un coquillage. Qu'ils se jettent tous à mes pieds.

16

« Tu es absolument rayonnante ! Ne me dis pas que tu sors avec quelqu'un ? » a demandé Annika.

Elle était debout sur le balcon de son hôtel, vêtue d'un long caftan brodé. Grâce au mode vidéo, on distinguait le coucher de soleil provençal derrière elle.

« Non, je ne vois personne.

— Bien, a-t-elle répondu. Il faut que tu me recharges ce kundalini shakti. Ne va pas m'éparpiller ce chi et tu seras une guerrière d'ici mon retour. Comment ça se passe avec la thérapie de groupe ?

— Un cauchemar.

— Mais tu y vas ?

— J'y vais.

— Fais-moi voir mon bébé. »

J'ai approché l'écran de Dominic. Ma sœur s'est mise à gazouiller et il a donné un coup de patte à l'ordinateur, avec un petit gémissement.

« Il a l'air un peu tristoune, a-t-elle dit. Tu passes assez de temps avec lui ?

— On est inséparables.

— Bien. Ajoute peut-être un peu d'huile de coco à ses croquettes. Ça aide à garder son poil beau et brillant.

— Je le fais déjà.

— Merci, et ce serait bien que tu cuisines pour lui. Ce plat à base de dinde, courgettes et petits pois dont j'ai laissé la recette sur le plan de travail. Il adore. Les légumes, c'est bon pour son taux de sucre.

— Ça marche.

— Je déteste être séparée de lui aussi longtemps. Dis-moi que je ne suis pas une mauvaise mère.

— Non, on est au vingt et unième siècle, ne joue pas les mamans hélicoptères.

— Mais…

— C'est juste de la culpabilité patriarcale. Profite de ton voyage, Tante Lucy s'occupe très bien de lui. »

Quand on a raccroché, j'ai eu l'impression d'être une connasse. Annika avait toujours essayé d'être une bonne sœur pour moi. À l'époque où ma mère était morte, elle était déjà à la fac, elle avait quitté la maison, mais elle avait fait de son mieux. Elle m'appelait souvent pour prendre de mes nouvelles, et jamais je ne m'étais sentie oubliée. Elle m'envoyait des compilations, de l'herbe et du maquillage, pour m'aider à me sentir cool au lycée. Avant même de devenir riche elle avait payé l'avortement que j'avais subi à dix-neuf ans, pour que je n'aie pas à demander l'argent à mon père. Et comment est-ce que je la remerciais ? En négligeant ce qu'elle avait de plus cher au monde au profit d'inconnus rencontrés sur Internet.

J'ai regardé le salon autour de moi. Il y avait des photos de Dominic partout : Dominic sur la plage de Malibu, les oreilles rabattues par le vent, Dominic déguisé en bourdon pour Halloween, Annika qui berçait dans ses bras un Dominic encore tout chiot, avec une expression sereine et rêveuse. Le véritable Dominic avait à présent la tête posée sur mes genoux, les yeux levés vers moi sous ses sourcils canins.

« Je vais m'améliorer, lui ai-je dit, en grattouillant son diamant blanc. Promis. À partir de maintenant ce sera rien que toi et moi. Dès que je rentre de ce rencart. »

17

Je suis arrivée à l'Ace à cinq heures, et j'avais du temps à tuer. J'ai décidé de monter sur le toit et d'essayer peut-être de réfléchir un peu à ma thèse. Encore une fois, je m'étais débrouillée pour planquer Sappho derrière un mec : plusieurs mecs cette fois. J'étais venue à Venice pour me débarrasser de l'influence des bites sur ma vie, et voilà qu'en fin de compte j'étais en train de me transformer en Hélène de Troie. Qu'en penserait Sappho ? Selon le conseil consultatif, il fallait que je rende ma thèse rédigée pour le semestre d'automne. Est-ce que ça voulait dire le début du semestre ? Le premier jour ? Je savais que oui. Mais je faisais comme si j'avais une marge de manœuvre : comme si je pouvais juste me pointer là-bas le jour d'Halloween, thèse en main, en mode : *Désolée pour le retard !* et garder mon financement.

J'avais toujours eu peur de ne pas finir cette thèse, mais peut-être avais-je encore plus peur de la finir. Qu'est-ce qui se passerait ensuite ? Est-ce que je candidaterais pour des postes de prof dans d'autres villes ?

J'y avais pensé, dans l'espoir que ça pousse Jamie à me demander de rester – que mon déménagement dans une autre ville serve de catalyseur et l'incite enfin à se bouger. Mais quelque part dans ma tête, je savais qu'il n'en ferait rien. Je n'avais pas voulu affronter cette réalité.

Sur le toit de l'Ace, on passait du flamenco, ou de la bossa-nova ou un truc de ce genre. Tout ça était tellement moderne et plaisant. Le soleil était en train de se coucher et j'ai commandé un verre de vin blanc. Donc tout était comme ça désormais ? Agréable, tout simplement ? Je me suis demandé si les autres étaient à l'aise avec les choses agréables, ou s'ils ne remarquaient même pas qu'elles l'étaient. Peut-être qu'ils s'attendaient à ce que tout soit agréable. Peut-être que les choses agréables leur étaient aussi naturelles que l'air qu'ils respiraient.

Je ne peux pas tout à fait dire que je savourais le moment, ni même que je me détendais, mais j'avais l'impression d'absorber la stupidité et la lenteur de l'agréable. Comme si j'étais en train d'en siphonner les pires aspects. En fait, c'était effectivement plaisant. J'avais envie de m'extasier comme une conne. Deux verres de vin plus tard, j'y étais presque. J'en ai recommandé un. Et puis j'ai commencé à stresser. Qu'est-ce que je fabriquais ? J'aurais dû être à la maison, à travailler sur ma thèse pour de vrai. Qu'est-ce que je foutais de ma vie ? J'étais incapable d'y réfléchir. J'ai mangé quelques olives et contemplé le soleil. Je portais la même robe noire que pour Adam. Elle m'avait tellement plu quand je l'avais achetée, mais à présent qu'elle n'était plus neuve elle ne me semblait pas assez bien. Comme ça faisait plus d'une minute que je la possédais, un peu de moi avait déteint dessus. J'avais un goût acide dans la bouche. Je me sentais chiffonnée, comme si je portais du linge sale.

J'avais un peu oublié que Garrett arrivait, quand il m'a tapé sur l'épaule. Il était indéniablement canon en vrai : un mètre quatre-vingts, une barbe taillée de près qui lui faisait comme une ombre méphistophélique. Les lignes de sa belle mâchoire puissante restaient visibles sous les poils. Voilà une mâchoire qui répondait présent. Et puis, il avait les cheveux – ce que j'appelais les cheveux Tinder, parce que beaucoup de mecs qui y étaient affichaient ce look. C'était comme un code pas si secret chez les jeunes branchés, cette coupe avec les côtés rasés super virils mais le dessus long, façon banane. Il portait une chemise en vichy et sentait bon la forêt. Il a commandé un whisky ginger et m'a demandé ce que je voulais. J'avais peur de tomber de ma chaise si je buvais davantage, alors je lui ai dit que je venais de boire des cocktails avec une copine et que ça irait pour le moment. À la place, j'ai commandé de l'eau pétillante et une tartine à l'avocat.

Garrett m'a dit qu'il prenait l'avion pour New York le lendemain, pour donner des cours de design dans plusieurs universités. Je n'arrêtais pas de fixer son menton. J'avais oublié qu'on en faisait des comme ça. Il était chiant, il ne me posait aucune question sur moi, mais j'étais tellement captivée par sa mâchoire que ça rendait tout ce qu'il disait plus intéressant. C'était sa mâchoire qui parlait, pas sa bouche. La mâchoire me rendait aussi un tout petit peu triste. Elle me faisait oublier qu'il avait une copine, et puis elle me le rappelait de nouveau. Disons que malgré son côté chiant, j'avais un peu envie que la mâchoire soit à moi. Il a esquivé adroitement le sujet de la copine. Une autre que moi aurait facilement pu oublier qu'il en avait une.

Après son cocktail et ma tartine, on a décidé d'aller faire un tour. Je me suis demandé si ce serait un tour où on s'emballe, étant donné qu'il avait proprement ignoré cette phrase de mon profil Tinder, et était passé direct à l'idée de baiser. Downtown n'était pas franchement un beau quartier, mais l'obscurité le rendait sexy – tout cet espace vide, le souffle des climatiseurs, les entrepôts. Sexy sale. Il a pointé du doigt une enseigne éclairée au néon bleu de l'autre côté de la rue : « Voilà mon bureau. » L'enseigne proclamait : JUSQU'AU BOUT DE LA NUIT.

Je l'ai trouvée débile, mais allez savoir pourquoi, avec sa mâchoire comme contexte, elle paraissait canon. La mâchoire savait ce qu'elle faisait, et du coup l'enseigne aussi. La mâchoire, et à présent l'enseigne au-dessus de ce bureau cool et moderne, lui donnaient l'air de quelqu'un qui avait une vie pleine de créativité et de succès. J'aurais juste voulu qu'il m'embrasse, et je me demandais pourquoi il ne faisait rien. J'avais honte. Peut-être qu'il ne me trouvait pas mignonne. Et puis la honte s'est muée en colère, et je lui ai planté mon doigt dans la poitrine. Ensuite je l'ai plaqué contre un mur. Je ne sais pas si j'essayais de le pousser à m'embrasser ou de lui faire une prise de catch. Mais il semblait n'avoir rien remarqué. Il était trop occupé à me parler d'un nouveau client qui faisait dans le fitness style « gothique healthy ». Il était en train de concevoir leur catalogue en ligne, sauf que ce ne serait pas un simple catalogue. Ce serait un espace avec des éléments en impression 3-D et des mannequins en hologrammes.

J'ai fini par lui dire : « Je peux t'embrasser ?

— Ouais », a-t-il répondu.

Il m'a attirée doucement contre lui et on s'est embrassés d'une façon très tendre, très douce. C'était un peu déroutant. Il m'a embrassée comme quelqu'un qui n'avait clairement pas de copine. Enfin, c'était plus un baiser d'amour qu'un baiser sexuel. Ou peut-être que ce n'était pas un baiser d'amour, seulement un baiser indifférent. Puis il s'est interrompu, il m'a regardée, et il s'est remis à parler de son projet.

« Chuuuuut », ai-je fait.

Je l'ai de nouveau embrassé. Je me sentais bizarrement grisée. J'étais encore un peu bourrée, mais l'embrasser me faisait incontestablement l'effet d'une drogue – le seul fait d'être près de lui – et ça me donnait envie de continuer, encore et encore. J'ai caressé les contours de sa mâchoire, et lâché un petit soupir. Il a cessé de m'embrasser pour dire : « Alors, t'es garée où ? »

Je lui ai expliqué que j'avais pris un Uber, et que je ferais pareil pour rentrer.

« Je vais appeler un chauffeur maintenant. On peut peut-être continuer à s'embrasser jusqu'à ce qu'il arrive ? »

Les baisers me faisaient planer de plus en plus haut. Il m'en fallait toujours plus. J'avais l'impression que si ça s'arrêtait j'allais me sentir mal, mais que tant que j'étais collée à son visage tout vibrait à l'unisson. Peut-être bien que je le regardais d'une drôle de manière. Trop amoureusement, peut-être ? Est-ce qu'il pouvait déjà flairer un attachement bizarre de ma part ? Putain mais qu'est-ce qui n'allait pas chez moi ?

Dans le Uber qui me ramenait, je n'ai pas cessé de vérifier mon téléphone, mais il ne m'a pas envoyé de message immédiatement comme l'avait fait Adam. Je n'arrêtais pas d'enlever et de remettre la sonnerie. Est-ce que je voulais une notification ? Est-ce que je ne voulais pas de notification, ou juste la surprise ? Et s'il ne m'envoyait plus jamais de texto ? En arrivant à la maison, un tas de ce qui ressemblait à de la glace à l'italienne marron m'attendait sur le carrelage de la cuisine. Dominic avait chié par terre.

18

Le soir suivant, lassée d'attendre, j'ai envoyé un texto à Garrett.

C'était sympa hier soir

J'ai attendu la réponse, trimballant le téléphone avec moi de pièce en pièce. Aucun retour. Je me sentais comme le tas de merde de Dominic. Est-ce qu'il allait réellement m'ignorer ? J'avais eu une drôle d'impression après qu'on s'était embrassés, celle de l'avoir étouffé ou d'avoir eu l'air trop intéressée. Je lui ai envoyé un nouveau texto.

Ça te dirait qu'on se revoie ?

Et encore un autre :

Hé, désolée si j'ai eu l'air trop à fond ou un truc comme ça.

Et encore :

Ok je te laisse tranquille maintenant

Je suis sortie sur la plage. J'ai vu une fille passer à vélo sur la promenade. Elle avait les cheveux longs jusqu'aux fesses et portait une jupe noire minuscule et une brassière rose vif qui dévoilait son ventre. *Espèce de petite salope*, me suis-je dit à moi-même. Ça n'avait rien de méchant, c'était plutôt une façon de lui rendre hommage. J'avais envie d'être elle à ce moment-là. Elle avait l'air d'une salope tellement indépendante. J'étais certaine qu'elle n'attendait jamais de textos, qu'elle passait juste son temps à s'envoyer des types comme Garrett, en toute décontraction. Des surfeurs qui ressemblaient à Theo le nageur aussi, sans doute. J'étais sûre qu'elle ne s'attachait jamais. J'avais envie d'être comme cette fille, de ne dépendre de personne pour m'en sortir. Un peu salope, mais tout à fait capable de se passer des autres. Elle ne faisait pas semblant d'être très bien toute seule tout en se vautrant secrètement dans le désespoir. Elle n'en avait sincèrement rien à foutre.

Je suis allée jusqu'aux rochers pour voir si Theo était là, mais non : il n'y avait que les vagues. Il était encore trop tôt, sans doute. J'ai attendu quelques minutes et me suis demandé s'il m'en voulait parce que j'avais évoqué mes rencards. Est-ce qu'il était jaloux ? Impossible. Je n'étais même pas certaine de lui plaire. Pourtant, voilà que deux mecs m'ignoraient, à présent. C'était pire que d'être ignorée par un seul, comme si le gouffre en moi s'était agrandi. Peut-être que plus on y mettait d'hommes, plus il se distendait. Peut-être que Claire avait tort.

Mais soudain un texto est arrivé. C'était Garrett.

je te saute dimanche prochain ?

Mon cœur battait la chamade. C'était culotté, pas franchement romantique, mais il était clair qu'il avait envie de moi. Tout à coup j'ai eu l'impression que quelqu'un m'avait injecté de la super came. En un instant, le monde est repassé du noir et blanc au Technicolor. J'ai repris le chemin de la maison, tout sourire.

ouais ok

super, a-t-il écrit, t'as entendu parler du Shalimar ?

OUI, ai-je répondu.

Je n'avais pas la moindre idée de ce que c'était.

Super. j'ai toujours voulu baiser là-bas. mets de la lingerie et je te baiserai ta jolie petite chatte et ton trou du cul

Je n'avais jamais considéré ma chatte comme petite. Peut-être qu'elle était grosse. Et si j'avais une chatte énorme ? Et puis, mon trou du cul ? Je n'avais jamais essayé la sodomie et ça me semblait terrifiant. Je savais, à cause de toutes les chansons de fesses que les jeunes écoutaient sur le campus, que le cul était à la mode à ce moment-là. Apparemment tout le monde se bouffait le postérieur et y mettait des objets. Mais alors pourquoi est-ce qu'il voulait que je porte de la lingerie ? Ça faisait un peu rétro, rien à voir avec le côté moderne du sexe anal. À présent que j'y réfléchissais, cela dit, la sodomie était intemporelle. Les Romains se prenaient tous par-derrière. J'avais l'impression d'être complètement ignorante. Mais j'étais aussi excitée.

quelle couleur ai-je demandé.

C'était comme si j'étais devenue une marionnette. Je ne désirais qu'une chose : lui faire plaisir.

Soutien-gorge noir culotte noire. et des porte-jarretelles. on se retrouve dans le hall à 13h00

Tous mes sous-vêtements étaient blancs et un peu élimés. Je n'avais jamais été le genre de fille à porter de la lingerie sexy. Ça n'avait jamais collé à mon style. Et puis j'avais tendance à faire des mycoses. À chaque fois que je portais autre chose que du coton, j'avais des problèmes. Alors j'ai appelé Claire.

« Je vais aller coucher avec un mec… dans un hôtel… il nous prend une chambre pour la nuit… le graphiste, pas celui qui ressemble à un chimpanzé. Il veut que je porte de la lingerie. Tu sais où je devrais aller pour trouver un truc mignon ? Chez Victoria's Secret ?

— Victoria's Secret ? Tu rigoles, s'est-elle esclaffée. Tu vas te faire chier pour rien. Laisse-moi t'emmener dans un endroit bien. »

J'ai séché la thérapie pour la retrouver à Brentwood dans un magasin baptisé La Boom Boom. J'ai compris immédiatement que c'était très au-dessus de mes moyens : un mix entre mères au corps galbé en pantalon de yoga, la clé de leur Mercedes au doigt, et potentielles stars du porno. Impossible de dire lesquelles étaient les mères et lesquelles étaient les stars du porno, mais en tout cas elles avaient toutes du fric. Qui étaient ces femmes qui s'achetaient de la lingerie en pleine journée ? J'imagine que c'est ce que tout le monde faisait à L.A. L'endroit me donnait l'impression d'être à l'intérieur d'un cadeau d'anniversaire rose et noir. Les murs étaient roses avec des rayures en velours noir, et il y avait des petits chocolats roses sur une table. J'en ai mangé quelques-uns.

« Allez viens, a dit Claire. N'aie pas peur.

— Tu crois que ces trucs coûtent combien ?

— Contente-toi de rentrer là-dedans, a-t-elle dit en désignant l'une des petites cabines d'essayage roses. Je vais t'apporter des trucs. Tu fais quelle taille ?

— Je fais du 85B en haut, aux dernières nouvelles. Mais à peine. Je n'ai pas la moindre idée de ma taille en bas. »

J'ai essayé soutien-gorge sur soutien-gorge, diverses culottes avec des petites feuilles en papier glissées à l'intérieur pour garantir leur propreté aux futures acquéreuses. J'ai imaginé les sécrétions vaginales d'autres femmes sur le papier. Ça m'a donné un peu la nausée mais aussi l'impression que je participais à une sorte de rituel, un lointain héritage, semblable au culte exclusivement féminin que Sappho vouait à Aphrodite. Claire et la vendeuse étaient les prêtresses. Elles ont fait de ce moment une fête. La vendeuse s'appelait Bridget et c'était une GMILF, le genre grand-mère sexy. Elles me regardaient en roucoulant, en me disant que j'avais un joli cul, de mignons petits seins, que tout m'allait à merveille. Claire m'a même collé une claque sur les fesses. J'aimais leur façon de m'encourager, voire de me materner un peu. Ma mère morte et Annika partie à la fac, je n'avais jamais connu ce genre de tendresse féminine tactile quand j'étais ado. Je faisais comme si je n'en avais pas besoin, ou que je n'en voulais pas. Je me disais que j'avais de la chance. Mon père, qui m'élevait seul, n'était pas beaucoup à la maison et j'étais libre. J'avais zéro couvre-feu, aucune règle. Mais le manque que je ressentais transpirait ailleurs. Dans mon amour pour Sappho, le féminin sacré. J'avais désespérément besoin de ce genre de maternage, qu'Aphrodite elle-même m'engloutisse entre ses bras, me berce et m'étreigne. Mais j'avais peur de demander ça aux femmes, peur qu'elles ne m'abandonnent en mourant ou ne me rejettent d'une autre manière. Alors je cherchais ça chez les hommes qui ne pouvaient pas me le donner.

Mais Claire et Bridget déversaient sur moi des tombereaux de cette sollicitude, de leur propre chef, sans même que j'aie besoin de demander. Elles m'apportaient toujours plus d'articles: soutien-gorge en dentelle noire avec doublure de satin rose, string en dentelle noire, soutien-gorge avec bretelles léopard et bonnets noirs, culotte en résille noire avec empiècement de satin marron, soutien-gorge corbeille, push-up en dentelle transparente sans doublure, culotte fendue noire.

J'ai continué à absorber toute cette attention, cette manière d'accompagner ma transition de femme à putain. Mais au bout de quarante-cinq minutes de défilé de mode, j'ai commencé à me sentir dépassée et affamée. Qu'est-ce qu'on foutait ? Il existait un néant qu'on croyait toutes conjurer, avec des soutiens-gorge et des culottes en guise de boucliers de dentelle. Mais à présent le néant s'infiltrait à nouveau et j'étais la seule à le percevoir. Les compliments de Bridget sont devenus agaçants. Quelle menteuse. Elle n'avait pas vraiment envie de me materner, et elle ne me trouvait pas sexy. Elle voulait seulement vendre de la lingerie.

Je lui ai demandé sans plus attendre combien coûtaient certains articles, et là j'ai commencé à transpirer. 120 dollars pour un slip ? 250 pour un soutien-gorge ? C'était trop tard à présent. J'étais dedans jusqu'au cou. Nous étions devenues une sorte de famille. J'aurais eu honte de ne rien acheter du tout.

« Ne t'inquiète pas pour ça, a dit Claire. Je te les paye. C'est cadeau. Genre cadeau de bienvenue dans le monde de la baise ? »

Je me suis demandé d'où elle sortait tout son argent. Elle n'avait pas l'air de travailler. J'imagine que l'ex-mari lui avait versé sa part lors du divorce. Peut-être une pension alimentaire.

« Non, ça va, je gère, ai-je répondu. Mais merci. Je crois que je n'ai besoin que de deux articles de toute façon : un soutien-gorge et une culotte. Oh, et des porte-jarretelles ! »

Claire a ri.

« Où tu vas, à un enterrement de vie de jeune fille ?

— Je sais pas, il a bien précisé qu'il voulait des porte-jarretelles.

— Quel connard. Il te prend pour une sorte de poupée ? »

En fait j'aimais bien être une poupée. J'aurais juste voulu que Garrett choisisse aussi le soutien-gorge et la culotte. Ça aurait été plus simple que de devoir décider seule. Mes décisions n'avaient jamais rien donné de bon. Mais Bridget, dopée par la promesse d'une commission, était ravie de me vendre des porte-jarretelles. *Tss tss* a-t-elle fait à Claire, et puis elle lui a dit que chez la femme d'aujourd'hui, les porte-jarretelles, c'était chic. C'était un clin d'œil au style classique, mais on pouvait leur donner un look moderne.

Je me suis décidée pour le string en dentelle noire, le soutien-gorge en dentelle noire avec la doublure rose, une paire de porte-jarretelles simples en velours et satin noir, et des bas en voile noir. Le total était de 395 dollars. Je ne savais pas ce que je faisais ni qui j'étais censée être, mais je savais que cette femme me plaisait davantage que moi.

19

Le lendemain matin, j'ai préparé un sac pour la nuit et j'ai tout rangé dedans. Puis j'ai tout ressorti, en me disant que je ferais probablement mieux d'enfiler directement mes emplettes pour me rendre à l'hôtel. Je ne savais pas si j'allais rester dormir ou si ce serait seulement un truc sur l'après-midi. Rester dormir me faisait flipper. Rien qu'à l'idée je me sentais prise au piège, comme à l'époque où je suppliais Jamie d'aller chez lui, pour finalement me dire : « Bon, et maintenant ? » Je commençais déjà à me dire « Bon, et maintenant », et je n'étais même pas encore au lit avec ce mec. Et si je transpirais dans mon sommeil, ou si je pétais ? Ça faisait des années que je n'avais pas dormi avec quelqu'un de nouveau. Péter dans mon sommeil avec Jamie, ce n'était pas du tout la même chose que péter au nez d'un bel inconnu. Et puis, je ne savais pas quoi faire au sujet de Dominic, de son repas et de ses médicaments. Si je le laissais à la maison, est-ce qu'il pourrait attendre toute la nuit pour aller aux toilettes ? À mon avis non. Annika faisait parfois appel à une dog-sitteuse nommée Moira, qui passait la nuit sur place. Elle m'avait laissé son numéro en cas d'urgence. Mais je n'avais pas envie que Moira raconte à Annika que j'avais découché.

J'ai décidé de me contenter de promener Dominic et de lui donner à manger juste avant de partir, et peut-être lui laisser un peu de rab de nourriture. Si je restais dormir, je m'arrangerais pour rentrer à l'aube. Et s'il pissait et faisait caca par terre, et alors ? Ça se nettoyait.

Puis j'ai entrepris de faire ma toilette. Je n'arrêtais pas de penser à la potentielle sodomie. Mon trou du cul n'était clairement pas un espace vacant. Que faire ? Comment sa queue pourrait-elle rentrer là-dedans s'il y avait une crotte qui bloquait le passage ? Est-ce qu'il aurait la bite bloquée par une crotte ? Est-ce qu'il aurait de la merde sur la bite ? Dans la baignoire, j'ai essayé de me faire une sorte de lavement en faisant gicler un peu d'eau directement dans mon cul. Ça n'avait pas l'air de bouger. Je me suis demandé à quelle distance était la crotte dans mon rectum. Alors je me suis mis un doigt dans le cul et j'ai tâtonné. Le bout était juste là, pas loin de l'entrée.

Dégoulinante d'eau, je suis allée m'asseoir sur les toilettes. Dominic a levé les yeux vers moi, sous ses sourcils de toutou. J'ai poussé encore et encore, en glissant sur la cuvette, mais rien n'est sorti. Comment s'y prenaient les autres pour faire ça tout le temps ? Qui pouvait se vanter d'avoir un anus immaculé ? J'ai glissé mon doigt à l'intérieur et gratté à l'aveuglette. J'ai essayé d'en sortir un peu, et ça a marché.

À présent il y avait de la merde sur mon doigt, un peu dans les toilettes, mais toujours un peu dans mon trou du cul. Je n'avais fait que casser la crotte en deux à l'intérieur, sans réussir à tout sortir. Alors j'y suis retournée. Et puis j'ai poussé encore. J'ai eu l'impression que mes globes oculaires allaient jaillir de leurs orbites. Enfin le reste du bout de merde est sorti. J'ai senti que c'était fini.

Je suis retournée dans la baignoire et j'ai refait couler l'eau. Je me suis lavé le doigt et le cul quatre fois avec du savon à la rose. C'était une baignoire de luxe avec des jets. Je les ai enclenchés et j'ai placé mes fesses au-dessus, comme sur un bidet. Mon trou du cul était déjà vanné alors que personne ne l'avait encore baisé. Mais alors le jet a commencé à m'émoustiller. J'ai senti quelque chose que je n'avais encore jamais ressenti, presque comme si mon anus était en train de s'épanouir. Je me suis demandé si tout mon rectum était plein d'eau. J'ai imaginé que c'était la queue de Garrett. Je n'ai pas joui, mais j'étais toute chaude de l'intérieur. C'était grisant. Je me sentais un peu comme une starlette de Hollywood, quelqu'un à qui il arrivait des choses. Je vivais ma vie.

20

Je suis arrivée au Shalimar vêtue de la lingerie sous un trench que j'avais déniché dans la penderie de Steve. J'avais pas mal fouiné dans la maison d'Annika, sans trop savoir ce que je cherchais. Quelque chose qui m'aiderait à mieux connaître ma sœur ? Un truc pour me prouver que la vie qu'elle partageait avec Steve n'était pas si belle qu'il y paraissait ? Mais il n'y avait pas de journaux intimes recelant des confessions, pas de passages secrets ni de coffres fermés à clé. Leur vie de couple était semblable à son généreux derrière : étalée au grand jour, rien à branler, elle se contentait d'exister fièrement. Elle était ce qu'elle était.

Je me sentais toute menue dans ce trench, genre Audrey Hepburn. Garrett m'a envoyé un message pour me dire qu'il était en retard. J'ai commencé à stresser. J'avais l'impression de transpirer du vagin et de l'anus. Je suis allée aux toilettes du hall et j'ai poussé une des portes. Ces WC étaient immenses, c'était carrément une pièce avec lavabo et sol en marbre. Ça sentait le géranium et j'ai remarqué qu'une bougie de luxe était allumée. Allez savoir pourquoi, j'ai songé à la piquer.

J'ai décidé de me cacher dans les toilettes jusqu'à l'arrivée de Garrett. Je me suis débarrassée du manteau et me suis nettoyé la chatte et le cul avec du savon. Les deux avaient désormais été briqués à maintes reprises. Puis je me suis regardée dans le miroir. J'étais vraiment mignonne. La lumière était tamisée dans cette pièce, et j'ai pris quelques photos de moi : la main sur la hanche, bombant le cul, de dos et de côté. Garrett m'a envoyé un texto pour dire qu'il m'attendait dans le hall. J'ai décidé de le laisser mariner quelques minutes sans réponse, avant de faire tout simplement mon apparition.

Quand je suis arrivée dans le hall, il était penché sur son téléphone.

« Salut, ai-je fait.

— Oh, salut. »

Il s'est levé et m'a regardée dans les yeux. J'avais des picotements dans tout le corps.

« Tu bois un verre d'abord ? a-t-il demandé.

— D'accord. » Je me demandais pourquoi on ne pouvait pas simplement commander dans la chambre. J'avais une vision impliquant du champagne. Et puis mon cul était en train de se remettre à transpirer.

On est allés au bar et on est restés là, à boire des cocktails. L'ambiance était sombre et tropicale, avec du papier peint noir à palmiers, façon Beverly Hills Hotel sous opium. On n'avait vraiment pas grand-chose à se dire, cette fois. Il faut croire qu'il n'avait plus envie de parler de graphisme, et il ne fallait pas compter sur moi pour lancer une conversation sur les polices de caractères. Il ne me posait toujours aucune question. Pourtant, ça n'avait rien de gênant. Le silence était chargé du savoir que j'allais bientôt l'embrasser, sans parler du reste. J'ai imaginé sa langue dans ma chatte. Si seulement il me regardait à nouveau dans les yeux.

« Bon, a-t-il fait alors que je buvais la dernière gorgée de ma vodka ananas. Voilà comment je pense qu'on devrait s'y prendre. J'y vais le premier. Toi, tu attends ici. Puis dans cinq minutes à peu près tu rappliques et tu frappes aux quatre. Je t'ouvrirai celle où je suis.

« Les quatre quoi ? ai-je demandé.

— Portes des toilettes.

— Attends. Je ne comprends pas. Pourquoi est-ce qu'on va aux toilettes ?

— Pour baiser. » Il a ri, mais il avait aussi l'air un peu inquiet. « J'ai toujours voulu baiser dans les toilettes d'ici.

— Oh, ai-je répondu. Je croyais qu'on allait, genre, prendre une chambre ou un truc comme ça.

— Oh merde, désolé. Non. Le fantasme c'était qu'on baise dans les toilettes. Désolé. Je n'ai pas été clair là-dessus ?

— Pas tout à fait.

— Ça ne te dérange pas ? » a-t-il demandé.

J'ai essayé de ne pas avoir l'air déçue. Mais je l'étais. Qu'est-ce que c'était que ces conneries ? Je n'étais pas assez bien pour qu'il prenne une chambre ? Est-ce que j'avais une tête à avoir envie de me faire sauter dans les chiottes ? Peut-être que c'était plus sexy. Peut-être que c'était une sorte d'honneur, qu'il me croit assez libérée pour ça. N'importe qui pouvait baiser dans une chambre d'hôtel. Tout le monde n'était pas capable de baiser dans les toilettes du hall.

« D'accord, ai-je répondu. Je suis partante.

— Tu vas voir. Tu vas adorer. Les toilettes d'ici sont super classes. Un petit monde à part. Ça va être carrément torride. »

Je ne lui ai pas dit que les toilettes m'étaient déjà très familières et que je m'y étais planquée pour faire une séance photo.

« J'ai trop hâte de m'occuper de ton petit cul », a-t-il dit, en m'embrassant sur la joue.

J'ai commandé une autre vodka ananas. Est-ce que c'était bizarre, ou normal ? Je ne me rappelais même pas quel jour on était, et je me suis demandé ce que faisaient la plupart des gens de mon âge au même moment. Probablement un truc chiant impliquant des enfants et de la compote de pommes. Je devrais m'estimer heureuse. Les autres seraient sans doute prêts à tuer pour baiser dans les chiottes du Shalimar. Et Jamie, qu'est-ce qu'il en penserait, s'il savait ? Est-ce qu'il me trouverait sexy et excitante ? Est-ce qu'il serait jaloux ? Ou est-ce que j'aurais juste l'air désespérée et pathétique ? J'ai bu et essayé de chasser ces mots de mon esprit.

Il y avait des hommes et des femmes au bar, absorbés dans leurs conversations. Je ne savais pas comment faisaient les gens pour supporter ça, les interactions régulières, les rencontres « conscientes », essayer de passer pour quelqu'un de normal ou d'intéressant. Personne n'était intéressant à ce point et, une chose était sûre, personne n'était normal. Alors pourquoi tout le monde portait-il un masque ? Pourquoi tout le monde n'allait-il pas baiser dans les chiottes ?

En fin de compte, il y avait trois portes, pas quatre. À présent que j'y prêtais attention, puisque c'était là qu'on allait baiser, j'ai remarqué qu'elles étaient massives, en chêne verni avec des heurtoirs, comme si on entrait chez quelqu'un. J'ai frappé à la première.

« Vous cherchez quelque chose ? a fait une voix masculine.

— Désolée ! » ai-je répondu.

J'ai frappé à la porte suivante. Garrett l'a ouverte et m'a attirée à l'intérieur. Il me tenait par les hanches et m'a embrassée violemment, sa langue dans ma bouche. Ça m'a fait du bien, j'avais impression qu'il me désirait.

« Regarde-moi dans les yeux », ai-je demandé.

Il m'a regardée dans les yeux en déboutonnant le manteau de Steve, il l'a fait glisser de mes épaules et tomber par terre. Son regard toujours planté dans le mien, il m'a soulevée par la taille pour m'asseoir sur l'énorme lavabo en marbre noir. Ça m'excitait de le voir faire, mais côté vagin rien encore. Ou peut-être que si, mais ça n'était pas encore ça. Enfin disons que j'étais dedans sans l'être. Je faisais à moitié semblant, tout en prenant à moitié du plaisir.

« Moins vite », ai-je demandé, pour me laisser un peu le temps de me mettre dans le rythme.

Il m'a titillée par-dessus ma culotte pendant une seconde. Puis il a glissé ses doigts à l'intérieur et s'est mis à me doigter. Mes lèvres n'arrêtaient pas d'accrocher et de frotter contre ses doigts, ça m'irritait. Je les sentais gonfler comme des ballons. Je persistais à vouloir lui poser des questions. J'avais besoin d'entendre qu'il avait envie de moi.

« Comment tu trouves la lingerie ?

— Torride, ma belle.

— Les porte-jarretelles ?

— Trop sexy. »

Il a dû sentir que je n'étais pas super mouillée, parce qu'il s'est agenouillé devant le lavabo où j'étais perchée les jambes ouvertes, a écarté ma culotte et s'est mis à me lécher le clitoris. J'ai gémi encore un peu, pas complètement pour de faux, parce que ça me plaisait de m'entendre. Mais quand même pour de faux au sens où je savais que j'étais soudain beaucoup trop mal à l'aise pour que ça m'excite.

Je suis descendue du lavabo et me suis agenouillée. Puis j'ai descendu sa braguette et me suis mise à le sucer. Il avait la bite longue et mince. J'avais l'impression qu'elle pourrait m'embrocher. En règle générale, j'aime faire des pipes, et je sais plutôt bien m'y prendre. J'adore commencer par lécher la bite, l'agacer un peu – pour bien la préparer avant de sucer. Mais il était impatient. Il m'a attrapée par les cheveux pour plaquer ma tête contre lui, comme j'avais vu faire dans les pornos. Je me suis un peu étouffée sur sa bite, j'ai reculé et puis j'y suis retournée, la bouche super humide. Il a gémi, et c'était torride. Rien que d'entendre le gémissement monter du fond de son ventre, et de lever les yeux pour admirer cette belle mâchoire, j'ai eu l'impression de mouiller davantage. Mes sécrétions brûlaient mes lèvres irritées. Il m'a attrapée par les cheveux et a de nouveau enfoncé sa bite au fond de ma gorge, puis il a plaqué sa main sur mon front pour me repousser.

« Viens là, debout », a-t-il fait.

Je portais encore mon soutien-gorge et ma culotte quand il m'a de nouveau attrapée par la taille pour me hisser sur le lavabo. Puis il a déchiré l'emballage d'un préservatif avec ses dents avant de batailler pour l'enfiler. Il m'a retiré ma culotte, a écarté mes jambes. J'ai laissé échapper un cri quand il m'a pénétrée, commençant à donner des coups de reins. C'était bon, mais c'était trop aussi, j'avais l'impression de le sentir cogner contre un mur au fond de mon vagin. Comme si j'avais une crampe. Mes cuisses frottaient contre le rebord du meuble de lavabo. Ma tête cognait contre le robinet et je n'arrêtais pas de me coincer dans la vasque.

Ensuite, sa bite toujours en moi et le pantalon sur les chevilles, il m'a soulevée et a fait volte-face pour me remettre par terre. J'étais couchée sur le manteau de Steve. Après quelques va-et-vient en position du missionnaire, il m'a ordonné de me retourner. Je suis passée à quatre pattes et il s'est mis à me baiser en levrette. Je sentais sa bite jusqu'à mon nombril. Chaque coup de reins était douloureux, et je ne voulais plus qu'une chose, qu'il jouisse et qu'on en finisse. C'était peut-être un hôtel branché, mais la musique était atroce. Quelqu'un avait sélectionné toute une gamme de ballades rock larmoyantes, que des classiques des années 1980-1990 : « Solsbury Hill » de Peter Gabriel, « Tears in Heaven » d'Eric Clapton. J'étais en train de baiser par terre dans des chiottes sur « Tears in Heaven ». Désolée mais non. Franchement, ça rimait à quoi de vivre ? Je me suis mise à rire.

« Touche-toi le clito », a-t-il ordonné.

J'ai obéi. Je l'ai senti m'écarter les fesses de plus en plus, et tripoter mon trou du cul. Il a craché sur son doigt, puis il l'a enfoncé. Je sentais le doigt. J'avais l'impression d'avoir envie de chier, comme s'il y avait un truc là-dedans qui devait sortir. Je l'ai baisé plus fort, espérant le faire jouir tout de suite. Les seuls gémissements qui m'échappaient étaient de douleur. Je voulais chasser son doigt de mon corps à coups de reins. Mais il en a inséré un deuxième, puis un troisième. Je sentais bien qu'il était en train d'essayer de me distendre l'anus.

Il a retiré sa bite de mon vagin. Je l'ai sentie cogner contre mes fesses, puis mon trou du cul. Il a poussé plusieurs fois. Une douleur fulgurante m'a saisie : comme si une hémorroïde géante était en train d'essayer de se frayer un chemin dans mon corps.

Je me suis retournée pour le regarder. Je transpirais.

« Elle y est ? ai-je demandé.

— Attends une minute. »

Il a poussé encore. J'ai senti sa bite ramollir et s'affaisser légèrement. J'ai imaginé qu'elle formait un U pour rentrer dans son corps à lui. J'ai imaginé Garrett en train de baiser son propre nombril.

« Non, a-t-il lâché. C'est trop serré. Je vais juste te baiser la chatte. »

Ça m'allait très bien.

Il m'a sautée peut-être une minute ou deux, et puis il a joui. Je me suis demandé comment il faisait pour jouir aussi vite alors qu'il ne bandait même pas complètement.

« Désolé ma belle. Tu veux que je te lèche encore un peu ? » a-t-il demandé.

J'ai regardé la veste de Steve, par terre. Elle était couverte de poussière, avec une grosse tache de sperme en plus. La bretelle de mon nouveau soutien-gorge avait craqué au niveau du bonnet, elle était tout effilochée.

« Non, c'est bon, ai-je répondu. C'était vraiment génial. Super torride. »

Il m'a donné une tape sur le cul.

« C'est toi qui es torride, a-t-il dit. Mais on devrait se bouger pour ne pas se faire choper.

— Ouais, même si j'adorerais passer la nuit par terre dans les chiottes avec toi… »

Je la jouais décontractée. T'as vu comme je suis cool. Mais je me sentais triste et en colère. Je n'étais pas venue pour ça. Enfin bon, au moins c'était quelque chose, au-delà du vide de mon existence ordinaire. C'était un coup d'épée dans le néant. Mais je voulais vraiment le faire craquer, je voulais obséder ses pensées. Est-ce qu'il avait profité de moi ? Est-ce qu'on peut profiter de vous si vous profitez aussi de l'autre ? Est-ce que c'est automatiquement celui qui jouit, le profiteur ? Ou bien plutôt celui qui s'attache le moins ? J'ai retenu mes larmes en enfilant le trench.

J'avais honte qu'il soit dans cet état, et je ne voulais pas que Garrett s'en aperçoive, même si c'était lui le responsable. Je voulais paraître invulnérable.

« Vas-y d'abord, a-t-il dit. Pour que ça ne soit pas trop grillé. Je vais peut-être attendre une minute ou deux ?

— O.K. »

J'ai remarqué qu'il avait un cabas en toile, et qu'un paquet était tombé par terre. L'étiquette disait : « R. Garrett Campbell ». Je me suis demandé à quoi correspondait le R. Il avait l'air nettement moins créatif d'un coup, avec sa bite à la con qui pendouillait et une initiale à son nom.

Je suis allée au bar et me suis commandé une eau gazeuse puis j'ai remis du rouge à lèvres. Je voulais lui paraître canon, sereine. J'ai siroté ma boisson fraîche avec une petite paille et j'ai fait mine d'être à fond sur mon téléphone, pour avoir l'air indifférente quand il s'approcherait du bar. Cinq minutes ont passé, et il ne s'est pas montré. Il jouait vraiment la sécurité. Et puis dix minutes ont passé.

tout va bien là-dedans ? ai-je écrit

hein ? a-t-il répondu.

tu vas sortir des toilettes, ou t'as besoin d'aide ?

oh, désolé. suis parti. en train de rentrer. C'était fun ;)

En sortant dans la chaleur de la fin d'après-midi, je ne me suis pas autorisée à me sentir triste ou en colère. D'une certaine manière j'étais soulagée. S'il m'avait fait jouir comme une dingue, alors je me serais peut-être attachée davantage. J'aurais été déçue qu'il ne veuille même pas me dire au revoir une fois sorti des toilettes. Mais avec sa bite à la con en forme de crayon, son manque de considération pour ma jouissance réelle et son côté gros lourd, j'avais moins envie de lui. Dans mes fantasmes, les mecs meurent toujours d'envie d'y goûter, ils meurent d'envie de me faire jouir. Sinon ils en crèvent, littéralement.

Ou peut-être que si, j'étais triste. Est-ce que j'étais en colère à cause des toilettes en tant que telles ? J'avais envie de lui plaire, tout comme j'aurais voulu qu'il n'ait pas de copine. Ou j'avais envie de lui plaire davantage que sa copine, qu'il tienne un peu plus à moi. Je savais que ce n'était pas ce qui caractérise un coup d'un soir. Je savais que ce que je désirais ne pouvait pas exister. Mais ça ne voulait pas dire que je ne le désirais pas.

21

À la maison, j'ai retrouvé Dominic endormi.

« Salut », ai-je dit, me lovant en cuiller contre lui, les mains passées autour de son ventre tiède. Il s'est pelotonné contre moi comme si j'avais toujours été là, a poussé quelques soupirs, et puis il a roulé sur le dos pour que je puisse lui faire des papouilles. Quelque part, ce petit moment m'a semblé plus intime que tout ce que j'avais pu faire avec Garrett. J'ai embrassé sa joue de toutou, et il m'a bâillé à la figure, un long bâillement appuyé qui dévoilait toutes ses dents et la voûte mouchetée de son palais. Il était si pleinement lui-même, incapable d'être autre chose que lui-même, et il ne comprendrait jamais pourquoi je pouvais avoir envie d'être quoi que ce soit d'autre que moi. Ça lui semblerait idiot, et même dingue. On était ce qu'on était, point barre.

Au crépuscule, je suis allée jusqu'aux rochers. Les silhouettes des palmiers se détachaient sur fond de soleil couchant rose et orange. Des étoiles commençaient également à poindre, entre moi et les monts

Santa Monica. Je ne sais pas pourquoi, mais je me suis mise à chanter. J'ai pensé aux Sirènes de l'*Odyssée*, sur leur île, qui appelaient les hommes à elles. Ils devenaient ivres de désir et se noyaient. Quelle était la nature exacte de ces Sirènes ? Étaient-ce des femmes-poissons ? Des divinités marines en rapport avec la mort, ça oui, mais comment s'y prenaient-elles pour que les hommes leur obéissent ? Était-ce uniquement leur voix qui les attirait, ou possédaient-elles un autre genre de pouvoir ? Ça ressemblait à de la manipulation. Elles avaient peut-être besoin de suivre une thérapie de groupe pour obsession amoureuse.

Je pensais aussi à Sappho, à ses poèmes qui étaient en fait des chansons. Elle les chantait et jouait de la lyre. Il s'agissait vraisemblablement d'un accompagnement minimal, même si on ne peut qu'imaginer à quoi ressemblait cette musique. Theo avait raison, raconter des conneries sur Sappho n'était pas vraiment une option. Ce n'était pas parce que certains historiens avaient projeté leurs propres inepties sur elle que je devais faire la même chose. Ce qui m'avait attirée chez elle au départ, c'était un ressenti, l'expérience viscérale des mots, les émotions véhiculées par des syllabes. Comment diable est-ce que tout ça avait pu me conduire à la théorie, tout le contraire du ressenti ? Je suppose que j'avais peur de ressentir. Et puis, ce n'est pas avec un ressenti qu'on obtient un financement universitaire.

Je devais désormais prétendre que les espaces laissés vides dans son texte étaient intentionnels. Je pouvais faire exister cette idée en la théorisant, et avec un peu de chance convaincre mes lecteurs que ses poèmes pouvaient être lus de cette manière. Effectivement, il valait mieux éviter de projeter nos propres interprétations sur son œuvre. D'un point de vue académique, mon concept était assez intéressant. Mais il était indéniable que quelque chose de beau et de magique avait un jour accompagné ces poèmes, et que ce quelque chose était désormais perdu à jamais. Autrefois, ce néant était plein de musique.

Les surfeurs ont commencé à rentrer, mais pas de trace de Theo. Je me demandais toujours où ces garçons mettaient leurs clés, leur portefeuille. De tout ce qu'ils faisaient – choisir une vague, se mettre debout sur leur planche, rester dessus, se débrouiller pour ne pas mourir – ce qui m'intéressait le plus, c'était de savoir où ils mettaient leurs affaires. Est-ce qu'ils avaient des compartiments secrets dans leur combinaison ? Est-ce qu'ils ne risquaient pas de foutre en l'air leur portable ? Peut-être qu'ils ne prenaient pas leur portable. Il y avait sûrement des tas de filles qui guettaient une réponse à leur texto.

J'ai attendu des heures, mais Theo n'est jamais venu. Il m'évitait probablement. Ou peut-être qu'il était sur la terre ferme, avec d'autres jeunes. Je les imaginais en train de boire de la bière sur un toit quelque part, de tirer des feux d'artifice. Le groupe riait à l'unisson, leurs voix cristallines résonnaient dans l'air vif de Venice. Ils n'en avaient rien à foutre de rien. Theo était au centre du groupe, il allumait les feux d'artifice avec un large sourire. Non, il était assis à l'écart du groupe, maussade et mystérieux. Il y avait des filles dans la bande – des surfeuses aux longs cheveux blondis au soleil, qui sentaient la vanille et la noix de coco. Elles le désiraient. Elles le désiraient parce qu'il était distant. Elles venaient le voir à tour de rôle, lui offraient une bouffée d'un joint, ou une bière. Il pouvait avoir n'importe laquelle s'il voulait. Il pouvait les embrasser direct, sur le toit, et puis les prendre par la main pour les entraîner à l'intérieur. Mais à chaque fille qui approchait, il levait la main en silence. Quel connard, franchement. Pourquoi il faisait la gueule comme ça ? Est-ce qu'il était en train de penser à quelqu'un d'autre ? J'ai imaginé qu'il pensait à moi. Ça m'a rendue heureuse un instant. Et puis j'ai rougi de honte d'être aussi débile.

Je suis rentrée et me suis endormie en serrant Dominic dans mes bras. J'avais cédé tout mon pouvoir à Garrett, et cette sensation ne me plaisait pas. Ça me rappelait l'année précédente, avec Jamie, sauf que Garrett était beaucoup plus con. C'était comme si j'avais pris mon manque de Jamie pour le transplanter sur le corps le plus proche. Comment avais-je fait mon compte pour me retrouver au même point ?

Quand je me suis réveillée au milieu de la nuit, j'avais une furieuse envie de pisser. Je me suis précipitée aux toilettes mais rien ne venait. J'ai réussi à sortir quelques gouttes, ça brûlait. Aïe aïe aïe. Je me suis traînée pour me remettre au lit en espérant que ce n'était pas ce que je croyais. Mais dix minutes plus tard j'ai eu de nouveau envie de faire pipi.

« Bordel de Dieu, pourquoi ? » ai-je gémi, me recroquevillant en position fœtale.

Dominic m'a léché la joue. Il semblait comprendre que je souffrais. Il a pleurniché un peu. J'ai pleurniché en réponse, et puis on a pleurniché ensemble.

Je voulais faire comme si ce n'était qu'une irritation, peut-être le début d'une mycose bénigne, facile à neutraliser avec un peu de miconazole. Mais ça n'avait rien d'une mycose. C'était une putain d'infection urinaire. Je n'en avais pas eu depuis des années, mais ce n'est pas le genre de sensation qu'on oublie. La douleur sourde dans le pelvis, l'envie pressante de pisser, la brûlure. Après mes trois premières infections urinaires, j'avais découvert le secret à l'infirmerie de la fac : toujours faire pipi après le sexe. Faites pipi immédiatement, dans les dix minutes, si possible. Mais il était hors de question que je pisse devant Garrett.

J'ai songé à la façon dont on m'avait appris à m'essuyer, petite fille, après ma première infection urinaire.

« À partir de maintenant, tu t'essuieras du devant vers le derrière, avait expliqué le pédiatre. Tu as compris ? »

Quand Garrett avait essayé de me mettre sa bite dans le cul, avant d'abandonner la mission au profit de mon vagin, pendant une fraction de seconde je m'étais dit : Mauvaise idée. Du derrière vers le devant.

J'ai essayé de dormir mais ça ne servait à rien. Je savais exactement ce qu'il me fallait : du Pyridium pour soulager la douleur, et du Ciflox pour tuer le germe. Je me suis mise à pousser des petits gémissements d'auto-apitoiement à haute voix, genre « Nooooon » ou « Pourquoi moiiiiii ? » Une part de mon être réagissait à la douleur. Mais je me complaisais aussi dans le mélodrame, me cajolant toute seule comme si j'étais un bébé.

J'ai réussi à sortir Dominic, puis à appeler un Uber. L'hôpital le plus proche était à Marina del Rey, pas loin.

« Sois sage, ai-je dit. Maman est très, très malade. »

Je me suis entendu parler au chien, et ça m'a rappelé que j'existais. Ça ne ressemblait jamais à ce à quoi je m'attendais, l'existence.

22

Curieusement, à cinq heures du matin, il y avait trois familles devant moi aux urgences. Est-ce que les enfants se blessaient uniquement à l'aube ? L'un d'eux était un petit garçon en tenue de foot à qui il manquait une basket, en pleurs. Je ne comprenais pas pourquoi il était en train de jouer au foot à quatre heures du matin. Est-ce qu'il jouait dans son sommeil ? Sa mère et son père avaient l'air tellement inquiets pour lui, ils le réconfortaient et lui caressaient les cheveux. Je voulais qu'on me caresse les cheveux. J'ai songé à envoyer un texto à Annika, qui serait forcément réveillée là-bas en Europe, mais je n'avais pas envie de l'inquiéter. Pas envie qu'elle me demande comment j'avais attrapé cette infection urinaire.

À la place, j'ai envoyé un texto à Jamie.

Salut

juste un petit mot pour prendre des nouvelles, ça va ?

Il était du genre matinal. J'ai vu les trois petits points indiquant qu'il était en train de répondre. Puis les points ont disparu. Rien. J'imagine que Megan la scientifique était au lit avec lui. J'ai immédiatement regretté mon geste.

Alors j'ai envoyé un texto à Adam le singe-garou. Je lui ai envoyé une photo de mon bracelet d'hôpital.

Regarde où je suis… à l'hosto !

J'avais besoin de me sentir vue, même par quelqu'un que je connaissais à peine et qui ne me plaisait pas. J'ai toujours détesté les cabinets de docteurs et tout ce qui a un rapport avec la médecine, parce que je flippe toujours qu'on m'annonce que je vais mourir. Si ça doit arriver, je préfère crever direct sans rien savoir à l'avance. Même dans mes moments les plus suicidaires, j'ai toujours eu peur de la mort en tant que processus.

J'étais épuisée, alors je me suis allongée sur le petit lit, dans ma blouse d'hôpital en tissu. Ça ressemblait à une forme d'abandon, un utérus douillet, ou un coma. Je me suis recroquevillée en position fœtale pour me bercer doucement. Puis j'ai senti un peu d'humidité entre mes cuisses et je me suis rendu compte que je perdais des gouttes de pisse. L'intérieur de mes cuisses me brûlait, irrité et à vif à cause du sexe et de l'urine. Mais tout irait bien. Je voulais simplement rester allongée là pour toujours. Je voulais que de gentilles infirmières s'occupent de moi. Les bouquins ne représentaient rien dans ce monde.

L'université ne représentait rien. Oublie les garçons qui nagent à ta rencontre dans l'océan, et les graphistes qui t'embrochent le cul.

La doctoresse s'appelait Dana Ward. Elle était blonde avec une queue-de-cheval stricte et n'avait clairement jamais merdé de sa vie. J'ai imaginé qu'elle avait étudié à Cornell et s'était toujours débrouillée par elle-même. Elle portait une jolie bague de fiançailles – pas énorme, mais assez grosse pour pouvoir l'exhiber et donner aux autres nanas l'impression d'être des merdes. C'était une de ces femmes qui gesticulent de la main gauche. J'étais prête à parier qu'elle se disait *fiancée,* en français dans le texte.

« Voyons ça, a-t-elle dit. Si je comprends bien, vous pensez avoir une infection urinaire ?

— Oui, je suis certaine que c'est ça. J'ai juste besoin de Ciflox et de Pyridium.

— Je vais vous demander de nous laisser un échantillon d'urine, ça va prendre un peu de temps pour faire le test. En attendant, je peux déjà vous prescrire ces médicaments. Vous les prenez souvent ?

— Ça fait des années.

— Quelque chose de différent qui aurait pu provoquer ça ? »

J'avais envie de répondre : *Eh bien, j'ai essayé la sodomie par terre dans les toilettes d'un hôtel. Pas les toilettes d'une chambre – juste celles du bar de l'hôtel. Ah, et c'était avec un type que je ne connaissais pas. Ah, et je suis une thérapie de groupe pour les addictions sexuelles et amoureuses. Mais manifestement ça ne fonctionne pas.*

« Mon mari et moi on fait beaucoup plus l'amour depuis quelque temps. On essaie d'avoir un bébé. Peut-être que ça fait trop, c'est tout », ai-je répondu à la place. Sérieusement, je n'avais pas la moindre idée d'où je sortais ça.

« Y a-t-il un risque que vous ayez pu être exposée à des maladies sexuellement transmissibles ? »

Est-ce qu'elle sous-entendait que mon mari fictif me trompait ? Comment osait-elle !

« Absolument pas. »

J'avais envie de lui demander s'il y avait un risque que son *fiancé* l'ait trompée.

« Vous pouvez aller chercher l'ordonnance et commencer à prendre les médicaments. Le Ciflox met parfois jusqu'à vingt-quatre heures pour commencer à faire effet, mais le Pyridium devrait vous soulager très rapidement. On vous appellera pour vous donner vos résultats plus tard dans l'après-midi. Si le test n'est pas positif pour l'infection urinaire, je vous suggère fortement de revenir et de faire tous les autres examens.

— C'est une infection urinaire, c'est sûr », ai-je répondu.

La pharmacienne de la supérette m'a donné le Pyridium tout de suite, mais il lui fallait un peu de temps pour préparer le Ciflox, alors j'ai poireauté au rayon magazines. J'ai pris le Pyridium avec du jus de pomme, que je n'avais pas l'intention de payer. Voler ce jus pour le siffler sur place l'air de rien avant de planquer la bouteille derrière les magazines m'a donné un sentiment de puissance. Le Pyridium commençait à me soulager. Mais j'avais aussi une très très grosse envie de faire pipi. Je me suis dit que c'était sans doute juste l'infection, que c'était une illusion d'envie. Tout en patientant, je me balançais d'un pied sur l'autre en lisant un magazine sur les ventres des stars enceintes. Le magazine tout entier était consacré à ces ventres ronds, pas les bébés eux-mêmes, rien que les ventres. Si j'avais un ventre rond, est-ce que ça se passerait mieux pour moi ? Peut-être que mon tort était de ne pas en avoir un.

Brusquement, j'ai senti un filet tiède dégouliner entre mes jambes. J'ai baissé les yeux et découvert une tache de liquide orange en train de s'étendre sur l'entrejambe de mon pantalon. Merde. J'avais oublié que le Pyridium teinte l'urine en orange. En me pissant dessus, j'avais viré couleur cône de chantier.

Je me suis précipitée au comptoir, j'ai payé mon Ciflox et me suis tirée en vitesse. Je ne pouvais pas monter dans un Uber comme ça, je puais et j'allais tacher la banquette. Je me suis dépêchée de descendre Main Street en marchant en canard, et suis passée devant un groupe en train de bruncher, toute désorientée et schlinguant la pisse. J'avais l'impression de les voir comme les voyaient les SDF quand ils croisaient ces gens-là. Je ressentais de la haine pour eux, et de la honte pour moi. Mais les bruncheurs ne m'ont même pas remarquée, ni moi ni ma tache de pisse orange. Ça m'a donné envie d'interrompre leur repas et leurs conversations débiles pour m'asseoir au milieu de leurs tables. Je voulais les forcer à affronter ma présence.

À midi, j'ai allumé mon téléphone. Pas de nouvelles de Garrett, mais douze messages d'Adam.

je m'inquiète pour toi !!!!! je serais venu te voir à l'hosto mais je suis à tijuana

je vais bien, ai-je écrit, vraiment

Envoie des photos du sang, a-t-il répondu. Envoie des photos à poil avec le sang !!!

Il y avait aussi un message de Jamie qui me demandait comment ça allait. J'ai tapé trois réponses différentes :

je kiffe la vie californienne !

je te manque toujours ?

en train de crever.

Aucune ne sonnait juste. En train de crever était celle qui s'en rapprochait le plus. L'infection urinaire s'était calmée, mais j'étais malade de Garrett. Je n'arrêtais pas de repasser la soirée de la veille dans ma tête. Allez savoir pourquoi, dans mon souvenir, c'était beaucoup plus torride que la réalité ne l'avait été : mon vagin était plus mouillé, sa bite plus épaisse, ses gémissements plus enthousiastes, pleins de passion. J'ai repensé à sa langue et à sa mâchoire, et des larmes me sont montées aux yeux. Qu'est-ce que c'était que ce délire, merde ? Et pourquoi est-ce qu'il ne voulait pas de moi ? Ce soir-là, je me suis couchée avec mon téléphone à côté de la tête en mode vibreur, mais je n'ai pas vraiment dormi. Je me réveillais toutes les heures pour regarder et vérifier que je n'avais rien loupé. J'ai décidé qu'il était peut-être temps de retourner en thérapie pour faire le point.

23

Quand j'ai passé la porte de la thérapie de groupe, tout le monde m'a lancé des regards à la croisée du mépris et du *On savait que tu reviendrais*. Elles étaient enchantées de me voir, en fait. Je n'ai pas pu m'empêcher de me dire qu'elles avaient juste envie qu'il y ait davantage de gens aussi tarés qu'elles. Plus il y avait de paumés dans leur genre, moins elles étaient seules – moins elles étaient paumées, peut-être même. Si tout le monde était aussi cinglé que vous, alors vous n'étiez peut-être pas si cinglé que ça. Comparée à elles, je me trouvais normale. Je faisais sans doute une fixette, mais je n'étais pas allée harceler Garrett devant son bureau ni rien de tout ça. Mais bizarrement, dans le groupe tout le monde semblait aller bien.

Crin-Bec était fière d'elle et le claironnait à qui mieux mieux. Ce matin-là, elle avait repéré les deux chiens de ses voisins enfermés dans leur voiture garée en pleine chaleur, et elle avait volé à leur secours.

« Je leur ai collé la SPA au cul », a-t-elle déclaré.

Bien sûr, quand la SPA avait débarqué, les voisins, qui déchargeaient simplement leurs courses, étaient furax. Ils avaient tambouriné à sa porte et lui avaient hurlé dessus.

« On aurait pu croire que ça aurait un effet déclencheur sur moi, ou au moins que ça réactiverait mon traumatisme ! a-t-elle déclaré. Mais vu que je suis déjà expulsée, c'était libérateur – en tant que victime – de prendre la défense d'autres créatures maltraitées. »

Brianne, qui avait l'air de s'être récemment fait injecter de nouvelles doses de Botox dans le front, avait rencontré un homme sur OkCupid – site qu'elle avait récemment commencé à investir. Ils avaient même fait des progrès, passant de la messagerie de l'application à l'étape des vrais e-mails.

« Bien sûr, il est en voyage d'affaires en Europe, a-t-elle expliqué doucement, ses sourcils arqués évoquant le vol d'une oie dessiné par un gosse. Mais il a dit qu'à son retour, il voulait vraiment qu'on se voie. Face à face. En personne. Dans un vrai restaurant. Et je pense que je vais y aller. »

J'ai décidé de jouer plus ou moins cartes sur table au sujet de mes deux rencards. Je n'ai pas dit que j'avais suivi Adam chez lui pour le regarder se branler, ni que j'avais couché avec Garrett par terre dans les toilettes, seulement que j'y étais allée.

« Le premier mec était immonde, ai-je expliqué. Quand les mecs sont immondes, ça va. Je m'en fous un peu.

— Pourquoi t'es sortie avec lui, s'il était immonde ? a caqueté Crin-Bec.

— Je ne pouvais pas savoir à l'avance qu'il serait immonde. C'était un rencart Internet.

— Et l'autre ? a demandé le Dr Jude.

— Eh bien, c'est celui-là le problème. Il n'était pas immonde. Mais on dirait que depuis ce rencart, il ne veut plus de moi. Du coup maintenant je perds complètement les pédales. Ce n'est pas pareil que ce que j'ai ressenti avec Jamie. Mais c'est vraiment dur.

— Mmmm, a dit le Dr Jude en sirotant son thé. Qu'est-ce que tu attendais de ce rencart exactement ? »

J'ai remarqué qu'elle avait accumulé de nombreux bracelets tibétains ornés de perles à son poignet gauche. Je me suis demandé combien elle allait devoir en acheter pour atteindre l'illumination.

« Je ne sais pas, ai-je répondu. Je n'y avais pas vraiment réfléchi. M'éclater un peu, je suppose. M'éclater sans conséquences, vous voyez ?

— Tu n'as pas l'air de t'éclater beaucoup », a remarqué Sara, en m'offrant une chips de banane.

J'ai refusé. Mais elle avait raison.

« Eh bien, peut-être que je n'aime pas m'éclater.

— Bien sûr que tu aimes t'éclater. Tout le monde aime ça ! C'est juste que tu ne sais pas encore ce qui t'éclate vraiment. J'ai dû essayer plein d'activités avant de trouver mon truc. L'atelier pour ouvrir son cœur, c'était pas mal, mais bon. Maintenant j'ai commencé des cours d'impro et franchement j'adore. C'est comme si l'enfant qui sommeille en moi pouvait enfin se montrer et jouer. »

J'ai grimacé. Qu'est-ce qu'il y avait de pire que l'impro ? Les soirées scène ouverte, peut-être.

« J'aime aussi les huiles essentielles, a-t-elle poursuivi. C'est une façon de prendre soin de soi. Chaque soir, je me fais un petit massage du cou et des épaules avec un mélange maison – rose, bergamote, et une goutte d'encens. »

Et probablement aussi des pieds, ai-je pensé.

« J'aime bien m'offrir des sorties culturelles en solo, a déclaré Brianne, sans bouger un cil. Rien que moi. Je vais au musée ou au cinéma, pour trouver l'inspiration et me reconnecter en tête-à-tête avec moi-même, dans un environnement créatif. Après, je m'invite au restaurant pour un bon repas, avec dessert en prime. »

Ça avait l'air foutrement chiant. Je n'avais pas envie de me reconnecter plus que ça avec moi-même. En fait, j'avais plutôt envie de moins le faire.

« Bon, je peux peut-être essayer ça, ai-je lâché.

— Allez chiche, a dit Sara. Chiche que t'es capable de t'offrir un rendez-vous avec toi-même ! »

24

En quittant le groupe j'ai vu que Claire avait appelé.

« Tu peux me retrouver au Pain Quotidien ? demandait-elle. C'est l'enfer. Je suis en train de crever.

— Bien sûr », ai-je répondu.

À mon arrivée, elle était en train de pleurer dans un coin en mangeant un croissant aux amandes.

« J'avais vraiment l'impression qu'il y avait quelque chose entre Trent et moi, m'a-t-elle expliqué. Je croyais vraiment qu'avec toute cette histoire de polyamour il se passerait assez de trucs dans ma vie pour garder le contrôle. Que je n'allais pas trop m'attacher, tu vois, ni devenir trop dingue d'un de ces mecs. Mais maintenant tout est parti en couille.

— C'était lequel, Trent ? ai-je demandé.

— Le vieux avec la queue-de-cheval.

— Qu'il aille se faire foutre. Quel naze. Tu mérites mieux. Tu sais qui j'ai connu, dans le genre vieux gars avec une queue-de-cheval ? Ce type flippant qui venait se poser à la bibliothèque douze heures par jour. Il n'était pas sans abri, il avait des super belles baskets, il passait juste sa journée à mater les étudiantes de première année. Au début j'avais pitié de lui, parce qu'il était vieux et qu'il apportait parfois sa soupe, et qu'il n'y a rien de plus triste qu'un vieux qui mange sa soupe tout seul. Mais un jour il s'est fait choper dans les toilettes pour femmes. Il était caché là depuis des heures. Il s'appelait Ron. Donc ce type, Trent ou je ne sais quoi, en gros il s'appelle Ron. En gros c'est un mec de soixante-dix ans avec une queue-de-cheval qui s'appelle Ron et qui traîne dans les toilettes pour femmes dans l'espoir de les renifler. À chaque fois que tu le trouves super, appelle-le simplement Ron dans ta tête. »

Je pensais avoir fait du bon boulot. Mais Claire n'a fait que redoubler de sanglots.

« Ça rend le truc encore pire. Que quelqu'un comme lui puisse me jeter.

— C'est pas qu'il te jette, ai-je dit.

— Si, il me jette. Sa femme a décrété qu'elle n'était pas à l'aise avec notre arrangement, point.

— Alors ce n'est pas sa faute. C'est pas lui qui a choisi de te jeter. »

Je me suis demandé comment les types immondes comme Trent se débrouillaient pour avoir à la fois une épouse et une nana telle que Claire.

« Oui, mais il ne lui a même pas tenu tête », a-t-elle répondu.

J'avais envie de dire un truc du genre : *Écoute, voilà ce qui arrive quand on couche avec un type qui a une femme. C'est comme ça avec ces adeptes du polyamour.*

Tu ne pourras jamais l'avoir tout entier. Mais j'ai préféré la fermer. Qui étais-je pour dire quoi que ce soit ? Je venais de coucher avec un type qui avait une copine, par terre et dans un espace public, et je rêvais qu'il me déclare son amour éternel.

« Comment ça s'est passé avec les porte-jarretelles ? a-t-elle demandé, comme si elle lisait dans mon esprit.

— Horrible. Je laisse tomber les mecs pour un moment.

— Non ! Mais moi j'adore cette facette de toi ! Tu venais juste de te lancer !

— Je suis trop cinglée, c'est tout.

— C'est ce groupe de merde qui t'a bourré le mou, c'est ça ? Oh bon, je suppose que je n'ai plus qu'à repartir toute seule à la chasse aux bites. Avec Trent c'est mort, mais au moins en ce moment David est plus attentif que jamais.

— Alors mise tout sur David. Il est plus jeune et plus beau gosse, de toute façon.

— Non, c'est trop risqué avec lui. Il est trop canon. Je risque de devenir trop dépendante. J'ai besoin d'un tampon.

— Et le type de chez Best Buy ? Celui qui est super bien gaulé.

— Ça ne suffit pas, a-t-elle répondu. Il était numéro trois, tu te souviens ? J'ai besoin d'un nouveau numéro deux. Ou bien il peut passer en deux mais j'ai quand même besoin d'un nouveau numéro trois. Il m'en faut absolument trois. »

Être témoin de la folie de Claire m'a fait prendre conscience que je faisais probablement ce qu'il fallait en retournant en thérapie. Elle pourrait avoir un harem de mille étalons, mais la vérité c'est qu'il n'y en aurait jamais assez pour combler son besoin d'attention – de dévotion. Ce trou-là n'avait pas de fond. C'était sans fin. Elle désirait leur amour, mais si l'un d'entre eux – même un de ceux qui lui plaisaient le plus, comme David – s'avisait de lui demander de s'engager, ce serait instantanément fini. S'il commençait à faire une fixette sur elle, à tomber vraiment amoureux, à lui demander d'emménager avec lui, il ne faudrait pas plus d'un mois à Claire pour se lasser. Peut-être même moins que ça. En regardant Claire, j'ai compris qu'aucun être humain n'était capable de faire ça pour nous. Combler le gouffre. C'était ce qu'il y avait de triste dans les lacunes de Sappho. Là où se trouvait autrefois quelque chose de beau, il n'y avait plus que des blancs. Le temps effaçait tout. C'était cette réalité-là que personne n'était capable d'affronter. Certains tentaient de combler ces vides avec un tas de choses : leurs propres interprétations, des conneries biographiques. Moi, je faisais comme s'il n'y avait jamais rien eu au départ, pour ne pas ressentir la douleur de cette absence. Je cherchais à m'immuniser contre le temps, contre la douleur qu'il engendre. Mais faire comme si ne voulait pas dire que c'était vrai. Tout finissait par se dissoudre. Personne ne désirait vraiment être rassasié. C'était la perspective d'être rassasié – l'excitation suscitée par l'idée même d'une satiété possible – qui nous faisait tenir. Mais si on finissait par être réellement satisfait un jour, ce ne serait pas de la satisfaction. On se mettrait simplement à avoir faim d'autre chose. La seule manière d'avoir une chance d'être satisfait, ce serait d'accepter le néant sans essayer d'y fourrer quelqu'un d'autre.

En quittant Claire, j'ai bloqué Garrett sur mon téléphone. J'ai aussi effacé l'application Tinder. Puis je suis passée chez Whole Foods et me suis acheté toutes sortes de produits de luxe : un filet de cabillaud, des petites palourdes, de la bonne huile d'olive, une bouteille de vin blanc, des truffes noires, des échalotes, des chanterelles. J'ai enfin pris les ingrédients nécessaires au plat de dinde, petits pois et courgettes pour Dominic. Bien que je ne sois pas une grande cuisinière, on allait se faire un petit festin.

J'ai commencé par lui mitonner sa gamelle. J'adorais le regarder manger, tellement concentré et décomplexé, engloutissant prestement la nourriture, droit au but. J'adorais les bruits qu'il faisait avec ses lèvres noires et les claquements de sa grosse langue pendante quand il était à fond dans son repas. Parfois il s'interrompait au beau milieu, en pleine bouchée, pour m'observer un instant du coin de l'œil comme pour dire : *Qu'est-ce que tu regardes ? Je mange, c'est tout. Tu sais, tout le monde fait ça.*

Ensuite j'ai cuisiné le cabillaud et les palourdes au vin blanc et à l'huile d'olive, et j'ai fait revenir les champignons et les échalotes jusqu'à ce qu'ils croustillent. C'était délicieux. J'ai bu le reste du vin et me suis installée avec mon projet Sappho.

Chez Sappho, les lacunes ne sont pas des espaces négatifs intentionnels, et je ne propose pas de les lire comme tels. Les mots ont disparu, et ne reviendront jamais, ai-je tapé. *Nous pouvons essayer de combler ces lacunes avec des connaissances biographiques, mais cela ne reproduira pas la musique. Faire des hypothèses devant des blancs ne peut simuler la musique. Tout comme le silence de ces blancs n'est pas capable de simuler cette musique manquante. Cependant le silence s'en rapproche davantage.*

Claire m'avait-elle aidée, d'une certaine manière, à trouver une nouvelle direction, à redonner de la légitimité à ma thèse? En tout cas j'étais en train de reconnaître que mon idée de départ était merdique – prétendre qu'on pouvait lire comme intentionnel quelque chose qui ne l'avait jamais été, même à travers un prisme académique tordu. Pourtant, l'un des points clés de ma thèse subsistait: il ne fallait pas essayer de combler les lacunes avec de la biographie ou des interprétations à la con. Alors qu'en faire dans ce cas… que faire de l'inconfort de ne pas savoir? Comment savourer ce qui était là sans essayer de deviner ce qui n'y était pas? J'étais bourrée, mais la question semblait valable. Ce que j'écrivais semblait valable.

Vers minuit, sans trop savoir comment, j'étais de nouveau de sortie du côté des rochers. Il faisait frisquet et je n'avais pas pris de pull. J'ai jeté un coup d'œil alentour et puis j'ai arrêté, embarrassée. Il était évident que Theo n'était pas là, mais je ne cessais d'imaginer que si – ou peut-être qu'il était plus loin au milieu des vagues, à distance du rivage, et m'observait en riant tandis que je le cherchais. J'ai fait comme si j'étais venue jusqu'aux rochers par simple envie d'être au bord de l'eau. Mais j'étais déçue.

J'ai tourné les talons pour rentrer.

« Lucy », a fait une voix.

C'était Theo. Est-ce qu'il était caché derrière un rocher ? Ce garçon était déconcertant. Quand j'avais eu l'impression qu'il m'observait de loin, peut-être qu'en réalité il le faisait, mais de beaucoup plus près ? Il semblait flotter à un mètre du bord à peine.

« Tu es de retour », ai-je dit sur un ton gai, mais désinvolte. Je ne lui ai pas demandé où il était passé.

« Je suis de retour, a-t-il répondu. Alors, tes rencards, ça se passe comment ?

— Atroce, ai-je répondu.

— Ah, dommage.

— Une vraie petite mort, à chaque fois.

— Marrant. Toi-même t'es une sorte de petite mort.

— Quoi ?

— C'est vrai. Tu es… lugubre et pourtant charmante. Ça me plaît.

— Eh bien, personne ne m'avait jamais dit ça.

— Il y a un truc délicatement morbide chez toi. Tu connais la mort, tu en as conscience, contrairement à la plupart des gens de nos jours. Mais tu n'es pas une tueuse. Tu es une douce noirceur. »

Une douce noirceur.

« Ouais, j'ai conscience de la mort », ai-je fait. Je pensais à l'histoire des donuts. « Au lycée je mettais du rouge à lèvres et du vernis noir.

— Ce n'est pas ce que je voulais dire, a-t-il répondu. Ça n'a rien d'artificiel. Tu as ça en toi.

— Et toi ? C'est quoi ton histoire ? ai-je demandé.

— Oh, bon sang, je déteste mon histoire.

— Je parie que t'en as une super.

— Qu'est-ce que tu veux savoir, au juste ? » a-t-il demandé. Il nageait sur place, un peu plus vite à présent. J'ai entraperçu le reflet de sa combinaison sous les vagues.

« Tu habites où ?

— Dans le coin, a-t-il répondu.

— Tellement mystérieux. T'as conscience de la mort ? »

En posant cette question, je me suis sentie un peu flippante, mais dans le bon sens. Ne pas révéler grand-chose de sa personne lui donnait un pouvoir considérable. Cette simple réticence à se dévoiler – il ne m'en fallait pas plus pour me sentir rejetée. Alors lui demander ça m'offrait un léger ascendant. Et par ailleurs, son observation à propos de moi et de la mort aurait pu être un peu effrayante s'il ne l'avait pas formulée de manière aussi détachée. Enfin bon, c'était un inconnu, un homme, et il était vraisemblablement plus fort que moi. Il pourrait facilement me faire tomber d'un rocher, m'entraîner dans l'eau et me noyer. Mais je lui faisais totalement confiance – du moins en ce qui concernait ma sécurité physique. Et à présent qu'il m'avait complimentée sur la relation intime que j'entretenais avec la mort, et que j'avais accepté ce compliment en lui renvoyant aussitôt la balle, j'étais détendue. Nous avions tous les deux décidé que la mort était mon territoire, désormais. J'étais la Professeure de Mort. Bien plus qu'une femme d'âge moyen qui commençait à craquer sérieusement pour un jeune inconnu dans l'eau.

« Je connais la mort, a-t-il répondu.

— Tu as déjà vu quelqu'un mourir ? Genre de près, face à face ?

— Oui. J'ai regardé mourir un certain nombre de gens.

— C'est terrifiant, hein ? Le processus de la mort. La mort ne me fait pas peur mais mourir me fait carrément trop flipper.

— Je n'ai pas peur de mourir, a-t-il répondu.

— Ah non ? »

Désormais c'était lui le professeur, et moi la trouillarde.

« Je dirais que mourir me fait moins peur que la vie elle-même. »

En fait, j'étais peut-être d'accord avec lui.

« Je crois que j'ai autant peur des deux », ai-je répondu.

C'était la vérité. Ça faisait du bien de le dire.

« C'est quoi dans le fait de mourir qui te terrifie le plus ? Est-ce que tu as peur d'avoir des regrets ?

— Non, ai-je répondu. Je pense que c'est littéralement le processus physique. Genre suffoquer, tu vois. J'ai tellement peur de suffoquer et de paniquer. Je panique rien qu'en allant chez le dentiste. Je ne suis pas à l'aise avec les sensations physiques désagréables. Alors je crois que j'ai plus peur de ça – de ma propre terreur face à ça – que de tout le reste.

— C'est peut-être terrifiant l'espace d'un instant, a-t-il répondu. Quelques minutes, peut-être. Mais ensuite, d'après ce que j'ai vu, on est super libre.

— Peut-être. Mais c'est la peur qui précède la liberté qui me fait flipper. Si je pouvais simplement m'endormir – juste comme ça, m'endormir pour ne jamais me réveiller – je le ferais tout de suite. Je le ferais ce soir même. Mais j'ai peur d'être consciente au moment où ça arrive.

— J'avais cette intuition à ton sujet. Que tu serais heureuse de pouvoir simplement t'endormir.

— Pourquoi ? Parce que je suis super chiante ?

— Pas du tout, a-t-il répondu. C'est le contraire. Mais je sens que tu as souffert. »

Son ton était tellement dramatique.

« Eh ouais, la vie est trop conne, ai-je répondu, en me relevant.

— Moi aussi j'ai souffert. J'ai été malade. »

Ça a piqué ma curiosité.

« Ah ouais ?

— Oui. J'ai des problèmes gastriques, de terribles crampes d'estomac. Des problèmes avec mon intestin. Je ne sais pas pourquoi je te raconte ça. »

Le mot *intestin* m'a fait glousser.

« Quel genre de problèmes ? Genre t'as du mal à aller aux toilettes ou t'y vas trop souvent ?

— Les deux, a-t-il répondu. Ça dépend des jours.

— Pardon de rigoler. Je sais que c'est pas drôle. Mais c'est bizarre de parler de ça avec un inconnu.

— Tout le monde passe par là, tu sais.

— Je sais. Est-ce que tu t'es déjà fait dessus par accident dans ta combinaison ? »

Je riais désormais tellement fort que des larmes sont apparues au coin de mes yeux. Il souriait, faisant toujours du surplace.

« C'est une information confidentielle. Je trouve qu'on n'est pas encore assez intimes pour aller jusque-là, a-t-il répondu.

— Ah, d'accord, je comprends. C'est bien que tu aies tes limites.

— Je n'en ai pas, c'est juste... il faudrait qu'on soit plus proches pour que je balance un truc pareil, a-t-il fait avec un sourire en coin.

— Ce serait quoi, plus proches ?

— Je ne sais pas. Par exemple si je t'avais déjà touchée avant, ou ce genre de choses. »

J'étais surprise. Je ne sais pas pourquoi je suis toujours surprise quand un homme est attiré par moi. Peut-être parce qu'il était tellement beau et jeune. Mais je suppose que c'était logique. Pourquoi traînerait-il autour de ces rochers, sinon ?

« T'as envie de me toucher ? ai-je demandé.

— Oui.

— Et t'as envie de me toucher où ? » ai-je ajouté d'un air faussement pudique.

Il a nagé vers mon rocher. Soudain je me suis sentie nerveuse.

« Hmmmmm, a-t-il fait. Tu me laisserais toucher ta cheville ?

— Ma cheville ? » J'ai éclaté de rire.

« Oui, ta cheville.

— D'accord. Tu peux me toucher la cheville. »

Il a levé une main dans un geste solennel, s'est dégourdi les doigts comme un pianiste, et a exercé une légère pression sur mon mollet. Je riais. Et puis il a pris ma cheville au creux de sa main et l'a massée doucement, les yeux levés vers moi. J'ai cessé de rire. Lentement, il a fait courir ses doigts sur le dessus de mon pied, parcourant l'os dans un sens et dans l'autre. Il a appuyé sur chaque orteil, l'un après l'autre, progressant tout autour pour finir par masser doucement mon tendon d'Achille.

« Tu as des chevilles tellement mignonnes », a-t-il dit. Une fois son massage terminé, il m'a donné une petite tape sur le dessus du pied, un peu comme on tapote le crâne d'un enfant. Puis il a étreint mon mollet contre sa tête. Plus bizarre tu meurs, mais c'était trop bon.

« Non, a-t-il répondu. Je n'ai jamais chié dans une combi. »

25

« Venice ne te donne pas envie de te taper tout le monde ? m'a demandé Claire le lendemain après-midi. Ils sont tous tellement appétissants. »

Elle était en train de se faire faire une manucure et une pédicure dans un salon de mon quartier, se préparant à retrouver David pour leur premier véritable rencart – pas juste pour baiser. J'étais assise dans le fauteuil de pédicure voisin, mais je n'avais pas demandé de soin.

« Plus qu'appétissants, ai-je répondu.

— Bon, je suis ravie d'entendre que tu n'as pas totalement mis ta chatte à la retraite – dans ta tête en tout cas.

— Non. En fait, il y a ce nageur avec qui je traîne en ce moment.

— Un nageur. Genre athlète olympique ?

— Non. Genre océan.

— Fais voir son Facebook.

— Je l'ai vu seulement deux ou trois fois et j'ai pas son numéro, ni son e-mail ni rien. Je ne connais même pas son nom de famille. On se retrouve près d'un tas de rochers, un de ces brise-lames, là-bas dans l'eau. Il vient la nuit à la nage, tu vois.

— Qu'est-ce que tu veux dire : "Il vient la nuit à la nage" ?

— Il vient la nuit à la nage. Et on discute. Oh, et il m'a touché le pied.

— Il t'a touché le pied ?

— Ouais.

— Bon, donc il est fétichiste. Comme Sara du groupe de thérapie.

— Sara touche son propre pied, ai-je répondu.

— C'est plutôt comme des caresses. Elle fait vraiment l'amour à ce pied. Peut-être qu'elle a remplacé les mecs par son propre pied ?

— Ha ! Non, c'était plus comme s'il trouvait mon pied extraordinaire. Ou comme si à travers mon pied, il touchait mon âme. »

Claire m'a regardée fixement.

« C'est pas aussi bizarre qu'il y paraît. Et je ne crois pas que ce soit dangereux pour moi émotionnellement parlant, tu vois, je ne suis pas en train de faire une fixette amoureuse, parce que maintenant j'ai simplement la certitude qu'il va venir. Je peux lui faire confiance pour ne pas m'ignorer. C'est plus comme si c'était un ami, un truc comme ça. D'accord, je ne cherche pas vraiment d'amis. Et il est canon et il a l'air d'avoir vingt et un ans.

— Vingt et un ans ! a-t-elle couiné. Trop fort.

— Mais je crois que je lui plais. Je veux dire, il m'a touché le pied, ça montre bien qu'il est attiré par moi d'une façon ou d'une autre, ou peut-être pas en fait, parce que sa manière de me toucher était plutôt sensuelle au départ mais après c'était plutôt simplement amical. Ce que je veux dire, c'est que… je n'ai pas l'impression d'être cinglée quand je suis avec ce mec-là.

— Eh bien c'est tout ce qui compte, a-t-elle répondu. Que tu sois heureuse.

— Ouais, je me fiche même de ne pas avoir son numéro, son e-mail, ou rien que son nom de famille. C'est comme si, je ne sais pas, comme si l'univers l'avait mis là pour me montrer…

— L'univers ?

— Oui, comme si l'univers l'avait mis là pour me montrer qu'il peut y avoir un peu de cette énergie masculine dans ma vie sans que je devienne complètement tarée.

— L'univers est un branleur », a-t-elle répondu.

26

« T'as une étincelle dans le regard, a fait Brianne. Tu as travaillé sur l'enfant qui sommeille en toi ?

— Absolument pas, ai-je répondu.

— Sur ton traumatisme, alors ? » a caqueté Crin-Bec d'un air soupçonneux.

J'ai fait non de la tête.

« Ça doit être les rencards avec toi-même. Tu as l'air vraiment vivante, pour une fois.

— Eh bien… merci, je suppose. »

Je les ai informées que j'allais bien et que j'avais bloqué Adam et Garrett sur mon téléphone. Je n'ai mentionné ni Theo ni les rochers, car le groupe aurait jugé que ce n'était pas exactement prendre soin de moi que de traîner par là si tard le soir, dans l'obscurité. Crin-Bec aurait probablement qualifié ça de comportement autodestructeur.

Mais aujourd'hui tout le monde souffrait beaucoup trop pour se focaliser longtemps sur moi.

Crin-Bec avait été obligée de retourner chez ses parents, ce qui la traumatisait. En fait, elle parlait de

« réactivation du traumatisme » et disait que ça réveillait les blessures du passé.

« Ma mère n'accepte pas mes pit-bulls. Ou disons qu'elle les accepte, mais elle ne les aime pas. C'est exactement ce qu'elle faisait avec moi quand j'étais enfant. Elle me tolérait, c'est tout. Mais je n'avais rien d'exceptionnel à ses yeux. En plus, maintenant que je vis à la maison, je ne suis évidemment pas près de pouvoir me lancer dans les rencontres conscientes.

— Ce que tu ressens est tout à fait compréhensible. Mais en ce qui concerne les rencontres conscientes, je ne suis pas sûre que ce soit forcément vrai, a répondu le Dr Jude.

— Bien sûr que c'est vrai ! a henni Crin-Bec. Vous ne connaissez pas ma mère. Elle ne respecte aucune limite. Elle va vouloir savoir exactement ce qui se passe, avec qui je suis, de quelle famille il est, et ensuite elle trouvera le moyen de s'en mêler. Donc désolée, maintenant que je suis sans domicile on va devoir repousser la reprise des rencards. »

La vie amoureuse de Brianne n'était guère plus riante.

« Les choses ont un peu dégénéré avec le mec d'OkCupid, a-t-elle murmuré en rajustant une de ses chaussettes d'écolière. Il m'a envoyé un e-mail l'autre jour pour me dire qu'il ne pouvait pas rentrer aux États-Unis tout de suite, parce qu'il attendait de conclure une affaire et qu'il était temporairement à cours de fonds. Ensuite, il m'a demandé si je pouvais lui prêter des fonds. »

Le groupe s'est récrié en chœur.

« Je ne sais pas trop quoi faire. Un des points que j'ai mis dans mon tableau de visualisation, c'est que je cherche un homme financièrement stable. Je ne veux pas compromettre mon tableau de visualisation. Je suis censée me révéler. Il y a tout simplement trop d'abondance dans ma vie pour assumer quelqu'un qui vit dans le manque. Mais en même temps, à cause de toute cette abondance, je ne peux pas m'empêcher de me dire que ça serait sympa de lui donner un coup de main – surtout si ça permet à notre rendez-vous d'avoir lieu.

— Mmmmmm, a dit le Dr Jude. Je recommanderais fortement de poser des limites avec lui.

— Ne lui envoie pas d'argent, a dit Crin-Bec. C'est sûrement un aigrefin !

— Un quoi ? a demandé Brianne.

— Un aigrefin. Un escroc, quoi. Quelqu'un qui se fait passer pour ce qu'il n'est pas.

— Oh non, ce n'est pas un escroc. Je sais qu'il est vraiment celui qu'il dit. On est très proches.

— Ça fait combien de temps que tu le connais, déjà ? ai-je demandé.

— Environ six jours », a répondu Brianne.

On l'a toutes regardée.

« Ces six jours ont été très denses et enrichissants. »

Sara l'observait d'un œil narquois derrière la grenade qu'elle était en train de peler. Mais elle était mal placée pour juger. Alors qu'elle avait pratiquement atteint les quatre-vingt-dix jours sans le moindre contact avec Stan, elle avait dérapé. Sacrément dérapé.

Non seulement ils étaient de nouveau en contact, mais ils se voyaient.

Stan avait fait le premier pas avec un e-mail d'excuses d'un millier de mots, dans lequel il lui déclarait sa flamme. Il lui avait aussi envoyé un bouquet d'œillets. Bien sûr, Sara y était allergique et les avait donnés à une voisine, mais ce n'était pas le propos.

« Il a passé ces deux derniers jours chez moi. Et je sais ce que vous vous dites ! Mauvaise idée, il va encore me faire du mal, voilà tout. Mais cette fois il y a vraiment un truc qui semble avoir changé. Il n'est toujours pas prêt à se marier ni à se fiancer, ni même à m'appeler sa petite amie ou à s'engager à être monogame, mais il est là pour moi, comme il ne l'avait encore jamais été. Il est vraiment présent.

— Je vois », a dit le Dr Jude. Elle portait ce qui ressemblait à un pantalon de pyjama en soie. « À ton avis, qu'est-ce qui a impulsé ce changement ?

— Je pense qu'il a pris conscience que j'étais sérieuse, cette fois. Que je n'allais pas le reprendre.

— Mais tu l'as repris, a fait remarquer Crin-Bec.

— Non, je sais. Je veux dire avant ça. Je pense qu'il a réalisé la gravité de son erreur, a-t-elle expliqué. Ah, et aussi, il a perdu son travail à l'hôpital et il n'a pas d'autre endroit où aller. Il a été obligé de vivre dans sa voiture.

— Quoi ? » On a toutes bondi.

J'ai eu du mal à m'empêcher de rire. Comparée au reste du groupe, en fait je m'en sortais bien.

« Je ne peux pas t'empêcher de le voir, a dit le Dr Jude. Mais je veux que tu te rappelles l'état dans lequel tu étais en arrivant ici, à quel point tu souffrais. D'après mon expérience, ce genre de relation ne fait qu'empirer, ça ne s'améliore jamais.

— Je sais. » Sara a reniflé. « Et je sais que vous allez toutes me juger. Et Dr Jude, je sais que j'ai rompu notre accord. Mais il a besoin de moi. À l'atelier "Ouvrir son cœur" ils disaient qu'on ne peut se remettre du passé qu'en acceptant nos vérités fondamentales. Eh bien, il s'est retrouvé à dormir sur un tapis de sol dans l'espace repos du spa coréen. Et je suis quelqu'un de charitable. Et j'ai envie qu'il soit avec moi. Alors c'est ça, ma vérité fondamentale. »

J'ai jeté un coup d'œil à Diana, la dernière à avoir rejoint le groupe. Elle avait l'air horrifiée. Diana était une maman chic de Brentwood – une mère de famille canon et super sexe en tenue de sport Lululemon – dont le mari était un producteur de télé qui avait récemment fait fortune. Apparemment, il ne lui prêtait plus aucune attention. Ce n'était pas qu'il était nul au lit ou qu'il la dégoûtait sexuellement, mais après avoir fait l'amour, ce qui devenait de plus en plus rare, il ne communiquait plus avec elle. Il ne la regardait plus dans les yeux. C'était comme s'il la voyait à peine. Et puis, il avait parfois du mal à bander. Quand il prenait du Viagra elle le sentait toujours et se persuadait que c'était parce qu'il n'était plus vraiment attiré par elle. Alors elle avait commencé à coucher avec des hommes plus jeunes. Au début, ça ne semblait pas poser problème, mais récemment elle avait commencé à avoir peur de se faire prendre, et que ça détruise son mariage. Elle était devenue plus négligente : elle couchait à l'arrière de son 4 × 4 Mercedes, elle envoyait des textos de manière compulsive depuis son propre téléphone. Elle n'était plus capable de lâcher ce dernier plus de quelques minutes, même pendant le récital de piano de sa fille, et ça la faisait flipper. Quand elle ne parvenait pas à attirer l'attention des jeunes types qui gravitaient autour d'elle, elle était anéantie. Ou alors, quand elle obtenait leur intérêt, ils couchaient ensemble et ensuite elle n'avait plus de nouvelles.

Son cas excitait mon intérêt. Elle était un peu plus âgée que moi, et avait l'air d'être le genre de femme qui n'avait jamais été ignorée. Avec ses longs cheveux et ses mèches blondes, ses gros seins, ses jambes de gazelle et sa peau tiède, elle avait probablement toujours reçu toute l'attention dont elle avait besoin. Mais désormais elle découvrait les ravages de l'âge, tout ce qu'on savait depuis toujours, nous qui n'avions jamais ressemblé à des déesses. Désormais elle était mortelle, comme nous autres.

« Je me suis mise à tailler des pipes aux moniteurs de tennis, a-t-elle déclaré, avec une sorte de fierté mais aussi de la terreur. Je n'arrive pas à arrêter. Mais ça me fait du mal à chaque fois. Je l'ai fait avec deux d'entre eux, et pas qu'une fois. Le plus âgé a vingt-sept ans. Au début on était seulement censés aller s'acheter du yaourt glacé et bavarder. Et puis un jour on a pris une voiture et on a fini par coucher ensemble sur un parking, et c'est comme ça que ça a commencé. Le plus jeune a… il a vingt-trois ans. Je parie que le plus âgé a dit au plus jeune que j'étais… une cougar ou je ne sais quoi. La honte. Je n'ai pas besoin qu'ils m'aiment. J'ai juste envie qu'ils soient là pour moi quand je cherche à les joindre. Ça fait mal quand j'essaie de les contacter et qu'ils ne répondent pas à mes textos. Et puis je les vois au club de tennis, ils se souviennent de l'allure que j'ai, et tout à coup ils veulent quelque chose. Alors je recommence à avoir de leurs nouvelles. C'est toujours pareil. Mais je ne sais pas comment arrêter.

— C'est la dopamine qui parle, a déclaré Crin-Bec. Tu cherches ta dose. Tu ne sais pas comment arrêter, ou tu n'as pas envie d'arrêter ?

— Je ne peux pas », a répondu Diana.

J'ai soudain ressenti un élan de compassion pour elle. Je savais ce que c'était. J'ai songé à ce que Claire avait dit, comme quoi il fallait faire gaffe à ne pas s'approcher des gens chelou, sinon on devenait soi-même chelou. Diana était tellement canon et sophistiquée – son justaucorps en Lycra transpirait la fortune – avec ses bagues en diamant, son parfum chypré et ses mèches dorées. Est-ce qu'elle trouvait toutes les participantes de cette réunion pitoyables et pathétiques ? Est-ce que j'avais l'air aussi pitoyable et pathétique aux yeux de Diana que les autres aux miens quand j'étais arrivée ?

Mais après la thérapie, elle m'a abordée dans le parking.

« Tu es la seule à ne pas avoir l'air complètement folle, a-t-elle dit.

— Je ne parierais pas là-dessus, ai-je ri.

— Est-ce que je peux t'appeler ? Si je me demande ce que je dois faire ?

— Bien sûr, ai-je répondu. Je ne sais pas si j'aurai les réponses. Mais je peux écouter. »

Je voyais la tristesse dans ses yeux. Je voyais sa manière de s'illusionner et comment les choses avaient commencé entre elle et l'aîné des tennismen, une simple amitié au départ. C'était comme avec Theo : vous vouliez croire qu'ils vous appréciaient comme une amie. Elle faisait comme si c'était de ça qu'il s'agissait, parce que si elle s'était avoué ce dont il était vraiment question au départ, elle ne serait jamais montée dans sa voiture. Et elle avait eu besoin de monter dans sa voiture.

« J'ai juste peur de devenir de pire en pire, a-t-elle expliqué. Mon fils a un copain. Il a seize ans et il est super beau. Et je vois la manière dont il me regarde. Avant je pensais que ce n'était pas ça, que ça ne pouvait pas être ça.

— Tu es tellement belle. Comment est-ce que ça pourrait ne pas être ça ?

— Merci, a-t-elle répondu. Mais je suis... tu devrais voir les jeunes filles dans leur lycée. Je pensais simplement qu'il n'y avait pas moyen. Mais maintenant que j'ai couché avec Ryan, le plus jeune des tennismen, eh bien je me rends compte de ce qu'il y a avec le copain de mon fils. Je ne vais pas faire ça. En tout cas, je ne pense pas que je le ferais. Mais ça me fait peur de sentir que je suis tentée.

— Waouh, ai-je répondu. C'est du lourd.

— Ouais. Je n'avais pas envie de l'admettre devant le groupe. Je n'avais pas envie de dire que j'ai songé à, enfin tu sais, coucher avec le copain de mon fils...

je ne l'ai pas dit, parce que… ce serait complètement illégal. Je ne connais pas la politique du groupe à ce sujet. Si l'une de nous est tentée de faire quelque chose d'illégal, est-ce qu'elles sont obligées de la dénoncer ?

— Je ne sais pas, ai-je répondu. Mais ton secret est en sécurité avec moi. Est-ce que tu te sens mieux maintenant, rien que de me l'avoir dit ?

— Pas vraiment », a-t-elle répondu.

27

Je ne suis pas retournée aux rochers ce soir-là. Je me reconnaissais trop bien en Diana et en ses souffrances. S'il y avait quelque chose dans l'univers, une force directrice de quelque nature que ce soit, un pouvoir supérieur quelconque, je comprenais à présent qu'il ne m'avait probablement pas amené Theo pour me montrer que je pouvais être amie avec un membre canon du sexe opposé. Peut-être me l'avait-il amené au même moment que Diana pour me donner une leçon. J'ignorais si l'univers dispensait réellement des leçons. Mais si tel était le cas, en voilà une : je me croyais capable de gérer certaines choses mais en fait pas du tout. La leçon, c'est que je n'avais pas besoin de passer à l'acte avec Theo pour retenir la leçon. Je n'avais pas besoin de souffrir à nouveau. Les souffrances des autres, celles de Claire et à présent Diana, étaient là pour me rappeler les miennes : celles du passé, et celles que je risquais de connaître à l'avenir. Peut-être que c'était pour ça qu'on faisait les choses en groupe. Peut-être que c'était pour ça que les gens avaient des amis : on cherche à se reconnaître en eux, à reconnaître notre propre folie.

J'ai préféré aller sur Abbot Kinney avec Dominic. Quelques personnes se sont arrêtées pour faire des commentaires à son sujet, s'extasier sur sa beauté, il était si majestueux. Je me sentais fière de lui, et non éclipsée par sa présence, comme si je me bonifiais en quelque sorte en sa compagnie. Il me donnait l'impression d'être un pur-sang. Qu'est-ce que l'argent, d'abord ? Et le raffinement ? Pourquoi avais-je à ce point tendance à me faire des idées, à échafauder ma propre perception de ce que les autres pensaient de moi ? Prenez Diana. Je la croyais saine d'esprit, et en fait elle était en vrac. Et même, elle m'aimait bien.

Je n'avais peut-être pas besoin de quelqu'un d'autre pour me définir, mais oh, j'en avais quand même envie. Étais-je vraiment décérébrée à ce point ? Étais-je si vide que ça, pour avoir besoin que quelqu'un d'autre délimite une frontière et me dise qui j'étais ? Qu'importe d'ailleurs que cette personne soit réelle : amant, nouvel ami, ou même chien. Elle pouvait même être imaginaire, comme les gens chics que je croisais dans la rue, qui n'étaient pas imaginaires, eux, mais devenaient tout ce que j'avais envie d'y projeter. Me voir à travers les yeux d'une projection, aussi désagréable que soit le jugement, me sécurisait bizarrement. C'était comme une boîte à l'intérieur de laquelle on pouvait vivre : un rempart contre le grand rien, croire qu'on avait la moindre idée de ce que les autres pensaient de vous. C'est comme ça que je pouvais avoir un début et une fin. Et peut-être que c'était une prison, d'être obligée d'avoir un début et une fin, mais c'était aussi un soulagement.

C'est pour cela que les Grecs avaient besoin de mythes : pour ce rempart, pour savoir où était leur place au beau milieu de l'infini. Personne ne peut se contenter de coexister avec les océans, les tempêtes, les cyprès. Ils avaient dû codifier les éléments avec des mots et un sens plus vaste, et créer des dieux à partir de ces éléments – des dieux qui leur ressemblaient de façon suspecte. De cette façon, même s'ils étaient incapables de contrôler la nature, des versions améliorées d'eux-mêmes étaient aux commandes.

Ou peut-être que ce n'était pas pour maîtriser une nature terrifiante qu'ils avaient créé leurs dieux. Peut-être que c'était parce que le monde, malgré toute sa beauté, n'était pas suffisant. Que se contenter d'être en vie n'était pas suffisant. Les Grecs avaient besoin d'un nouveau fantasme pour rendre le monde plus excitant. Avec leurs guerres, leur vin, leur poésie, leurs dieux et leur cuisine, ils avaient besoin de planer. Comme nous tous, peut-être.

Oui, ça ressemblait tout à fait à l'instinct humain, de se shooter à quelqu'un d'autre, une entité externe capable de rendre la vie plus palpitante et de vous soulager de votre propre moi, de votre propre vie, même un court instant. Peut-être qu'une fois cette personne devenue trop réelle, trop familière, elle n'était plus capable de vous faire planer – plus capable d'être une drogue – et que c'était pour ça qu'on se lassait d'elle. C'était ce qui nous était arrivé, à Jamie et moi. C'est seulement quand il me repoussait – et puis une fois parti – qu'il devenait une drogue. C'était tellement plus facile pour quelqu'un d'incarner la drogue avant ou après la relation. Quand ils étaient absents, ils étaient excitants. Quand ils étaient juste devant nous, c'était une autre histoire.

Mais certains êtres humains voulaient une relation toute simple entre partenaires : quelqu'un avec qui essuyer les tempêtes de la vie, comme Annika et Steve. Comment faisaient-ils pour continuer à s'aimer autant en vivant côte à côte, toute leur existence exposée au grand jour ? Comment faisaient-ils pour à la fois se posséder et en même temps se désirer encore ? Vouloir ce qu'on a – alors ça, c'était un art, peut-être même un don. Mais à chaque fois que j'avais le sentiment de « posséder » enfin Jamie, les nuits dans son lit me semblaient étouffantes. Je préférais la prise de possession, le moment où je l'avais presque, l'instant qui précédait celui où il était à nouveau mien. Que restait-il à espérer une fois qu'on possédait quelqu'un ? « Posséder » me filait la nausée. Mais bon, c'était moi qui étais malade – et qui suivais une thérapie de groupe –, pas Annika.

Les femmes du groupe se persuadaient qu'elles étaient en quête de symbiose dans le couple, d'une relation à la Annika et Steve. Elles pensaient vouloir un homme qui soit là pour elles. Mais je ne les croyais pas. Elles choisissaient des hommes incapables d'être présents, alors ce n'était sans doute pas ce qu'elles désiraient vraiment. Ce n'était clairement pas ce que Claire ou Diana voulaient. Ce n'était pas ce que je voulais.

28

Pendant les quelques jours qui ont suivi, je me suis levée à l'aube et j'ai promené Dominic jusqu'au parc d'Oakwood, où il pouvait se dégourdir les pattes et pourchasser les oiseaux. J'avais l'impression d'être une femme sauvage en courant avec lui, une dame aux loups primitive. Il me remerciait joyeusement, en faisant des bonds et en me léchant le visage, sa truffe froide et rose effleurant mon nez. Je n'arrivais pas à croire que son amour pour moi demeure si pur, si indéfectible, et que je n'aie même pas besoin de faire des efforts pour le mériter. Pouvait-on vraiment se fier à un amour tel que celui-là ? Qui étais-je si je n'essayais pas de faire en sorte que quelqu'un m'aime ? Je savais que Dominic, contrairement aux hommes, ne me ferait jamais de mal. Mais alors pourquoi son amour si pur me faisait-il un peu peur, tandis que celui des autres m'avait bizarrement paru sans danger ? Je soupçonnais que j'avais peur que ça me rende paresseuse, non par ma faute, mais à cause du manque de friction : une atrophie progressive des muscles qui n'ont rien contre quoi pousser, rien à quoi résister. Ou peut-être qu'il y avait autre chose ?

Depuis la mort de ma mère je me méfiais de l'amour, et même d'ailleurs de tout ce qui venait trop facilement, comme si c'était un miroir aux alouettes qui pourrait un jour disparaître, tout comme elle. J'avais passé tellement de temps à me créer de la friction : pas seulement dans mes choix amoureux, mais aussi dans mon travail. J'avais rendu ma thèse incroyablement ardue – bien plus que nécessaire, de sorte que je ne puisse jamais la finir. Allez savoir pourquoi, ça me sécurisait toujours d'agir ainsi, psychologiquement parlant. Mais où est-ce que ça m'avait menée ?

Bon, désormais je faisais les choses différemment, je vivais dans un état qu'on aurait pu qualifier de pureté sororale. En rentrant du parc, je donnais à manger à Dominic et me préparais un petit déjeuner à base de yaourt grec, de miel et de noix, comme à l'époque où je commençais tout juste ma thèse. Je me disais que manger comme Sappho me permettrait de me rapprocher d'elle, d'une certaine façon. Contempler l'océan, qui n'était pas le sien et pourtant identique, aurait peut-être le même genre d'effet.

Contrairement à mon appartement de Phoenix, la maison d'Annika ne me donnait pas envie de flanquer ma tête dans le four. Mais au cas où, je m'assurais de passer un peu de temps ailleurs. J'allais au café boire un expresso, j'écrivais pendant des heures, avec le sentiment d'avoir un but, un sens, un truc que je n'avais pas éprouvé depuis des années. Un flot de skateurs, surfeurs et guitaristes allaient et venaient : vêtus de shorts taille basse, leur torse nu mince et musclé dans le prolongement de la zone pelvienne qui suggérait ce qui se trouvait plus bas. Mais je me sentais comme une déesse, comme si j'étais au-dessus d'eux. Quelque chose les excluait du champ de mon désir, comme si j'étais protégée. Je portais du blanc. Cette semaine-là, je suis allée deux fois en thérapie, et j'ai ressenti quelque chose qui ressemblait davantage à un sentiment d'affection et de sororité vis-à-vis des autres femmes. J'étais désormais capable d'aider. J'étais même maternelle, d'une manière qui n'avait rien d'effrayant, mais qui était pleine de force.

J'avais compris. Si vous vous contentiez de vous tenir à l'écart de toute forme de danger pendant assez longtemps, il y aurait d'autres gens dans votre vie pour vous montrer qui vous étiez et ce qu'il ne fallait pas faire. Vous pouviez triper sur leurs conquêtes sans avoir à souffrir de leurs échecs. Diana, qui souffrait, m'appelait tous les jours. Presque tous les après-midi, elle allait au tennis et se faisait ignorer par les deux moniteurs qu'elle avait sucés. Dans ses efforts pour éviter Caleb, le jeune copain de son fils, elle avait atterri sur Craigslist où elle s'était mise à publier des trucs sur sa vie de MILF. Elle n'avait jamais entendu parler de Tinder ? J'imagine qu'elle flippait que quelqu'un voie sa photo. Désormais elle s'était mise à se taper des inconnus dans des voitures, au fond de parkings sombres. Elle se sentait toujours démoralisée après, mais juste avant elle était électrisée.

Claire n'avait trouvé personne pour remplacer M. Queue de Cheval en tant que troisième membre de son harem. Apparemment elle avait raison : elle était émotionnellement incapable de gérer le fait d'être uniquement avec David – sans autres mecs pour faire tampon. Ça avait commencé par des textos dans le vide. Elle se surprenait à doubler ses messages pour essayer d'obtenir son attention. Et puis il avait annulé un soir où ils devaient aller voir un concert en plein air à Santa Monica. Cette nuit-là, elle m'a appelée pour me dire qu'elle n'y arrivait plus. Elle essayait de ne pas avoir de sentiments pour ces hommes. Elle s'efforçait de garder ses émotions à l'intérieur, de ne penser et agir qu'avec sa chatte, mais c'était plus fort qu'elle. Elle était tombée amoureuse de David.

« Je comprends, ai-je dit. Je n'ai aucune envie de contrôler mes sentiments. Pour moi c'est tout ou rien. Je ne crois pas être capable d'apprécier réellement le sexe si la personne ne me désire pas vraiment. Et quand la personne me désire vraiment, je n'ai pas envie d'elle bien longtemps. »

J'ai dit ça parce qu'on se ressemblait tellement, et que je savais que ça lui parlerait. Plutôt que de l'accuser, j'espérais qu'en lui disant ma vérité elle se reconnaîtrait en partie dans ma confession. C'était mieux que de dire : « Pourquoi est-ce que tu t'infliges ça ? Ça ne marchera pas. Même s'il y avait mille mecs dans ton harem, ça ne marcherait pas. Il faut que tu arrêtes de faire ça, point. »

Mais elle n'était pas encore capable de le comprendre. Peut-être qu'elle a senti qu'au fond de moi je portais une forme de jugement sur ses actes, que je me croyais mieux qu'elle, d'une certaine manière. Je ne voulais pas que ça se voie. Je ne voulais même pas ressentir ça.

« Je ne suis pas comme toi, a-t-elle répondu. Je ne vis pas dans le fantasme. C'est juste que je n'arrive pas à gérer ça maintenant.

— Tu es capable d'aller mieux », ai-je répondu.

J'ai dit ça du point de vue de « celle qui va mieux ».

Elle m'a dit qu'elle avait recommencé à se faire du mal.

« Avec une lame ?

— Non. Les lames c'est pas mon truc. J'ai plutôt tendance à cogner. Je me tape la tête contre un mur. Je me bourre de coups de poing jusqu'à finir couverte de bleus.

— Oh mon Dieu, je suis désolée », ai-je dit.

J'avais cessé de me trouver mieux qu'elle et de prendre ça pour un jeu, une compétition où le but était d'être parfaite, d'avoir raison ou je ne sais quoi encore. Je ne la jugeais plus parce qu'elle était mère et qu'elle ne maîtrisait rien du tout, ni pour ce qu'elle faisait sans doute subir à ses enfants. Elle était moi, et j'étais elle, je le comprenais. Ce n'était pas qu'elle était moi quand je traversais une mauvaise passe. Même quand je m'en sortais mieux, j'étais totalement elle.

Et pourtant, savoir tout ça – et reconnaître mon comportement et mes sentiments chez ces femmes – ne calmait en rien mes fringales quand elles surgissaient. C'était vraiment bizarre : ma thèse, qui avançait bien désormais, et Dominic, tellement adorable, pouvaient me suffire quelques jours et puis d'un coup ce n'était plus que des meubles, des objets qui gravitaient autour de moi. Ils flottaient dans le néant, sans le combler. Pendant les deux soirées qui ont suivi ma discussion avec Claire, j'ai lutté pour m'interdire d'aller jusqu'aux rochers. Le matin je me réveillais heureuse de ne pas l'avoir fait. J'avais résisté.

Le troisième soir, c'était comme si j'étais à nouveau libre. Je n'avais besoin de rien. Mais voilà que sans crier gare, sans la moindre résistance, ni lutte, ni hésitation, ni doute – et sans une pensée pour Diana ou la thérapie de groupe – je me suis emmitouflée dans une longue jupe et un gros pull couleur crème. J'ai emporté une couverture pour aller m'asseoir sur les rochers, tandis que les vagues me léchaient et me fouettaient les pieds. C'était tellement bizarre, la manière dont Theo, de quelqu'un qui n'était absolument rien pour moi, était soudain devenu quelqu'un dont j'avais besoin. Les sentiments qu'on éprouvait pour une autre personne existaient-ils jamais vraiment ? Ou est-ce que c'était toujours une projection de quelque chose dont on avait besoin ou envie, indépendamment de cette personne ?

« Tout va bien, me suis-je dit à moi-même. Tout va parfaitement bien. »

Il n'était pas encore là. Mais l'océan lui-même était excitant. Je pouvais le contempler quand je voulais de mon balcon, mais le toucher me procurait de tout autres frissons. Pourquoi est-ce que je ne faisais pas plus souvent des trucs qui m'excitaient ? Pourquoi fallait-il un drôle de jeune nageur pour que je me traîne jusqu'ici ?

L'océan en lui-même ne pouvait-il pas suffire, l'attrait et l'aventure de ses coups de langue sauvages et salés ?

J'ai envoyé un texto à Claire.

désolée si je t'ai jugée. ou si tu t'es sentie jugée. Je voulais juste distinguer les choses dans ma tête, pour moi, pour ne plus avoir à ressentir la douleur

c'était une réaction d'autodéfense

j'essayais de trouver un sens aux choses ou de me fabriquer une case au milieu du grand méchant vide

t'es défoncée ? a-t-elle répondu.

Non. Je suis retournée aux rochers

Je me suis allongée sur un bloc, en position fœtale. Quand je me suis réveillée, il était passé une heure du matin et la marée était montée. Mon corps était recouvert d'une croûte de sel et d'écume de mer. J'avais l'impression de faire partie du rocher, de faire partie de l'océan, et je me suis demandé si c'était ce que ressentait Sappho, même au plus profond de son désespoir : son appartenance à la planète, comme si ce désespoir, ce manque ou ce désir cosmique éternel était digne d'être célébré – parce qu'il était naturel, voire sacré, ou en tout cas que ce n'était pas seulement quelque chose qu'il fallait endurer.

Et si tout était naturel ? Et s'il n'y avait pas de bonne ou de mauvaise façon d'agir pour ce qui est des gens qu'on aime, qu'on désire ou qui nous attirent ? Considérant que la volonté de l'univers était la volonté de l'univers, et que les choses se passaient toujours comme elles devaient se passer, alors on pouvait faire n'importe quoi, c'était toujours bien, non ?

J'étais sur le point de laisser tomber, quand je l'ai vu au loin qui nageait vers moi. Je me suis mise à rire, et des larmes me sont montées aux yeux.

« Salut ! m'a-t-il lancé.

— Coucou ! ai-je gloussé.

— Je suis content que tu sois là. J'avais peur que tu ne reviennes pas. »

Il semblait si excité de me voir que ça m'a enhardie.

« Ça te dit de sortir de l'eau pour venir sur le rocher avec moi ? ai-je demandé.

— Non, toi, viens plus près de l'eau. Si je sors j'aurai trop froid pour y retourner.

— Je ne peux pas m'asseoir sur l'eau, ai-je remarqué.

— Non, rapproche-toi juste du bord. Pose cette couverture sur le rocher. Allonge-toi simplement dessus, face à moi. S'il te plaît ? Si tu veux bien. »

J'ai obéi. Je me regardais faire. Était-ce naturel, était-ce ce qu'il fallait que je fasse ? Ou est-ce que j'étais tellement malade que j'étais prête à me plier à toutes les requêtes de ce drôle de garçon ? Il ne se donnait même pas la peine de sortir de l'eau pour venir à ma rencontre. Est-ce que c'était mauvais signe ? Mais il était tellement gentil par ailleurs, tellement attentif et présent.

« Et maintenant ?

— Est-ce que t'as envie de me prendre dans tes bras ? a-t-il demandé.

— Ouais, ai-je répondu en riant. J'ai bien envie de te prendre dans mes bras. »

Ça paraissait encore plus bizarre que lorsqu'il m'avait touché le pied. Il s'agrippait au rocher, et je me suis appuyée contre lui. J'ai posé ma tête sur son épaule, comme Dominic aimait abandonner son cou sur mon bras ou ma jambe. Il était froid, et sa peau était très douce. J'avais l'impression d'étreindre un drôle de bébé, mais aussi qu'on se connaissait depuis toujours. On s'est serrés dans les bras et j'ai eu l'impression de me dissoudre en lui, comme si je plongeais dans l'océan lui-même. J'ai regardé par-dessus son épaule et vu les vagues déferler, tout l'océan soudain devenu blanc, comme si j'étais au seuil du paradis. Moi qui avais tellement peur de mourir, j'ai soudain su que la mort se passerait bien, qu'elle serait belle – et que même mourir se passerait bien, parce que le paradis existait, en quelque sorte. Peut-être pas tel que les croyants l'imaginaient, mais je le voyais comme une sorte d'utérus lumineux auquel on retournerait tous. Et parce qu'on retournerait là-bas, d'une certaine manière on y était déjà. Je me suis mise à pleurer. Toute la douleur et la peur de ces neuf derniers mois sont sorties, se déversant à grandes eaux. Theo m'a caressé la nuque. Je ne voulais plus jamais bouger. Je flottais en dehors de mon corps, et j'ai baissé les yeux pour nous découvrir là, sur le rocher. Je me suis demandé ce qui m'avait amenée à ça.

Il s'est détaché. Il n'a pas demandé pourquoi je pleurais.

« C'est dur, hein ? a-t-il demandé.

— Oui. La vie est tellement oppressante et effrayante et… oppressante, et tout ce temps-là, on a l'océan sous le nez. C'est comme si j'avais du mal à croire qu'il était là depuis tout ce temps. J'ai l'impression que je viens d'en tomber amoureuse ou je ne sais trop quoi.

— Oui, a-t-il dit. Je comprends.

— T'as envie qu'on s'embrasse ? ai-je demandé. Je ne sais pas vraiment si c'est ce que tu ressens pour moi. Ou peut-être que tu me vois comme une simple amie. Je ne suis pas sûre.

— Oui, a-t-il répondu. J'ai très envie de t'embrasser. »

On s'est embrassés sur la bouche, doucement d'abord. Il avait des cils épais et noirs et le goût de l'océan. Ses lèvres étaient gercées, à cause de l'eau de mer sans doute, et j'avais l'impression d'embrasser une fleur.

Je les ai léchées chacune à leur tour. Et puis il a ouvert la bouche un peu plus et j'ai doucement glissé ma langue à l'intérieur. Il s'est mis à la sucer et j'ai cru qu'elle allait passer à travers lui et moi avec, que j'allais être entraînée en lui, comme dans un poisson géant. Ma tête a commencé à tourner. J'ai pris sa langue dans ma bouche et me suis sentie tournoyer à travers son corps, mais aussi parcourir une espèce de cycle de vie tout entier. J'avais l'impression de partir en vrille.

Il m'a embrassé le front et j'ai reposé ma tête sur son épaule.

« Au fait, t'as quel âge ? ai-je demandé.

— Je ne suis pas un ado, si c'est la question que tu te poses.

— Est-ce que tu veux bien me dire un truc sur toi ? Sur comment tu étais ado ?

— Demain, a-t-il répondu. Tu veux bien revenir demain ? Il faut que j'y aille maintenant. »

J'avais envie de lui demander où. Où est-ce qu'il pouvait bien avoir à aller ? On venait à peine de commencer à s'embrasser. Mais puisque c'était moi qui avais fait le premier pas, moi qui lui avais demandé si on pouvait, je ne voulais pas avoir l'air trop en demande.

« À quelle heure demain soir ? ai-je fait.

— Dix heures ?

— Tu m'embrasses pour me dire au revoir ? »

On s'est embrassés rapidement et puis je l'ai regardé s'éloigner à la nage. Je me suis demandé si je m'étais trop investie dans ce baiser, si je m'étais montrée trop désespérée et en demande, si j'avais basculé dans un gouffre. Peut-être qu'il pouvait flairer ma tendance à l'addiction, tel un parfum infect. Peut-être que je l'attirais juste sexuellement ? C'était difficile à dire, mais je présumais que j'avais fait quelque chose de travers, parce que bon, je faisais toujours quelque chose de travers.

Quand je suis rentrée, Dominic était dans un coin. J'avais oublié de lui donner ses médicaments et de le nourrir. Voilà ce qui se passait quand je suivais mes désirs. Je n'arrivais pas à croire que je l'avais délaissé si vite. C'était comme s'il avait tout bonnement cessé d'exister tandis que je batifolais sur la plage avec un inconnu. Est-ce que c'était une erreur d'aller sur les rochers ? L'espace d'un instant, j'ai regretté qu'ils soient si proches de la maison d'Annika, que Theo m'ait donné une heure pour le lendemain – qu'on ne puisse pas passer un ou deux jours sans se voir. Mais bien sûr, quand ce serait l'heure, je savais que j'allais me précipiter là-bas pour être avec lui.

J'ai servi un bol de canard séché à Dominic et j'ai ajouté de l'eau. Je lui ai donné aussi un peu de rab, même si je n'étais pas censée le faire.

« Je suis tellement désolée, Domi. »

Il a mangé avec avidité, puis m'a léché le visage. Et puis il s'est mis à me renifler, de façon quasi obsessionnelle, et à gronder. Il n'aimait manifestement pas l'odeur de Theo. C'était peut-être les effluves de l'océan lui-même qui le mettaient en rogne. Peut-être qu'il aimait l'océan, et qu'il était jaloux de ne pas pouvoir m'y accompagner. Je me sentais coupable, mais la plage de Venice infligeait une énorme amende à ceux qui s'y faisaient prendre avec un chien.

Je me suis lavé le visage et me suis rendu compte que je n'avais pas mangé non plus, mais j'étais trop fatiguée pour préparer quelque chose. J'ai pensé à cette chanson, dont je ne connaissais pas la musique mais seulement les paroles, un truc du genre « Les amoureux n'ont jamais faim ». Étais-je amoureuse de ce jeune nageur ? Ou juste complètement timbrée ? Ça n'avait aucun sens qu'une chose aussi agréable, aussi sacrée, aussi spirituelle – un véritable cadeau des dieux – puisse être mal quand même. Il fallait que ce soit bien, une récompense pour toutes mes souffrances. Mais si Theo ne voulait que du sexe ? Je me suis demandé si c'était un mec « indisponible », ce qui semblait peu probable. Enfin bon, je ne l'avais jamais fréquenté en dehors de l'eau. Mais même s'il était disponible, je ne l'étais pas – pas pour longtemps en tout cas. Que se passerait-il quand je rentrerais à Phoenix ?

Je me suis endormie en tenant Dominic en cuiller, et j'ai ressenti le même genre d'amour que le soir où j'étais arrivée à Venice. Sauf que c'était plus profond, avec un arrière-goût de dépendance plus fort, genre héroïne, et je savais que ce n'était pas Dominic mais Theo que je sentais.

29

Le lendemain matin, j'ai découvert au réveil toute une ribambelle de textos venant de Jamie. Il avait dû se saouler et veiller toute la nuit, car ses messages étaient tous des variantes de « J'ai envie de toi » à différents stades. Il était probablement capable de sentir Theo à des milliers de kilomètres, ma fascination croissante pour lui. Les hommes savaient flairer une ouverture, et ils sentaient aussi quand la porte se fermait.

Il disait qu'il voulait me voir à mon retour à Phoenix. Il me demandait ce que je dirais de nous donner une nouvelle chance.

Je pensais que tu avais demandé une injonction d'éloignement, ai-je écrit.

Tu me manques Lucy.

Je ne l'ai pas questionné au sujet de la scientifique. Je ne sais pas trop pourquoi. Peut-être parce que je n'avais pas envie de faire éclater la double bulle de dopamine qui courait à présent dans mes veines, grâce à Theo d'abord, et désormais à Jamie. J'ai traîné au lit pendant une heure, grisée par le double potentiel qu'ils représentaient tous les deux, à envoyer nonchalamment des textos. Les messages de Jamie semblaient plus pressants que jamais : il m'interrogeait sur ma date de retour, demandait si j'avais besoin de quoi que ce soit financièrement, si je voulais qu'il vienne me chercher, qu'on fasse la route ensemble pour rentrer dans le désert.

Je prenais désormais plaisir à me montrer évasive, à être, pour une fois, celle qui était insaisissable. Celle qui était indépendante.

Ça ira, ai-je écrit, vraiment, mais merci. On se voit à mon retour.

Et puis j'ai reçu un nouveau message. Celui-là venait de Claire.

comment vais-je me suicider ?

J'ai attrapé Dominic et j'ai pris un Uber jusqu'à son appartement de West L.A. J'ai découvert pour la première fois l'endroit où elle vivait. Ce n'était pas du tout ce à quoi je m'attendais. Je savais que son ex-mari avait gardé leur maison de Pacific Palisades et qu'elle avait pris un appartement, mais j'avais imaginé une cour intérieure majestueuse, avec une fontaine : quelque chose de petit mais charmant, dans le style espagnol ancien, un intérieur moderne et luxueux. Mais ça me rappelait mon appart à Phoenix, et aussi que j'allais devoir y retourner. Le lotissement était immense, vieux et décrépit, et il y avait une piscine vidée de son eau. Un panneau accroché au portail annonçait FERMÉ.

Quand je suis entrée, elle n'avait plus du tout la même allure : les cheveux gras, pas lavés, ramassés en chignon au sommet de son crâne, au lieu des boucles ondoyantes auxquelles j'étais habituée. De gros cernes soulignaient ses yeux, du même mauve pâle que l'intérieur d'un coquillage. Ils étaient si profonds que j'ai imaginé y faire une sieste. Elle portait un tee-shirt à l'envers et un jogging, pas de soutien-gorge. Ses seins pendouillaient simplement, pointant vers le sol.

La dépression existe vraiment, me suis-je dit. C'est une vraie maladie.

Je ne sais pas pourquoi j'ai eu cette pensée à cet instant-là. Un peu comme si je venais juste de m'en rendre compte. Moi aussi j'avais souffert de dépression toute ma vie, mais c'était plutôt de l'ordre des troubles de l'humeur – un mal-être généralisé. Je ne l'avais jamais envisagée comme une pathologie entraînant des symptômes physiques. En tout cas, ça n'avait jamais affecté ma réalité physique au point où ça paraissait avoir affecté celle de Claire. Ou peut-être que si, et j'étais incapable de m'en rendre compte. Peut-être que c'était à ça que je ressemblais quand je m'étais effondrée, après Jamie. Peut-être que c'était ce que les gens voyaient en me regardant.

« Tes enfants sont là ? ai-je demandé.

— C'est Arnold qui les a, Dieu merci. »

Elle me faisait un peu peur. Même quand elle m'avait raconté qu'elle se faisait du mal, il y avait encore un peu de Claire en elle, un peu de son humour et de son charme, comme si la dépression était une chose dont elle était capable de s'extraire quand elle avait besoin d'interagir avec le monde. Quand elle avait besoin de me cacher ça pour me protéger. Mais cette fois elle n'était clairement plus là. Je me suis demandé si ça avait vraiment à voir avec David ou Trent ou n'importe lequel de ces mecs, ou si c'était une simple coïncidence. Ça semblait dépasser les hommes de tellement loin.

« Ça va aller, ai-je dit. Mais je n'étais pas convaincue.

— Je suis dégoûtée. C'est juste que je ne vois vraiment pas à quoi ça sert de continuer à vivre, m'a-t-elle dit. Ça paraît tellement insensé. À quoi bon, franchement ?

— Je sais pas, ai-je répondu, parce qu'honnêtement je ne savais pas. Je ne suis probablement pas la meilleure personne pour te dissuader de te suicider. »

J'essayais de la faire rire, mais elle ne riait pas.

Pour avoir déjà songé à me foutre en l'air, le suicide faisait partie des sujets que j'avais l'impression de pouvoir aborder sans porter de jugement, avec le recul. Mais en même temps, je ne voyais pas de motif rationnel de vivre à lui donner. Est-ce que je pouvais lui dire que j'avais été suicidaire, mais que désormais ça allait mieux ? Que j'étais contente d'avoir survécu ? Le truc, c'est que je ne m'étais pas vraiment rendu compte que j'étais suicidaire jusqu'au jour où je m'étais réveillée au milieu d'un tas de donuts. Et puis, même si ça allait mieux en ce moment, est-ce que ça pouvait réellement être permanent ? Qui étais-je pour lui imposer cette pression de rester en vie ?

Mais quel genre de personne n'essayait pas de dissuader son amie de se tuer ? Je n'avais pas envie de lui dire qu'elle devait vivre pour ses enfants. Je savais qu'elle se culpabilisait déjà bien assez à leur sujet. J'aurais pu lui dire à quel point elle était extraordinaire, sympa et drôle, mais je savais qu'à ce moment-là, tout ça n'était qu'un rôle pour elle. Sa charmante personnalité ne faisait qu'ajouter au fardeau – encore un masque qu'elle allait devoir reprendre pour prouver que la dépression ne l'avait pas engloutie. Sa seule raison de l'enfiler encore, c'était la peur de ne plus jamais le récupérer. Sinon, s'obliger à revêtir chaque jour un costume aussi pesant n'avait pas vraiment de sens. C'était trop fatigant.

« Tu veux bien rester dormir ? » m'a-t-elle demandé.

J'ai eu un accès de claustrophobie. J'ai pensé à Theo.

« Je ne peux pas, ai-je dit. Le chien.

— Le chien peut dormir ici. On peut lui trouver de quoi manger.

— Je sais. Mais ses médicaments sont à la maison.

— Je te donnerai de quoi payer un Uber pour retourner les chercher. »

Le truc, c'est que ça aurait été facile de faire ça. Je n'avais pas envie de lui dire que je l'abandonnais pour le nageur. Si quelqu'un pouvait comprendre que j'esquive mes responsabilités d'amie au profit d'un garçon, c'était Claire. Mais dans cette situation, peut-être pas. Et puis, je n'avais pas envie de m'entendre le dire.

« Je ne pense pas que ça va le faire, ai-je dit. Désolée. »

30

Je suis partie en retard rejoindre Theo. Savoir qu'il avait d'autres projets la veille et ignorer lesquels sapait ma confiance en moi. J'ai préféré prolonger un peu les câlins avec Dominic, la tête du chien lovée contre mon bras de sorte que son cou l'épousait à la perfection, telle une pièce de puzzle tiède. Je prétendais préférer la compagnie du chien, comme si je me foutais pas mal de voir le surfeur. Mais je faisais semblant : je savais que Theo ne m'appartenait pas exclusivement. Bon, il avait dit qu'il n'avait pas de copine, mais il était tellement beau. Bien sûr qu'il y avait d'autres femmes. Tout ce qui me plaisait chez lui ne devait pas échapper au reste du monde. Mais la façon dont il me traitait, avec une telle révérence, me donnait l'impression qu'il me plaçait au-dessus de toutes les autres et de tout le reste. Peut-être existait-il une ribambelle de filles plus jeunes, mais j'étais la femme mûre de son cœur. Pourtant, je ne pouvais pas m'empêcher de jouer à ce petit jeu, rien que pour l'obliger à se poser des questions.

Il m'attendait quand je suis arrivée aux rochers. Il était toujours dans l'eau et se tenait à un bloc, le menton posé dessus.

Je me suis assise sur le rocher et me suis penchée vers lui. D'une main, j'ai relevé son visage pour lui donner un baiser mouillé, nos langues dans la bouche l'un de l'autre. Il a gémi dans la mienne et ce gémissement a déclenché des frissons en moi. J'ai pris conscience pour la première fois que ce n'était pas seulement que je lui plaisais ou qu'il me trouvait mignonne, mais qu'il me désirait. En un éclair je me suis sentie mouillée à l'intérieur.

« J'ai tellement envie de t'enlever cette saloperie de combi », ai-je lâché.

Il m'a regardée dans les yeux.

« Allonge-toi, a-t-il fait. Laisse tes jambes pendre au bord du rocher. »

Je me suis mise sur le dos. Il m'a retiré mes tongs et s'est mis à m'embrasser les pieds, à me sucer les orteils.

« Oh mon Dieu, ai-je ri. Ils sont pleins de sable, non ? Désolée s'ils ont un goût bizarre ! »

Il s'est contenté de gémir encore en me caressant la jambe. Je portais une longue jupe ample et il avait passé une main par-dessous, se tenant toujours au rocher de l'autre. Et puis sa tête était sous ma jupe et je l'ai senti m'embrasser les mollets, me donner des coups de langue sur les genoux et puis me mordiller les cuisses. Il a embrassé ma chatte par-dessus mon slip. Je portais une affreuse culotte de grand-mère en coton. Il a soufflé à travers le tissu, et c'était chaud et humide. Et puis il a léché la peau autour de ma culotte, qu'il a parcourue de baisers en allant vers le centre puis de nouveau vers les bords, gémissant, sa bouche chaude grande ouverte contre le tissu. Il a écarté mon slip et m'a donné un long coup de langue, de l'entrée du vagin vers mon clitoris qu'il a lentement exploré. Il a recommencé, dans un sens puis dans l'autre, ramenant la mouille que j'avais en moi jusqu'à mon clitoris. Je tremblais. J'ai levé les yeux vers le ciel. C'était tellement bon, mais j'étais nerveuse.

« Theo, ai-je dit. Ça va peut-être me prendre un petit moment. Ça ne te gêne pas ? Tu me diras si tu fatigues ? »

Il a sorti sa tête de sous ma jupe.

« Je veux que tu prennes tout le temps qu'il te faudra, a-t-il répondu. Prends toute la nuit. Prends l'éternité. »

Je me suis rallongée. Les étoiles étaient magnifiques mais j'ai fermé les yeux. Je me suis entièrement concentrée sur les sensations dans ma chatte et non sur ce qui se passait autour de nous, ni même sur lui. C'était bon, ça durait, et je me suis dit que quand je faisais l'amour avec les autres, j'étais à côté de la plaque. Était-ce déjà arrivé qu'on s'occupe uniquement de mon plaisir ? Peut-être que je n'avais rien compris à l'intérêt d'avoir une chatte. Elle n'était pas là pour pisser ou faire des bébés, mais tout simplement pour être le lieu du plaisir – une fonction à part entière. Je sentais y grandir une confiance nouvelle, comme si elle recelait un cristal, ou même un océan tout entier. Peut-être que le cristal avait toujours été là, à mon insu. Est-ce que je rayonnais de l'intérieur depuis toujours, sans m'en être jamais rendu compte ?

Juste au-dessus de mon sexe, je sentais une plénitude dans tout mon bassin – pas à cause d'une envie de pisser ou d'une douleur, mais comme s'il palpitait de façon autonome. Je me sentais reconnaissante d'être en vie. Ou même pas reconnaissante, simplement vivante. J'étais dans mon existence, et je n'avais pas l'intention de lutter. Alors c'était ça, la joie. Tout comme ma chatte, on aurait dit que cette partie de mon pelvis avait toujours existé, mais qu'elle avait disparu il y a des années. Je me souvenais d'avoir ressenti quelque chose de similaire quand j'étais toute petite, mais cette sensation avait été oubliée jusqu'à aujourd'hui, éclipsée par toute la matière terrestre. Matière qui n'était rien d'autre que du vide, je le comprenais. Elle ne faisait que proliférer, sans aboutir à rien.

Ma poitrine aussi se réchauffait, comme si elle cherchait à s'ouvrir, comme si une lumière là-dedans essayait de franchir des portes rouillées. À cela, j'ai résisté. J'avais peur, je craignais de laisser les portes s'ouvrir en grand. Mais la sensation dans ma gorge me rappelait celle de mon enfance, quand le langage était entièrement neuf et que les mots n'avaient pas encore causé tout ce mal. Avant, quand je faisais du bruit pendant le sexe, j'essayais d'imiter ce que je voyais dans les pornos. Mais ce que j'entendais à présent était beaucoup plus profond, guttural, sans l'intervention de ma bouche. Ça ne ressemblait pas à des syllabes, encore moins à des mots. C'était le son émis par la planète en rotation.

Je ne pensais même pas à Theo. Pour une fois, je ne pensais pas. Peut-être pour la toute première fois. Je sentais qu'il y avait de la place dans mon esprit, dans mon crâne, une sensation totalement nouvelle. Est-ce que ça aussi, c'était là depuis toujours ? Si c'était vrai, alors ça voulait dire que la vie aurait pu être belle depuis le début, sacrée, digne de rédemption. Mais si c'était là depuis toujours, bizarre que je ne sois jamais tombée dessus. Si quelque chose d'aussi beau et d'aussi pur existait pile entre vos deux oreilles, pourquoi ne pas s'y lover éternellement ? Pourquoi ne pas y passer sa vie ?

Je me suis mise à rire. J'étais incapable de savoir si j'étais en train de jouir, ou si j'avais déjà joui. Mais alors le rire a reflué et j'ai senti des ténèbres se répandre sur moi – des ténèbres froides, d'une gravité mortelle – et je me suis rendu compte que je n'avais pas encore joui, et que j'étais sur le point de le faire. Sa langue était comme celle d'un chien – un peu rêche – si différente de mes doigts ou d'un vibromasseur. Elle ressemblait un peu à un tapis volant, car je me suis mise à jouir et jouir et jouir encore. C'était comme si l'orgasme se déclenchait avant de s'interrompre puis de repartir, une fois, deux fois, comme si je pouvais le contrôler, et puis j'ai chevauché le tapis volant jusqu'aux cimes, jusqu'à ce qu'il explose et déferle sur moi. J'y suis restée plus longtemps que ça ne m'était jamais arrivé. Et juste au moment où je jouissais, la présence de Theo m'est revenue. J'ai prononcé son nom tout haut, je me suis entendu le dire. Mais j'ai aussi senti une connexion entre moi et quelque chose de plus vaste – au-delà de Theo – comme par un effet de *split screen*. Il occupait une partie de l'écran, l'univers se déployait sur l'autre. Et je ressentais de l'amour pour les deux.

Je suis restée allongée sur le rocher et j'ai fixé le ciel en silence un long moment. Il avait toujours le visage entre mes cuisses, et je tenais sa tête entre mes genoux.

« Est-ce que tu aimerais que je sorte de l'eau ? a-t-il demandé.

— Quoi ? »

Sa tête a ressurgi de sous ma jupe, il m'a regardée dans les yeux et il a souri.

« J'ai dit : "Est-ce que tu aimerais que je sorte de l'eau ?"

— Tellement, ai-je répondu. Plus que tout au monde. J'aimerais que tu sortes de l'eau plus que tout au monde.

— J'ai peur », a-t-il lâché.

Il ressemblait à un petit garçon en disant ça, le nez froncé et les yeux plissés.

« De quoi ? ai-je ri. C'est de moi que tu as peur ? Tu avais le nez dans ma chatte il y a une seconde.

— J'ai quelques défauts, a-t-il répondu. J'ai… mon corps n'est pas normal. J'ai peur de te montrer.

— Je te trouve très beau. Tu es un être magnifique. Jamais je ne te jugerais. Peu importe ce que ton corps peut avoir de différent ou de bizarre, il me paraîtra d'autant plus unique, c'est tout.

— Tu ne dois rien dire à personne, a-t-il répondu. À propos de ce que tu vas voir. »

À présent je me demandais ce qui clochait chez lui. Est-ce que la partie inférieure de son corps était atrophiée ? Est-ce qu'il lui manquait une jambe ? Est-ce que c'était juste une affaire de petite bite ?

« Je n'aime pas les gens, ai-je fait. Je n'ai pas d'amis. Je n'ai personne à qui en parler. »

C'était un mensonge. À un moment donné, j'allais sûrement raconter à Claire tous les détails du bouffage de chatte et probablement décrire le moindre centimètre de son corps, ai-je songé. Dès qu'elle irait mieux et qu'elle serait prête à entendre ça. Il était même probable que ça lui remonte le moral.

« D'accord, a-t-il dit. Mais si ça ne te plaît pas, je ne pourrai rien y faire. Si ça te fait peur – si je te fais peur – il ne me restera plus qu'à replonger dans l'eau pour partir à la nage. Je ne pourrai plus te revoir.

— Allez, quoi, ai-je dit. Tu veux bien arrêter ? Pourquoi veux-tu que ça me déplaise. Il n'y a rien qui puisse me faire peur. »

Ce n'était pas entièrement vrai, mais j'y croyais. C'est tout un art de croire à ses propres mensonges. Certains pensent qu'il faut se convaincre activement pour y arriver, mais à ce moment-là, je ne connaissais simplement pas d'autre réalité que celle où tout allait bien – peu importe ce qu'il allait me montrer. Je ne connaissais que ce silence, et mon désir de le voir grimper sur le rocher avec moi. Je ne voyais pas ce qui aurait pu m'effrayer. Je voulais seulement qu'il soit avec moi.

« D'accord, a-t-il dit. D'accord. »

Il a pris appui sur le rocher avec ses magnifiques bras blancs pour se hisser hors de l'eau, puis s'est retourné et a atterri à mes côtés.

Une épaisse ceinture beige, semblable à de la toile cirée, entourait ses hanches. En dessous, c'était la combinaison : écailleuse et noir charbon, recouverte de balanes. Au bout, il y avait ce qui ressemblait à une paire de nageoires ou de palmes, de la même couleur que la combi, rattachée au reste de ses écailles noires et caoutchouteuses. Il ressemblait plus à un plongeur qu'à un nageur, et plus à un gros morceau de cabillaud qu'à un plongeur. La combi avait l'air ancienne – comme si elle baignait dans l'océan depuis des années – avec toutes ces balanes collées dessus, des bouts d'algues. Elle n'était pas lisse ni luisante comme celles que j'avais vu les surfeurs porter. Elle ressemblait presque aux rochers sur lesquels on était assis. Comme s'il faisait partie du paysage océanique.

Les palmes aussi ressemblaient vraiment à des nageoires de poisson : épaisses là où devaient se trouver ses chevilles, et puis s'affinant jusqu'à devenir translucides aux extrémités. D'un noir diaphane. Elles me faisaient penser à une femelle Bubble Eye noire que j'avais eue à treize ans, et qui était morte pendant que mon père et moi étions partis rendre visite à Annika à la fac. Quand on était rentrés à la maison, le poisson était couché sur le flanc à la surface de l'aquarium, qui empestait. Je me souviens que j'avais honte et que je ne voulais pas montrer à mon père qu'elle était morte. Je n'avais pas peur qu'il me reproche sa mort, mais il y avait quelque chose dans son petit corps tout en rondeurs qui flottait simplement là, quelque chose qui me donnait le sentiment d'être mise à nu. C'était comme si je gisais moi-même à la surface de l'eau, puante et à poil, une expérience trop intime pour la partager avec mon père. Je me souviens que sa queue avait déjà commencé à se désintégrer, et qu'un petit morceau s'était détaché et flottait à ses côtés. C'est à ça que ressemblaient les palmes de Theo.

Et puis un changement s'est produit dans mon regard, ou dans celui de mon esprit, comme avec une de ces affiches psychédéliques qu'on peut voir de deux façons différentes. Vous passez un moment à regarder quelque chose d'une certaine façon, et puis d'un seul coup, l'image bascule. Une fois que vous l'avez vue sous l'autre angle, pas moyen de revenir à votre première interprétation. Ce que je voyais, c'est que ce truc n'avait rien d'une combi : c'était en fait une énorme queue de poisson, lourde et visqueuse. Elle était rattachée à son corps, littéralement. Peut-être que c'était son corps ? Sous le tissu il devait donc y avoir des parties génitales, s'il en possédait ? Et juste en dessous, on voyait l'endroit où se rejoignaient sa peau et cette queue, peu importe ce que c'était que ce machin. Ça ne formait pas une ligne droite comme en haut d'un pantalon, ça se fondait graduellement. Il y avait d'abord une zone principalement constituée de peau constellée d'écailles noires, comme une ou plusieurs marques de naissance. Au-delà, les écailles s'épaississaient, presque comme des grains de beauté ou des lésions. Elles s'agglutinaient, de plus en plus serrées, jusqu'à former une masse solide, semblable à du caoutchouc ou à la peau épaisse d'un poisson. Ça ressemblait au passage du temps, comme une vague remontant progressivement sur le sable. C'était comme si ce truc, quel qu'il soit, s'était produit au fil du temps, à la manière d'une espèce d'infection qui envahissait progressivement son corps.

Sauf que ce n'était pas une infection. On aurait dit qu'il était à moitié poisson.

« Est-ce que ça te dégoûte ? a-t-il demandé.

— Non », ai-je répondu. Qu'est-ce que c'était que ce bordel. Est-ce que Theo était une sirène ?

« Ça te fait peur ?

— Non. Je suis sous le choc, c'est tout, et je me demande si je suis cinglée. Comment c'est arrivé ?

— Je suis né comme ça, a-t-il répondu. Je suis bien ce que tu crois. Plus ou moins.

— Et qu'est-ce que je crois que tu es, d'après toi ?

— Un homme sirène.

— Ouais, ai-je répondu, en me frottant les yeux. C'est bien ce que je croyais.

— Je n'utilise pas ce terme. Aucun d'entre nous ne se décrirait comme ça. Mais pour les humains, c'est ce que nous sommes.

— Putain de merde. C'est complètement dingue. Donc, quoi, il y a vraiment des hommes-poissons ? Et des sirènes ?

— En quelque sorte. Mais pas tels que vous nous imaginez. Disons qu'on est un peu comme ce que vous imaginez. Bon, je suis super sexy, c'est sûr, il a ri.

— C'est clair ! ai-je dit.

— Oh, pas tant que ça. Mais je veux dire qu'on n'est pas comme les Sirènes de la mythologie et toutes ces histoires. On n'essaie pas de tuer les humains ou de les garder prisonniers sur une île. On n'est pas comme dans l'*Odyssée*. Homère nous a calomniés. Mais on vit très, très longtemps. En pleine jeunesse. Pendant des siècles. La majeure partie de ce temps, on garde l'allure qu'on avait entre l'adolescence et le début de la vingtaine. C'est grâce à l'eau salée, je crois. Il semblerait que ça nous conserve.

— Donc tu es un mythe ? Tu es une créature mythique ? Tu me fais une blague, c'est ça ? Est-ce que je suis en train d'halluciner ta présence ? »

Mais d'après l'expression sur son visage, je savais que ce n'était pas une blague. Impossible que la jonction entre sa peau et sa queue soit factice. Le dégradé était trop irrégulier, trop bizarre. Aucun maquillage, aucun déguisement au monde ne pouvait faire ça. Il était vraiment à moitié homme et à moitié poisson. Ou quelque chose dans ce goût-là. Est-ce que j'avais perdu la boule en cours de route ? Est-ce que j'allais plus mal que je ne le pensais ?

« Tu n'es pas en train d'halluciner, pas vraiment, a-t-il repris. Enfin, c'est une sorte d'hallucination, au sens où ton point de vue a changé. Mais d'une certaine façon, c'est avant de me rencontrer que tu hallucinais vraiment – dans la mesure où tu n'avais qu'une vision très partielle de la vie. Tu ne croyais que ce que tu avais sous le nez. Comme la plupart des gens. Ils pensent que tout ce qu'on ne peut ni voir ni connaître n'existe pas. Les humains sont très arrogants. Je ne te crois pas arrogante, mais je pense que c'est simplement ta nature de croire uniquement ce que tu vois.

— Je ne sais même pas quoi dire. J'ai tellement de questions à te poser.

— Allons-y doucement.

— Est-ce que tu es réel ? » ai-je demandé.

Il a ri. « Je souffre comme quelqu'un de réel. J'ai des désirs comme quelqu'un de réel. J'ai peur de ne plus plaire, de ne plus être aimé. Hommes, femmes, je crois qu'on veut tous la même chose, non ?

— Les hommes veulent du sexe.

— Et pas toi ?

— Si. Peut-être. Mais je crois que je confonds ça avec l'amour, sûrement.

— Comment sais-tu quand tu fais la confusion ?

— Je crois que c'est quand ça me fait planer.

— Et alors, pourquoi pas ? C'est peut-être de l'amour, a-t-il répondu. On ne peut pas être grisé par l'amour ? Je crois que je n'ai pas envie d'un amour qui ne me ferait pas me sentir merveilleusement bien.

— Je ne sais pas si c'est de l'amour ou autre chose, ai-je répondu. Mais je ne crois pas que ce soit de l'amour si la personne disparaît.

— Je ne dirais pas que ce n'est pas de l'amour. Mais c'est dur. C'est une expérience très douloureuse. »

Ces mots m'ont surprise. Je me disais que c'était forcément toujours lui, celui qui disparaissait.

Homme-sirène, filet de poisson, peu importe ce qu'il pouvait bien être, je le voyais toujours comme un surfeur totalement insouciant. Quelqu'un qui était tout à fait libre de disparaître dans la nuit à tout instant.

Je me suis demandé ce que les sirènes qui vivaient là-dessous pensaient de son apparence. Y avait-il des sirènes ? Dans la mer, est-ce qu'il était beau ou seulement normal ? Je n'ai pas osé demander. Les sirènes étaient forcément canon – elles qui respiraient sous l'océan. Je les imaginais avec des cheveux longs, une taille fine et des coquillages sur les nichons. Je les imaginais toutes comme Aphrodite. Est-ce qu'elles se ressemblaient toutes, au point qu'il avait fini par se lasser d'elles ? Peut-être que c'était pour ça qu'il voulait une terrienne avec de la corne sous les pieds, quelqu'un d'aussi ordinaire que moi. Je ne ressemblais pas du tout à Aphrodite. Mais peut-être que c'était justement le but.

« Dis, maintenant que tu sais, tu ne vas pas m'abandonner, hein ? a-t-il demandé.

— Moi ? Non ! »

J'étais ravie. Fallait-il une difformité mythologique pour dénicher un beau gosse autant en manque d'affection que moi ?

« Bien », a-t-il répondu.

Il a pris mon menton au creux de sa main et m'a donné un baiser mouillé.

Je percevais la différence d'odeur entre le haut et le bas de son corps. Sa tête, ses épaules et son cou dégageaient un parfum de propre, celui de la chair et de la peau humide. Il sentait l'humain, mais en mieux.

De temps à autre, les effluves de la moitié inférieure de son corps remontaient et faisaient penser à l'odeur d'un marché aux poissons – pas tout à fait le poisson mort, comme lors du drame d'aquarium de ma jeunesse, mais ça sentait le sang, l'océan, la merde, les algues… un peu comme une chatte, en fait.

J'avais presque l'impression que le bas de son corps était une sorte de chatte, malgré sa forme phallique. Peut-être parce que ça lui donnait des complexes, et que j'avais toujours complexé sur ma chatte. Peut-être parce que le voir, découvrir cette part de lui qu'il m'avait cachée, c'était presque comme de le pénétrer. J'ai songé à la domination et à la soumission – et je me suis fait la réflexion que d'une certaine façon, c'était lui qui était soumis quand il me broutait le minou. Et pourtant par d'autres aspects, j'étais désormais émotionnellement dépendante de lui, puisque je l'avais laissé me voir ainsi : écartelée, offerte, palpitante sous son nez. J'étais davantage attachée à lui qu'avant, depuis que je m'étais ouverte pour lui de cette façon. Peut-être qu'il percevait ça chez moi. Peut-être qu'il avait eu besoin de ça pour pouvoir me montrer sa queue.

Je me demandais ce qu'il y avait sous cette ceinture autour de ses hanches. Je me suis demandé s'il avait une bite. Est-ce que les poissons avaient une bite ?

« Est-ce que je peux te toucher ? » ai-je demandé.

Il a hoché la tête.

On a recommencé à s'embrasser et j'ai passé mes mains dans ses cheveux pour lui effleurer la nuque. J'ai caressé sa poitrine, lisse comme une statue, frôlé du doigt chaque téton. J'avais envie de le titiller, de le traiter comme une fille juste un petit moment, parce que je me sentais encore vulnérable et aussi parce que je savais, pour je ne sais quelle raison, qu'il aimerait ça. Ses tétons ont durci comme des plombs sous mes doigts et il s'est mis à haleter.

J'ai touché son ventre. Il était tellement lisse, ni dessiné, ni musculeux mais pas grassouillet non plus. Un peu tendre, plein, mais ferme aussi. Ce ventre existait. Lui, il existait. Les muscles de ses bras paraissaient plus puissants que ses abdominaux, et je me suis demandé si ça avait un rapport avec sa façon de nager. Il n'avait pas de poils sur le ventre ni de toison pubienne au niveau de la ceinture. J'ai passé mes mains sur le devant de celle-ci, en décrivant un mouvement circulaire, et j'ai senti son pénis là-dessous, dur, à demi érigé, comme un tronc épais. Ses couilles paraissaient lourdes, comme des pêches.

« Oh, ai-je dit. Je me demandais ce que tu avais là.

— Eh oui, a-t-il répondu. Et un cul, aussi. La queue commence en dessous de tout ça, pas comme dans les mythes des humains, où ça va jusqu'à l'estomac.

— Où tu as trouvé cette ceinture ? Vous en portez tous une ?

— Dans une épave, évidemment.

— Ah oui, évidemment. » J'ai ri.

« Et la ceinture facilite effectivement les choses. Le sable, les méduses, tout ça peut être très abrasif.

— Tu t'y connais en mythologie grecque ? ai-je demandé.

— Un peu.

— C'est comme ça que tu connais Sappho ? Est-ce que tu es, genre, sorti avec elle ou quoi ?

— Je ne suis pas si vieux. » Il a ri.

D'ailleurs qu'est-ce que ça voulait dire pour un homme-sirène, sortir avec quelqu'un ? Tinder sous la mer ? Swipez à droite sur l'étoile de mer ?

« Est-ce que… tu as déjà été avec d'autres femmes qui vivent sur la terre ferme ?

— Quelques-unes, a-t-il répondu.

— Récemment ? ai-je demandé.

— Pas depuis un certain temps. J'essaie de faire en sorte que ça change », a-t-il répondu, et il m'a touché le bras.

Ça me plaisait que ça fasse un moment, parce que j'avais envie d'être la seule. Je me moquais de savoir pourquoi, même si c'était simplement parce qu'il ne s'était pas approché des côtes. Bien sûr, qu'il n'ait pas eu l'occasion de fréquenter d'autres habitantes de la terre ferme ne signifiait pas qu'il avait des sentiments particuliers pour moi. De même que le fait qu'il ait déjà été avec d'autres femmes dotées de pieds n'impliquait pas automatiquement un manque d'amour. Mais ça me sécurisait tout de même qu'il n'y ait eu personne d'autre que moi depuis longtemps. Rien que de penser des choses pareilles, c'était de la folie. Il vivait dans l'océan et moi dans le désert. Ça ne durerait pas. On parviendrait peut-être à tordre miraculeusement le temps tant qu'on était ensemble, comme ce que j'avais ressenti quand il me faisait un cunnilingus. Ça m'avait paru tellement éternel… comme si ce qui se passait l'espace d'un instant se reproduisait à l'infini. Mais personne ne pouvait rester toute sa vie dans un instant. C'était déjà terminé. Et pourtant, il était là, toujours avec moi. Nous étions assis côte à côte et il avait la main posée sur ma cuisse, tandis que je lui caressais les doigts. Il est toujours là, ne cessais-je de me répéter.

« Il faut que j'y aille, a-t-il dit, comme s'il était capable de lire dans mon esprit. Ce n'est pas une très bonne idée pour moi de rester hors de l'eau comme ça alors qu'il commence à faire jour. »

Je ne m'étais pas rendu compte que c'était l'aube. Le soleil se levait au-dessus des monts Santa Monica, donnant à l'eau une teinte argentée. J'apercevais quelques surfeurs qui avaient déjà rejoint la jetée de Venice Beach, et échangeaient des rires.

« Est-ce que tu es une sorte de vampire ? ai-je demandé. Est-ce qu'on est dans un de ces films de vampires pour ados, sauf que t'es une sirène ?

— Oh, non, rien de ce genre, a-t-il répondu. Seulement ce n'est pas une super idée qu'on me voie ici. Je me suis déjà fait agresser. J'ai été blessé. Je pourrais me faire embarquer direction la foire aux monstres de Venice. Je peux pas vraiment prendre mes jambes à mon cou. Alors c'est toujours très risqué pour moi d'être en dehors de l'eau.

— Est-ce qu'on peut se voir demain ?

— Pas demain, mais est-ce que le lendemain soir t'irait ? Tu devrais remettre une jupe comme celle-ci.

— Ha ha. D'accord. »

Deux nuits, ça semblait tellement loin. Ça paraissait interminable.

«Ah, et tu ferais mieux de ne parler de moi à personne, a-t-il ajouté. Comme on s'est dit. Je dis surtout ça pour toi. Je n'ai pas envie que tu atterrisses en hôpital psychiatrique ou en cure de désintox, et c'est à ça que les gens penseront si tu leur dis que tu as rencontré un homme qui vit sous la mer.

— Mais tu n'es qu'un gamin, ai-je dit.

— Je ne suis pas aussi vieux que Sappho, mais je suis plus âgé que tu ne le penses. Le sel m'a conservé. Et puis je suis peut-être un peu immature, aussi.»

Il m'a embrassé le front et la main. Puis il a replongé dans l'eau, fendant les ténèbres pleines d'algues.

«Attends! ai-je crié. À quelle heure après-demain soir?»

Mais il s'éloignait déjà dans les vagues baignées de soleil. J'ai aperçu sa queue faire quelques mouvements rapides en surface, comme l'aileron d'un dauphin au loin. Et puis il a disparu complètement, totalement englouti par les eaux. Il se montrait à moi tel qu'il était, il ne craignait plus de me révéler qu'il pouvait plonger sans remonter prendre sa respiration. J'ai attendu longtemps, en silence. Mais il n'a jamais refait surface.

31

J'ai décidé de sécher la thérapie de groupe. J'étais désormais trop engagée dans cette histoire avec Theo. Qu'est-ce que j'aurais pu leur raconter ? Que j'avais rencontré un homme-sirène qui pourrait bien faire mentir toutes leurs théories sur l'amour ? Et pourquoi est-ce que je choisirais de me soigner, si tout n'était pas totalement et définitivement merdique ? S'il y avait ne serait-ce qu'une étincelle, une possibilité de planer tout mon soûl grâce à quelqu'un, pourquoi gâcher ce potentiel ? Ça valait le coup de tenir pour des moments comme ça, jusqu'au jour où on était sûre que c'était fini, et pour de bon. Je n'avais pas envie que la thérapie de groupe bousille ce que je ressentais.

C'est ce qui se passait pour Diana, avec qui j'étais toujours en contact. Elle avait morflé, mais elle était incapable de laisser tomber – pas avant d'être sûre que c'était vraiment fini entre elle et ses flammes. Que les tennismen ignorent ses messages ne lui suffisait pas. Il allait falloir qu'ils aillent plus loin. Ils allaient devoir lui dire qu'elle les dégoûtait, que ça n'arriverait plus jamais. Même ça, ça ne suffirait peut-être pas. En vérité, ce dont elle avait besoin, c'était qu'il ne lui reste plus le choix, qu'il n'y ait plus personne à baiser. Elle allait devoir se consumer dans les bras de tous les jeunes tennismen de Los Angeles, voire de l'État de Californie.

Peut-être qu'à l'avenir, encore une fois, la douleur de ne pas avoir de nouvelles de ses conquêtes – la douleur de l'attente – prendrait le pas sur l'étincelle potentielle. Diana reviendrait en thérapie de groupe et se montrerait forte pendant un jour à peine, ou bien quelques semaines. Mais dès l'instant où elle recevrait un texto, dès l'instant où elle verrait les paillettes miroiter sous ses yeux, elle oublierait à quoi ressemblait la douleur. Elle ne voudrait plus que les paillettes. Le souvenir euphorique des paillettes passées la rendrait aveugle aux souffrances qu'elles avaient provoquées. Alors la thérapie de groupe ne serait plus qu'un lointain souvenir : un endroit pour les gens malades, mais pas pour elle. Elle n'était pas aussi mal barrée que ces gens malades.

Quand elle m'a téléphoné, je l'ai entendu à sa voix. Comment la blâmer ? Elle s'était débrouillée pour goûter à nouveau à l'étincelle. Et à présent qu'elle y avait goûté, ou qu'elle entrevoyait cette possibilité, elle fonçait, encore une fois. Quand elle repensait au groupe, elle voyait des êtres humains malades et malheureux, et elle aurait préféré oublier qu'elle avait un jour fait partie des leurs. Mais ses compagnes de thérapie, elles, jugeraient que c'était Diana qui était malade et malheureuse. Elle allait revenir, sinon elle courait au désastre, se diraient-elles. Mais elles avaient perdu de vue ce que ça faisait d'être lâchée dehors, en proie aux affres de la folie. Je n'ai pas parlé de Theo à Diana, non plus.

J'ai emmené Dominic faire une promenade rapide. Il a commencé à m'entraîner vers Oakwood Park, mais je n'avais pas assez d'énergie pour ça. Je tenais la laisse fermement tandis qu'il tirait et sautillait sur place, gémissant en pointant sa tête dans cette direction. Je savais que j'aurais dû lui donner ce qu'il voulait, un petit bout de ce bonheur simple, mais je n'étais pas en mesure de jouer les femmes-loups ce jour-là. J'avais trop la tête ailleurs, déjà sur les rochers, à attendre, attendre que Theo sorte de l'eau et transforme ma perception des choses. Mon esprit était déjà dans l'océan.

J'ai décidé d'appeler Claire.

« Comment ça va, ma chérie ? ai-je demandé.

— Mieux. David a appelé. Je le vois demain. Je lui ai dit qu'il ne me donnait pas assez de ce dont j'ai besoin. Je ne me suis pas encore pendue avec une écharpe en soie. Donc j'imagine qu'il y a du progrès ?

— Bien, ai-je répondu.

— Et toi ?

— J'ai remis ça, ai-je répondu. J'ai complètement craqué. Sauf que cette fois, je pense que c'est pour de vrai.

— Le surfeur ? » a demandé Claire.

Elle avait un ton sceptique, et je me suis demandé de quel droit alors qu'elle-même était au fond du trou si peu de temps auparavant.

« Le nageur, ai-je répondu. Tout ce qu'on fait, c'est discuter. Ou plutôt on ne faisait que discuter jusqu'à la nuit dernière, où il m'a fait un cunni pendant quarante-cinq bonnes minutes.

— Noooooon.

— Si. Au moins quarante-cinq minutes. Ça veut dire quoi quand un mec te fait un cunni de quarante-cinq minutes ? J'ai l'impression que c'est forcément de l'amour. J'ai l'impression qu'il m'aime, tu vois.

— Soit il t'aime, soit il aime la chatte. Soit l'un soit l'autre. »

J'ai ri.

« Non, ça n'a pas l'air d'être son genre. C'est pas un coureur de chattes. Enfin j'en sais rien. Ce que je veux dire, c'est que je le trouve beau comme un dieu, mais il n'est pas beau au sens classique. Mais si moi je le trouve beau, alors il y en a probablement un million d'autres qui pensent pareil.

— En général, c'est comme ça que ça marche, a-t-elle répondu. N'empêche, je suis contente que tu te fasses sauter convenablement. C'est important. Je crois que c'est très important que tu te fasses bien baiser.

— On n'a pas encore baisé. Je n'ai même pas vu sa bite.

— Ah, sérieux ? Alors c'est peut-être de l'amour de son côté.

— C'est ce que je me dis.

— Oui mais toi ?

— Je suis accro.

— Évidemment. C'est particulièrement grisant quand il y a une date d'expiration. Tu rentres à Phoenix dans un mois, c'est ça ?

— Six semaines.

— Eh ben voilà. Du coup c'est parfait ! Un amour d'été.

— Mais si c'est plus que ça ? Il ne sait pas que je vais partir, ai-je répondu.

— Mais toi si. »

J'ai réfléchi à ça. Je m'étais imaginé que tout ce que je voulais, c'était l'amour de quelqu'un d'aussi beau que Theo – le genre d'amour qui gardait toute sa fraîcheur et ses paillettes, et dont on ne se lassait jamais. Un bon moyen pour qu'il garde tout son brillant consistait à lui coller une date d'expiration. J'avais cru que c'était Jamie qui ne voulait pas s'engager. Mais le groupe avait raison – en fait c'était moi qui n'étais pas disponible. Je choisissais des gens avec qui je ne pouvais pas avoir cette intimité suprême : Jamie, qui n'était pas capable de me faire assez de place dans sa vie, et désormais ces types plus jeunes. À cause de leur âge, je pouvais me languir et me torturer sans risque, parce que ça garantissait une forme de friction contre laquelle je devrais toujours me battre, une incapacité à être vraiment ensemble. Et peu importe ce que tous ces mecs pouvaient ressentir pour moi, je n'aurais jamais à les voir se lasser, parce que j'allais rentrer à Phoenix. Même Theo, à qui j'avais vraiment l'air de plaire, j'allais le laisser. J'avais le contrôle sur la façon dont les choses se termineraient.

32

Dominic n'allait pas bien. Il s'était mis à pisser dans la maison, peu importe le nombre de fois où je le sortais. Je ne savais pas si c'était parce qu'il était malade ou parce qu'il m'en voulait d'être aussi souvent absente. J'avais peur d'en parler à Annika, mais juste par sécurité, je l'ai emmené voir la vétérinaire. Celle-ci a fait des analyses sanguines et déclaré qu'il avait encore de nouveaux problèmes en rapport avec son pancréas et ses reins, et que sa glycémie était très élevée. Il allait falloir augmenter sa dose d'insuline.

J'ai envoyé un e-mail à Annika, en partie pour lui transmettre les nouvelles, mais aussi parce que je ne pouvais pas me permettre de payer les 1 300 dollars de facture de la vétérinaire. Je flippais. Mon téléphone s'est immédiatement illuminé.

« Où est-il ? Passe-le-moi, a-t-elle dit.

— Il est là, ai-je répondu, en orientant le téléphone vers le museau du chien.

— Oh non, je le vois dans ses yeux. Quelque chose ne va pas.

— Ils m'ont prescrit une dose d'insuline plus élevée à lui donner.

— Je veux dire au-delà de ça. Il a l'air déprimé. Attends, je cherche les symptômes de la dépression chez les chiens. O.K. Est-ce qu'il est léthargique ? Est-ce qu'il dort trop en ce moment, ou est-ce qu'il se montre collant ?

— Non, ça c'est juste moi, ai-je répondu.

— Lucy ! Je suis sérieuse. Perte d'appétit ?

— Absolument pas.

— Perte de poids ?

— Non, il n'y a que le truc de la pisse. C'est tout. Et je pense que c'est directement lié à l'insuline.

— Depuis combien de temps ça dure ? Pourquoi tu ne m'as pas dit tout de suite que quelque chose n'allait pas ?

— Seulement quelques jours. Et je ne voulais pas t'inquiéter.

— Lucy, c'est mon enfant ! Il faut que tu me dises quand il se passe des trucs comme ça. Est-ce que tu es capable de lui donner les soins dont il a besoin ? Qu'a dit la vétérinaire exactement ? Est-ce qu'il faut que je rentre ?

— Non, non, ne rentre pas. La vétérinaire a dit que tout ira très bien pour lui du moment qu'on adapte la dose d'insuline. Je peux le faire. C'est facile.

— Je pense toujours qu'il a l'air déprimé.

— Je l'emmènerai en thérapie. »

La vétérinaire n'avait pas exactement dit que tout irait bien, mais elle n'avait pas non plus l'air particulièrement inquiète. Je me suis sentie bizarrement jalouse à l'idée qu'Annika soit prête à rentrer pour le chien. Après la mort de ma mère, je voulais désespérément que ma sœur arrête la fac quelque temps pour être à mes côtés. J'avais verbalisé ça une fois, quelques jours après l'enterrement: elle pourrait peut-être repousser son retour à l'université. Elle était assise sur le lit derrière moi, à caresser mes cheveux, un truc que ma mère faisait tous les soirs avant que j'aille me coucher. Tout était calme; le seul bruit perceptible était celui de ses doigts qui effleuraient doucement mon crâne.

« Reste avec moi, s'il te plaît, lui ai-je dit. J'ai besoin de toi. »

Mais elle m'a répondu qu'elle avait des examens, et que même si elle avait envie de rester avec moi, il fallait qu'elle y retourne, sinon elle ne validerait pas son semestre. Je me suis sentie complètement rejetée, mais je ne l'ai pas jugée. Je l'admirais, et mon monde avait déjà été tellement anéanti par la mort de ma mère que je ne pouvais pas me permettre de lui en vouloir. Mais ça m'a fait mal quand même. Alors c'est moi que j'ai jugée à la place. Je me suis blâmée d'avoir besoin de quelqu'un, et de m'être trahie. J'avais besoin de plus que ce que l'univers pouvait m'offrir. Mes sentiments étaient manifestement trop grands pour trouver leur place dans ce monde, trop répugnants. Plus jamais je ne les étalerais au grand jour de cette façon. Je ne voulais même plus avoir à les ressentir.

Bon, et voilà que je me remettais à ressentir des choses, et je n'avais pas envie qu'Annika rentre. Si elle revenait, pas moyen que je continue à traîner toute seule au bord de l'océan la nuit. Je pourrais sans doute continuer à me rendre aux rochers sans lui dire où j'allais – je pourrais toujours mentir, lui dire que je serais dans un autre quartier, ou au bistrot pour un concert de guitare acoustique à la con. Mais si elle me surprenait par la fenêtre, comment lui expliquer ce que je fabriquais ? Elle se mettrait à poser des questions.

Et puis j'avais un nouveau fantasme. Je voulais demander à Theo s'il envisagerait de m'accompagner à la maison pour y passer la nuit. Je ne savais pas comment l'y amener. Il ne pourrait sûrement pas se traîner sur toute la plage. Je doutais qu'il ait envie que je le porte. Mais je pourrais peut-être trouver un de ces petits chariots de plage, ou un vélo avec une carriole derrière.

Dans ma tête, j'avais déjà planifié cette visite dans ses moindres détails. Je voulais faire l'amour avec lui dans un lit. Je me moquais même de savoir s'il restait dormir ou non. Je voulais être avec lui dans un endroit où on puisse se détendre, où il ne fasse pas froid et où on n'ait pas à guetter les gens qui pourraient nous surprendre. Ce que j'avais ressenti quand il m'embrassait ou quand il m'avait fait un cunni – je voulais recréer cette sensation et m'y lover aussi longtemps que possible. Je voulais en faire une tente dans la chaleur de la maison de ma sœur : un contenant où je puisse embouteiller la sensation, comme un petit navire, et retenir son éclat.

Alors comme ça je pouvais mettre un peu de magie dans ma vie. Après tout ce néant, ce fantasme valait peut-être le coup de vivre. Je suppose que quand on est accro à un truc, c'est de ça qu'on parle, quand on dit qu'on oublie les conséquences et qu'on se fout totalement du reste. La seule chose qui m'importait, c'était mon plan.

33

Theo m'attendait près des rochers, cramponné au flanc de l'un d'entre eux. J'ai traversé la plage en courant, j'ai escaladé, et j'avais l'impression d'être Catherine se précipitant vers Heathcliff à travers la lande, avec ma longue jupe. J'imaginais que j'avais l'air d'une gamine. Je savais que je n'en étais pas une, mais je sentais le temps ralentir pendant que je courais – en tout cas je ne vieillissais plus. J'étais vivante, c'est tout.

« Salut, ai-je lancé, et je me suis accroupie pour l'embrasser.

— Je monte, a-t-il répondu, et avec un mouvement de torsion il s'est hissé sur le rocher. Pendant une seconde ça m'a fait un choc de voir sa queue de poisson noire, la ceinture autour de ses hanches. Il m'a embrassée passionnément et m'a allongée sur le rocher. Et puis il est monté sur moi et j'ai senti son sexe, ma jupe et sa ceinture entre nous. Tout était si naturel. Mes jambes se sont écartées, laissant place à son bassin et sa queue, pile à l'endroit où se seraient trouvées ses jambes à lui, s'il avait été un homme comme les autres.

Tandis qu'on s'embrassait, j'ai imaginé déguster cette queue de poisson avec du beurre d'ail. J'avais envie de sucer sa bite, de la voir, aussi. Je nous ai fait rouler dans l'autre sens et me suis assise sur lui, j'ai tracé un chemin de baisers le long de son torse, ma jupe déployée sur nous, recouverte d'eau de mer, d'algues et de la substance noire et gluante qui recouvrait sa queue. J'avais l'impression d'être une pieuvre, ou une anémone. J'ai suçoté son cou, ses tétons, l'intérieur de ses bras. J'ai léché son torse massif, continué à descendre vers son ventre en l'embrassant, suçoté son nombril.

J'avais à présent la tête au niveau de sa ceinture. J'ai chauffé Theo avec des baisers, des coups de langue par-dessus. Comme une pierre à lécher, le tissu avait accumulé quantité de sel. Je me suis demandé combien il avait de ceintures, s'il en changeait parfois.

J'ai défait le nœud sur le côté. Sa bite était nichée au creux d'une somptueuse toison pubienne de couleur sombre. Il ne bandait plus tout à fait. J'étais mal à l'aise, j'avais peur d'avoir fait un truc qui lui avait coupé l'envie. Mais il avait un généreux et superbe pénis, non circoncis, rose et blanc, avec deux couilles tout aussi roses et bien rondes.

J'ai embrassé son sexe, je l'ai frotté contre mon visage et ma joue, il était si doux. J'ai levé les yeux et il me souriait. J'ai commencé à le lécher, à le titiller. J'avais la bouche très sèche à cause du sel et l'impression que ma langue était pâteuse. J'ai pris sa bite tout entière dans ma bouche en l'orientant vers le fond de ma gorge, m'étouffant presque et salivant davantage. Il a gémi et a doucement ébouriffé mes cheveux avec ses mains. Il a durci un peu, mais son érection n'était pas encore totale, alors j'ai dû utiliser mon poing. Je le suçais et le branlais doucement, mais il ne bandait toujours pas complètement. Je me suis mise à lui lécher les couilles. Je les ai prises dans ma bouche. Mon menton reposait à l'endroit où sa queue de poisson et sa peau se rejoignaient. Les écailles étaient visqueuses et rigides à la fois. Mais ses couilles étaient délicieuses, comme des huîtres crues.

« Oh mon Dieu », a-t-il murmuré.

Il a tendu la main et s'est mis à se branler pendant que je lui léchais les couilles.

« Ne t'arrête pas de me lécher, a-t-il fait. Ne t'arrête pas. »

Ce n'était pas la branlette romantique à laquelle j'aurais aimé assister, son corps magnifique dans une lente quête de plaisir. C'était la deuxième fois en un été que regarder un garçon se branler ne répondait pas à mes attentes. Il était plutôt frénétique, avec des gestes pleins d'urgence, comme s'il essayait d'en finir, comme s'il voulait me prouver qu'il était capable d'avoir une érection et de la garder. Peut-être qu'il avait juste besoin de beaucoup de frottements pour ressentir du plaisir. Je me suis demandé si son sexe était devenu moins sensible à force d'être exposé à l'eau salée. Peut-être que c'était comme ça que les hommes se branlaient quand personne ne regardait. Peut-être qu'il était en confiance avec moi.

« C'est tellement bon, a-t-il lâché, la voix rauque. Je te sens tellement. Je vais… oh mon *Dieu*… »

Ma chatte s'est emballée. J'ai retiré ma bouche et l'ai posée sur son gland, attrapant ses couilles à pleines mains pour les malaxer dans un mouvement circulaire. Elles étaient tendues. Le goût de son foutre dans ma bouche n'était pas amer, comme chez certains hommes, mais pas tout à fait sucré non plus. C'était un goût féminin. Ça avait la saveur du fumet de sa queue, quelque chose d'océanique, avec de légers relents de poisson. C'était comme si je venais de lui bouffer la chatte, comme si j'étais le yang ou peut-être le yin, enfin bref celui qui était mâle, et que lui était femelle l'espace d'un instant.

J'ai songé au dieu de la mer, Poséidon, le père de Triton. Sa maîtresse était-elle Aphrodite ? Eh bien non, c'était Déméter – la déesse de la terre. Ils étaient frère et sœur mais aussi amants. Et Aphrodite dans son coquillage, alors ? Pour Sappho, Aphrodite était la déesse suprême du sexe. Selon Hésiode, Kronos, roi des Titans, émascula Uranus, le dieu du ciel, et Aphrodite émergea des eaux, née de son sperme répandu – écume scintillante muée en femme. Peut-être qu'ils étaient tous une seule et même personne. Les dieux passaient leur temps à changer d'identité, de sexe, à habiter de nouveaux corps comme si c'était des vêtements. Donc Poséidon, avec sa longue barbe et sa poitrine musculeuse, était une femme aussi, d'une certaine façon. Femme, homme, quelle différence en fin de compte ? À ce moment-là, elle paraissait infime.

J'avais l'impression qu'on était jumeaux – deux brins du même ADN, un œuf scindé en deux – des amants frère et sœur, comme Poséidon et Déméter. À tout le moins, nous étions deux œufs partageant un même utérus. Il était l'utérus et en même temps il ne l'était pas. Et j'étais l'utérus et en même temps je ne l'étais pas. Chacun était un utérus pour l'autre, tous deux constitués de la même matière, mais nous étions aussi englobés l'un et l'autre dans un utérus plus vaste. Je me sentais vraiment bien, et l'espace d'un instant je me suis demandé: Peut-être que ce n'est pas lui qui me fait ressentir ça? Peut-être que je le contiens déjà, comme les dieux se contiennent les uns les autres. Peut-être que je n'ai même pas besoin de lui, pour ressentir ça?

Non, j'avais besoin de lui, et ce n'était sans doute pas si grave d'avoir besoin de lui. C'est en cela que l'amour confinait au sacré, quand il vous faisait cet effet-là: celui de ne faire qu'un avec l'autre, avec soi, avec tout. Et si ce n'était pas de l'amour, alors c'est en cela que le désir sexuel pouvait avoir de la valeur: comme une expérience paroxystique, qui justifiait la douleur causée par la descente. Était-ce la vérité, ou bien un mensonge? Tant de choses étaient à la fois vraies et mensongères, selon ce qu'on ressentait sur le moment. À cet instant-là, ça ressemblait à de l'amour. J'étais pleine d'audace et prête à poser la question.

«Je me demandais si ce serait possible que tu viennes à la maison un jour, ai-je suggéré. Enfin c'est la maison de ma sœur, mais j'y vis seule.

— J'adorerais être dans une maison avec toi, a-t-il répondu. J'adorerais te faire l'amour sans avoir à rester aux aguets en permanence au cas où quelqu'un viendrait. Qu'on soit totalement seuls.

— C'est vrai ? ai-je gloussé.

— Oui.

— Tu es déjà allé dans une maison sur la terre ferme ?

— Oui, a-t-il répondu. Quelques fois, il y a des années. »

Je ne lui ai pas mis la pression.

« Mais c'était une maison très près de l'eau, a-t-il repris. Ce n'était pas vraiment une maison. C'était un hangar à bateaux abandonné qui donnait directement sur l'océan. Un ancien hangar de pêcheurs. Je ne vois pas comment je pourrais aller jusqu'à la maison de ta sœur. Je pense que c'est trop loin. Avant toute chose, il ne faut surtout pas qu'on me voie. Comment est-ce que je pourrais traverser le sable ?

— J'y ai réfléchi », ai-je répondu.

Il avait l'air tellement excité par l'idée que ça ne m'a pas mise mal à l'aise de lui révéler que c'était une chose à laquelle j'avais longuement réfléchi. C'était comme si j'avais lâché prise à ce moment-là, et décidé de lui faire confiance. Quelque chose en moi avait soudain décrété que ce qui pourrait se passer n'avait pas vraiment d'importance. Soit j'allais le faire fuir, soit pas, mais si ça devait arriver, ça arriverait. Je n'avais pas à réprimer mes peurs et mes désirs. Rien que d'être avec lui, à l'intérieur de son aura surnaturelle, me donnait de l'assurance pour m'exprimer, de la même manière que le vin vous donne de l'assurance. Je me sentais pleine de nonchalance, détendue. Plus tard, je me repasserais probablement toute la conversation pour critiquer ce que j'avais pu dire. M'étais-je montrée trop entreprenante ? Pourvu que ça ne se termine pas le soir même, au moment de se dire au revoir. S'il disparaissait et que je ne le revoyais plus jamais, je me reprocherais de l'avoir fait fuir avec mon besoin dévorant d'affection. Mais pour le moment je ne craignais pas de le perdre, puisqu'il était tout ce qu'il y a de plus présent à mes côtés.

« Et si je prenais un Caddie de supermarché et que je l'amenais jusqu'à l'océan ? ai-je demandé. On est à Venice, il y a des tas de gens avec des Caddies. Il suffirait de te hisser dedans et de te cacher avec une couverture. Je te ferais rouler à travers la plage, et tu serais mon petit secret. Aux yeux de tout le monde, je ressemblerais à n'importe quel clodo du coin.

— Mais est-ce que les sans-abri ont le droit d'aller sur la plage la nuit ? a-t-il demandé. Ceux de la promenade ? Quand tu viens seule me rejoindre tard le soir, c'est une chose, avec cette apparence-là. Tu es juste un corps, une femme vêtue d'une robe. Les garde-côtes, les policiers, personne ne s'intéresse à toi. Et si jamais ils se pointaient, quand on est sur les rochers je peux retourner dans l'eau direct. Je n'ai qu'à plonger, et ils ne risquent pas de me revoir ! Mais si j'étais dans un Caddie, loin de l'eau, et qu'ils nous tombaient dessus, comment je pourrais me libérer ? Ils m'enfermeraient, ou ils feraient de moi une bête de foire. Rappelle-toi que sur la terre ferme, je suis sans défense.

— Et si ce n'était pas un Caddie ? ai-je demandé. Que dirais-tu… d'un chariot pour enfant ? Et si ce n'était pas la nuit, mais à l'aube ? C'est légal d'être sur la plage à ce moment-là, mais il n'y a personne à part peut-être quelques surfeurs. Et si on te chargeait dans le chariot et qu'on recouvrait la partie inférieure de ton corps avec une couverture ? Les gens penseraient simplement que tu es mon fils. Un fils qui aurait bien grandi, c'est tout.

— Je pense que ce serait quand même risqué si on me voyait grimper dans le chariot.

— On pourrait simplement se dire que tu portes une combi. D'autres gens ont cru que c'était une combi, non ? Moi oui, au début.

— C'est vrai, a-t-il répondu. D'autres gens l'ont cru.

— Tu vois !

— J'ai envie de le faire. Mais j'ai peur.

— D'accord, je comprends.

— Mais j'en ai vraiment envie.

— Bon, écoute mon plan alors. Simple hypothèse, voilà comment on ferait. J'irais au magasin de bricolage, ou peut-être de jouets. Et j'achèterais un chariot. Un truc assez grand pour que tu puisses y tenir plus ou moins en entier sans trop déborder. Je pourrais venir demain matin à l'aube avec le chariot. Ou plutôt pas demain, l'aube qui vient, mais le jour suivant. Tu pourrais monter sur le rocher comme d'habitude. Et puis simplement te laisser glisser, directement dans le chariot. J'apporterais une couverture, peut-être même deux. On s'assurerait que tu sois totalement, complètement couvert. On n'aurait même pas besoin d'aller quelque part. On pourrait simplement voir comment tu te sens. Voir si ça marche. Ce serait une sorte d'entraînement.

— D'accord, a-t-il répondu. Je pense que je pourrais faire ça. Juste un entraînement.

— Ça n'irait pas plus loin. »

34

Acheter le chariot n'avait rien de sexy, pas comme pour le maquillage et les fringues. Je me suis demandé si l'amour véritable finissait toujours ainsi : par des moments pas du tout sexy. Peut-être que les moments pas sexy s'aggloméraient progressivement pour former un objet tangible, tout comme les écailles de Theo commençaient presque comme des taches de rousseur ou des grains de beauté, pour finalement s'épaissir et se solidifier. J'ai fait trois magasins de bricolage avant de trouver un chariot assez grand. Il était en métal peint en rouge et ressemblait à une carriole ancienne pour enfant. J'ai fait comme si j'avais un enfant, l'espace d'un instant, et que je lui achetais ce chariot en guise de cadeau. Est-ce que l'enfant s'appelait Theo ? Je me suis imaginé main dans la main avec un petit garçon brun, et me suis demandé ce que ça ferait. Aurais-je pour lui des sentiments aussi profonds que pour mon Theo ? Peut-être que je ne faisais que m'illusionner avec mes aventures amoureuses, que je cherchais à combler un vide que seul pourrait véritablement satisfaire l'amour que les femmes disent ressentir pour leurs enfants. Quand vous n'avez pas de môme, elles aiment bien vous rappeler que vous passez à côté de quelque chose – qu'il n'y a pas de plus grand amour. Non, que toutes ces génitrices aillent se faire foutre avec leur existence « comblée », elles qui ne pourront jamais avoir d'aventures comme les miennes. J'étais contente que ce chariot ne soit pas destiné à un petit morveux sur lequel je me serais sentie obligée de m'extasier, tout en le haïssant secrètement pour avoir détruit mon corps et ma liberté. Ça avait l'air déprimant.

Mes aventures amoureuses, ça, c'était excitant – voilà de quoi tenir le néant à distance pour de vrai. En rentrant à pied, le chariot en remorque, j'ai décidé de ne pas réfléchir à tout ce qui arriverait plus tard. Pas question de revenir à ma thèse qui végétait. Pas question de penser à Claire ou à ses coups de fil. Et certainement pas à Jamie ni à Phoenix. Je penserais à Dominic juste assez pour m'assurer qu'il restait en vie. Mais je n'avais plus la force désormais de passer des bons moments avec lui, à lui faire des câlins et m'imprégner de sa chaleur. Mes sentiments à son égard avaient changé, ce n'était plus une source de joie, un cadeau, seulement une responsabilité de plus.

J'ai également décidé de ne même pas réfléchir à ce qui se passerait si Theo prenait peur et refusait de me suivre. J'ai préféré m'occuper en faisant le ménage, en jouant avec les éclairages, en choisissant de la musique. Tout ce que contenait l'iPod d'Annika semblait parfaitement adapté à une envie soudaine de pratiquer la posture du triangle, mais pas vraiment indiqué pour une séance de sexe. Il fallait que ce soit absolument parfait si ce moment devait demeurer pour l'éternité, se répandre à la surface du continuum espace-temps et absorber tout le néant du monde.

35

Claire a appelé, mais je n'ai pas décroché. Alors elle m'a envoyé des textos :

C'est quoi ta méthode de suicide préférée ?

T'es où tu fais quoi ?

Je déteste être en demande alors je vais faire semblant de ne pas avoir besoin de toi mais sérieusement t'es où ?

Lucy, je suis grave sur les nerfs et j'en veux à la terre entière c'est-à-dire à moi

Je n'ai pas réussi à sortir de mon lit pour emmener mes enfants à l'école tu penses que je suis quelqu'un d'horrible ?

Ne fais pas d'enfants ils foutent tout en l'air

Ça te dit d'aller faire du shopping ?

Je n'avais pas l'intention de la snober, mais il y avait un truc chez elle qui me faisait vraiment flipper à présent. Elle avait basculé du côté obscur, à la lisière du néant, et c'était arrivé parce qu'elle avait essayé d'accéder à la lumière, aux paillettes. Ces pics d'exaltation, même s'ils étaient factices et qu'on savait qu'ils n'allaient pas durer éternellement, paraissaient tellement vrais quand on était en train de les vivre. J'en étais précisément à ce point. J'étais tout simplement incapable de percevoir le caractère éphémère de ce que j'étais en train de vivre, et je n'en avais pas la moindre envie. Peut-être que ce que je partageais avec Theo était aussi artificiel que ce que Claire partageait avec ses hommes, mais c'était tellement bon – comment s'en soucier quand on nageait en plein dedans ?

Ce désir insatiable de lumière factice était un sentiment tout ce qu'il y a de plus réel, même si votre entourage se rendait bien compte que vous n'étiez qu'une junkie. Je crois que c'est ce qu'il y avait de plus effrayant : moi, toute à l'ivresse de mon Theo, et Claire, avec son besoin qui ressemblait à une drogue ; c'était la même chose. Je refusais d'y faire face ; je refusais de lui faire face. Lui faire face, ce serait contempler le danger qui me guettait après la visite de Theo, la nuit qui tombe inéluctablement quand on passe trop de temps à se dorer au soleil d'un homme. Lui faire face, c'était savoir que j'étais fatalement la cause de ma propre nuit, de mon propre néant. Plus on cherchait la lumière éphémère, plus le gouffre se creusait de l'autre côté. Il m'y attendait.

J'ai mis mon alarme à cinq heures. Je voulais avoir du temps pour essayer de me faire belle, même si le vent et l'air marin se chargeaient toujours de balayer tout ce que je pouvais faire à mes cheveux ou à mon visage. Dominic, qui n'avait jamais été matinal, dormait encore – vautré dans le lit à la place que j'avais occupée, une oreille passée au-dessus des draps. Je l'ai soulevé, je l'ai porté jusqu'à la petite causeuse blanche de la chambre à coucher, et j'ai posé une couverture sur lui. Il n'a pas bronché. Puis j'ai changé les draps du lit pour que ça sente le propre et pas le chien mouillé. Je me suis plongée dans la profonde baignoire. Il faisait froid dehors, et l'eau chaude me réchauffait agréablement les os.

Je me suis brossé les dents, avant de m'enduire d'une des huiles corporelles de luxe de ma sœur : un truc nommé Séduction Exotique, à base de jasmin, d'ylang-ylang, de vanille et de lavande. J'en ai posé deux gouttes supplémentaires sur mes tétons, et une sur mon nombril. J'ai appliqué un gloss à la menthe verte sur mes lèvres, et passé un peu de cire d'abeille dans mes cheveux. Puis j'ai enfilé une robe d'été en coton gris qui m'arrivait aux genoux, ainsi qu'un pull en laine. J'ai sorti deux grandes couvertures que j'ai rangées dans le chariot, j'ai déverrouillé le portail et j'ai commencé à tracter l'engin sur le sable. Tout était calme. Il n'y avait personne dehors. Si quelqu'un me voyait, il croirait que je me servais du chariot pour transporter toutes mes affaires de plage. Je m'offrais une journée de farniente, c'est tout.

Je suis arrivée aux rochers et j'ai vu l'aurore poindre, le soleil qui se levait au-dessus des montagnes. Les blocs de pierre étaient froids et humides, et les vagues venaient claquer dessus l'une après l'autre – chacune produisant son propre fracas l'espace d'un instant, avant de s'évanouir. Je n'avais pas beaucoup dormi, et j'avais un peu le tournis. Qu'est-ce que c'était que ce bordel ? J'étais là à guetter un homme-sirène. Est-ce que j'étais devenue folle ? Est-ce que j'étais en train de me transformer en âme perdue de Venice, une de plus, avec toutes ses affaires dans un chariot, en proie à des visions de cinglée au bord de l'océan ? J'ai ri toute seule, à haute voix. J'ai imaginé m'installer sur la plage à la fin de l'été, au retour d'Annika. Je pourrais dormir sous les étoiles, retrouver Theo tous les soirs. Et puis j'irais prendre le petit déjeuner et me doucher dans leur maison à plusieurs millions de dollars. À cet instant, l'idée de m'installer au bord de l'eau me paraissait romantique. Sappho avait toujours vécu près de la mer, à rêver d'un amour incarné par une divinité lumineuse émergeant des vagues. Je vivrais littéralement ma thèse.

Et puis j'ai vu la tête de Theo émerger, avec ses épais cheveux mouillés qui lui retombaient sur l'œil gauche.

« Salut ! a-t-il fait, en recrachant un peu d'eau.

— Tu y vois quelque chose quand tu es là-dessous ?

— Oui, a-t-il répondu. C'est chez moi.

— Eh bien, je suis venue te kidnapper.

— Non, je viens de mon plein gré. Laisse-moi le temps de grimper. À l'abordage. »

Il a jeté un regard alentour pour vérifier que personne ne venait.

« Waouh, tu ne plaisantais pas quand tu parlais de chariot. Tu es vraiment déterminée à faire ça, à ce que je vois.

— Mmh mmh, ai-je répondu. Je pense qu'on devrait au moins essayer, en tout cas. Je te protégerai. J'ai juste envie d'être à l'abri avec toi, loin des éléments, rien qu'un endroit douillet pour se poser ensemble, tous les deux.

— J'ai vraiment envie d'être avec toi », a-t-il répondu.

J'ai frissonné.

Il est monté à plat ventre sur les rochers, puis s'est retourné en lâchant un grognement.

« Besoin d'aide ? ai-je demandé.

— Ça va. »

J'ai fait rouler le chariot jusqu'au bord des rochers et l'ai maintenu pour qu'il reste stable. En se traînant pour grimper à bord, il ressemblait à un paraplégique en train de se hisser sur un fauteuil. Il a roulé sur lui-même en se servant seulement de ses bras pour changer de position, et a ramené ce qui aurait dû être ses genoux contre sa poitrine. J'ai drapé la couverture sur ses épaules en la laissant pendre devant lui, pour couvrir la forme massive de sa queue. Tout était O.K., semblait-il. Mais remonter le chariot depuis les rochers s'est révélé plus difficile que je ne l'imaginais. J'ai tiré à gauche et à droite, et les essieux métalliques ont grincé. Il a essayé de prendre appui sur la roche avec ses bras, comme un type en fauteuil roulant, le visage déformé par l'effort. En même temps qu'il poussait, j'ai tiré une dernière fois et le chariot est retombé sur la plage, il s'est renversé en projetant Theo dans le sable.

« Oh mon Dieu, est-ce que ça va ? ai-je demandé.

— Ça va, ça va », a-t-il répondu. Mais j'ai remarqué qu'il tremblait. « Tu peux me cacher sous la couverture, vite ? S'il te plaît ? »

Le chariot et la couverture n'étaient qu'à quelques pas de l'endroit où il était tombé, mais j'ai réalisé à quel point le seul fait de ramper jusque-là serait difficile pour lui. Je me suis demandé si sa queue était lourde, de quoi elle était faite. Était-ce de la chair humaine, ou de poisson ? J'ai dissimulé la partie inférieure de son corps et il s'est contenté de rester allongé là un instant.

« Peut-être que c'est une mauvaise idée, a-t-il repris. Peut-être que c'est un avertissement. »

Mon estomac s'est noué. Avait-il peur à ce point, ou bien avait-il honte d'être tombé et besoin que je le rassure, que je lui montre à quel point j'avais envie qu'il vienne à la maison. Non, c'était probablement ce qu'il ressentait réellement. Et puis de toute façon, je n'allais pas le supplier.

« On fait comme tu veux », ai-je dit.

Theo a fermé les yeux. Sous la couverture, il ressemblait à un enfant. Debout dans le sable, je dessinais des demi-lunes du bout de l'orteil. Ma vie ne tenait plus désormais qu'à la décision qu'il prendrait. Mais je ne laissais paraître aucun désespoir. Rien que sa présence me détendait. Quand il était tout près de moi je me sentais parfois curieusement détachée, comme s'il pouvait disparaître et que je m'en sortirais quand même. Je me contentais très bien d'être là, à tracer nonchalamment mes petits dessins dans le sable. C'est seulement quand il n'était pas avec moi, quand j'étais loin de l'océan, que j'avais l'impression de me déliter.

« Viens là, a-t-il fait. Viens sous la couverture avec moi. »

Je me suis glissée sous le plaid et l'ai remonté sur nous comme si on allait se coucher. On s'est serrés dans les bras un long moment. Et puis on a commencé à s'embrasser et j'ai senti son sexe durcir contre moi.

« J'ai tellement envie de toi, a-t-il murmuré à mon oreille. Tu es ma petite terrienne.

— J'ai envie de toi aussi, ai-je dit.

— On ne devrait pas faire ça ici. Pas sur la plage en plein jour.

— Qu'est-ce que tu veux faire ?

— D'accord, a-t-il dit. On y va. »

Mais il s'est mis à me doigter, en titillant d'abord un peu mon clito, puis en caressant l'entrée de mon vagin. J'étais déjà toute mouillée.

« Allez viens, ai-je murmuré au creux de sa bouche.

— D'accord, a-t-il répondu en me doigtant plus fort.

— T'es en train de me baiser avec ton doigt sur la plage et t'es qu'un tout jeune homme. C'est la première fois que tu doigtes une fille. Ça te fait quoi ? »

Bien sûr, ce n'était pas sa première fois. Mais j'avais envie que ça le soit.

« Je suis en train de baiser ta magnifique chatte avec mon doigt et c'est la première fois pour moi. Tu es la plus belle fille que j'aie jamais vue. Je n'arrive pas à le croire. Je n'arrive pas à croire que tu me laisses te doigter. »

Il savait d'instinct exactement ce qu'il fallait dire pour me faire frétiller. Ou peut-être que c'est moi qui plaçais ces mots dans sa bouche, puisque tant de choses que font et disent nos amants relèvent de notre imaginaire. Nous les transformons en ce que nous voulons qu'ils soient. Nous remplissons à leur place leurs corps et leurs paroles.

Il a retiré son doigt et l'a sucé, puis il l'a mis dans ma bouche.

« Goûte-toi, a-t-il dit. Tu es délicieuse.

— Vraiment ? » J'ai mordillé un peu son doigt.

« Oui. Mais c'est dangereux ici, comme ça.

— Qu'est-ce qu'on fait alors ? Tu veux retourner dans l'océan ?

— Pas vraiment.

— Essayons encore, alors. »

J'ai roulé sur moi-même pour m'extraire de la couverture, et je me suis redressée. Puis je suis allée chercher le chariot.

« O.K., tiens-le sans bouger », a-t-il dit, et il s'est hissé dedans à la renverse. Je l'ai dissimulé sous la couverture. Cette fois-ci, il a tenu bon.

Tandis que je le tractais à travers la plage, il n'y avait dans le coin que quelques rares joggeurs, et les habituels cinglés en tout genre. Sa queue enveloppée dans la couverture dépassait du chariot, mais on voyait des trucs bien plus bizarres à Venice. Personne n'avait l'air de le remarquer ni d'en avoir quelque chose à foutre. Ce n'était pas comme si je trimballais un cadavre en douce.

36

Je l'ai fait rouler jusqu'au portail latéral de la maison d'Annika.

« Waouh, a-t-il fait, bouche bée devant la construction en verre. L'autre endroit où je suis allé n'était qu'une cahute en bois.

— Ouais. La maison de ma sœur est vraiment chouette. »

J'entendais Dominic aboyer à l'intérieur. Je ne l'avais jamais entendu faire autant de bruit ni senti aussi perturbé.

« Oh bon sang, a-t-il dit. J'ai oublié que tu avais un chien. Ils me font super peur.

— Dominic est très doux. Mais je peux le mettre dans une autre pièce si tu veux.

— S'il te plaît », a-t-il répondu.

Je suis entrée. Dominic montrait les crocs.

« C'est bon, du calme », ai-je fait. Mais il a grogné en dévoilant ses gencives. J'ai remarqué aussi que son pénis était visible, tel un bâton de rouge à lèvres sorti de son fourreau. Je savais que les chiens faisaient ça quand ils étaient en colère ou excités. Pourquoi était-il aussi agité ?

« Viens là, ai-je dit, et il s'est mis à geindre. Tu vas te mettre par ici. »

J'ai ouvert la porte du cellier et j'y ai placé sa gamelle et son eau. Puis je l'ai traîné là-dedans par le collier. Il a posé la tête sur ses pattes, la queue entre les jambes, mais quand je suis ressortie il s'est remis à aboyer frénétiquement. Je ne savais pas quoi faire. Ce n'était pas la bulle lumineuse que j'avais imaginée.

« Tu as vraiment si peur que ça ? ai-je demandé à Theo. Peut-être que s'il vient faire connaissance avec toi, tout simplement…

— Le problème c'est que s'il attaque, je ne peux pas me sauver.

— Il n'attaquera pas », ai-je dit. Mais je n'avais jamais vu Dominic aussi énervé, et je n'en étais pas sûre.

Quand on imagine une situation – quand notre cœur décide que ça doit se produire – on est prêt à toutes les extrémités pour donner vie au fantasme. Dans mon fantasme, il n'y avait pas d'aboiements. Il n'y avait que moi et Theo dans des draps tout doux, et un univers de silence.

« Attends une seconde, ai-je dit. Je reviens tout de suite. »

Je me souvenais avoir vu des tranquillisants pour chien dans un des placards de la cuisine, pour les voyages en avion et ce genre de choses. J'ai pris deux comprimés et les ai cachés dans une friandise, puis je suis retournée dans le cellier et j'ai fourré ça dans la bouche écumante de Dominic. Deux, c'était le double de la dose. Est-ce que j'étais horrible ? Est-ce que je serais punie ? Ensuite j'ai mis de la musique, un truc d'ambiance de ma sœur, une mélopée électro pour faire du yoga, conçue pour apaiser les humains ou les animaux les plus stressés.

« Il ne devrait pas tarder à se tenir tranquille », ai-je annoncé, en ressortant par la porte latérale.

C'est alors que je me suis rendu compte que Theo était toujours dans le chariot.

« Oh mon Dieu. Je suis désolée, je vais t'aider à sortir de là. »

Il a eu un sourire nerveux tandis que je traînais le chariot dans la maison. Dans mes visions, Theo était capable d'aller n'importe où par lui-même. Il était à moitié champion paralympique et à moitié escargot géant, glissant facilement d'une pièce à l'autre, et même dans les escaliers. Mais il n'y avait vraiment pas moyen de le faire monter là-haut.

« On peut peut-être se poser un peu sur le sofa », ai-je suggéré en désignant ce dernier.

Le sofa de ma sœur était blanc, et j'étais nerveuse à l'idée de le recouvrir de varech et de sable, cette patine luisante de déchets maritimes qui s'accumulaient et se collaient à la queue de Theo. Moi aussi j'étais couverte de sel provenant de la plage et de l'océan.

J'ai retiré la couverture qui était sur lui et l'ai déployée sur le sofa. Il a basculé sur le sol et a commencé à se traîner dans cette direction. J'étais fière de lui, parce qu'il n'avait pas honte de faire ça devant moi, de me laisser le voir si vulnérable. C'était adorable

– le voir frétiller ainsi hors de l'eau, essayer d'être fort pour moi, pousser sur ses bras. Qui était cette créature magique dans la maison de ma sœur ? Comment tout ça était-il arrivé, d'abord ?

Il s'est hissé sur le sofa et allongé sur le dos.

« C'est quoi ? a-t-il demandé, désignant la grosse télé à écran plat.

— C'est une télévision. Ça projette des images et du son. Mais là elle est éteinte. Elle dort.

— Ça te plaît ?

— Pas tellement.

— Viens là », a-t-il fait.

Je me suis mise sur lui. On s'est embrassés, bouche ouverte, en se suçotant mutuellement comme si on mangeait des moules. Et puis on s'est embrassés lentement, doucement. J'ai remarqué que Dominic avait cessé d'aboyer. Combien de temps Theo pourrait-il rester avec moi ? Serions-nous capables d'infléchir le temps dans la direction de notre choix, ou la réalité allait-elle forcément nous revenir en pleine figure ? Tant qu'il nous restait un instant de plus, je me sentais à l'abri, enveloppée dans un utérus lumineux qui me protégeait du néant. Mais en me perdant dans ses baisers, j'ai senti d'étranges ténèbres se faufiler à travers ce mur et me submerger. Je faisais à nouveau partie de lui, nous étions à nouveau jumeaux, et j'ai senti l'océan déferler – le vrai ou celui de la conscience, peut-être – sauf que cette fois il était effrayant et sombre, et je ne pouvais plus respirer. Je me sentais nerveuse, responsable de lui, comme si je devais faire semblant que tout allait bien. Il m'a retournée. Voilà que j'étais coincée sous un drôle de poisson.

Il a cessé de m'embrasser.

« Est-ce que ça va ? » a-t-il demandé.

C'était moi qui étais censée être à l'aise, dans cette maison, sur la terre ferme. Il avait été tellement courageux de venir, de faire un truc aussi dangereux, mais soudain c'était moi qui flippais. J'ai menti et répondu que ça allait. La maison de ma sœur ressemblait à un étrange sous-marin tournant en rond dans l'immensité de l'océan. Il n'avait nulle part où accoster. On s'est embrassés encore, mais j'étais rongée par la terreur et j'avais peur de partir à la dérive ou de me noyer.

Laisse-toi simplement aller, me suis-je dit à moi-même. Je me demandais si les ténèbres et la tristesse venaient de lui ou de moi. J'ai à nouveau interrompu nos baisers.

« Tu as vécu un immense chagrin, ai-je dit.

— Oui. Mais je suppose que c'est le cas de tout le monde.

— Mais tu es tellement intuitif. Je te sens vraiment, je sens ce que tu éprouves. Tu ressens la douleur des autres, n'est-ce pas ?

— Il faut croire, oui », a répondu Theo.

Je me suis demandé s'il pouvait sentir ce que j'éprouvais. Savait-il que si je restais là une minute de plus, ces ténèbres nouvelles pourraient bien m'étouffer ?

« Laisse-moi aller voir Dominic pour être sûre qu'il va bien », ai-je dit.

Dominic dormait par terre dans le cellier. Tout était paisible là-dedans, comme s'il planait un halo positif. J'aurais soudain voulu me retrouver seule avec Dominic. Le chien me paraissait désormais une responsabilité moins lourde que l'homme-sirène. Pourquoi avais-je été si pressée de ramener Theo ici? Peut-être parce que je pensais que c'était impossible. Peut-être que j'étais comme ça: à présent qu'il était là, que je savais que je pouvais l'amener jusqu'ici, je n'en voulais plus. Peut-être que le groupe avait raison. J'étais allergique à l'intimité. J'ai pris une profonde inspiration et j'ai rassemblé mes esprits. Je ne pouvais pas me contenter d'abandonner Theo dans l'autre pièce.

« Tu veux un truc à manger? ai-je lancé.

— Non, reviens près de moi, c'est tout. »

Je me suis demandé ce qu'il mangeait. Du plancton? Du poisson? Son haleine était toujours fraîche, un peu salée mais rien de suspect. Il avait le goût des embruns.

Dans le salon, il s'était redressé, assis au soleil qui inondait les grandes baies vitrées, la couverture enroulée autour de lui.

« Je suis désolé, a-t-il dit.

— Pourquoi?

— Je crois que j'ai ramené un peu d'obscurité avec moi. Le chagrin, quand je passe de la mer à la terre, parfois je n'arrive pas à m'en défaire. Je pensais que si je ressentais quelque chose, ce serait de la peur, mais sur le chemin je n'ai pas pu m'empêcher de me dire: À quoi bon? Enfin, j'imagine que l'idée, c'est qu'on vive une expérience. J'imagine que c'est ça, le but. Mais bon, c'est juste que je vais vivre longtemps. Et j'ai déjà vécu longtemps. J'ai vu défiler des tas de gens. »

Je me suis demandé combien. Combien de femmes, de femmes humaines ? De sirènes ? J'avais envie de lui dire que je serais à ses côtés pour toujours. Mais je ne savais pas si c'était ce qu'il voulait que je dise. Je ne pouvais pas faire cette promesse. J'ai pris conscience que ce n'était pas mon départ imminent pour Phoenix qui m'empêchait de formuler ces mots. Et ce n'était pas ma peur de l'intimité. C'était encore et toujours ma peur d'être rejetée.

« Mais tu as l'air tellement jeune, ai-je dit.

— Non, je ne le suis pas. Ça fait très longtemps que je suis en vie. Je ne suis pas éternel. Je peux mourir. Mais nous tombons rarement malades, pour ce qui est du corps en tout cas. Ça a un rapport avec l'eau salée. Elle nous conserve et préserve notre jeunesse. Elle repousse les maladies.

— Tu as quel âge exactement, alors ?

— Honnêtement, je ne sais pas vraiment. Ça n'a pas d'importance au fond. Quarante ans peut-être ?

— C'est mon âge, ai-je dit. Presque. Waouh, je suis plus jeune que toi.

— Je t'ai dit que tu étais jeune. Je suis peut-être même plus vieux que ça, en fait.

— Qui sont tes parents ?

— Ils sont comme moi, mais en même temps très différents. Ils me ressemblent, ma mère en tout cas, mais ils se contentent davantage de ce qu'ils ont. Ils ne quittent jamais l'eau. Ils n'ont pas peur, simplement que ça ne les intéresse pas, a-t-il expliqué. Enfin bref, me hisser et me traîner comme ça sur le sable, ça m'a épuisé. Parfois je suis tellement fatigué, même dans l'eau. C'est comme si les efforts physiques ne m'usaient pas le corps, mais le mental. Et c'est pareil pour les efforts mentaux.

— C'est juste que tout est tellement écrasant, ai-je dit. Tout le temps.

— Oui. Et j'avais peur de ne pas y arriver, tu sais. » Il a ri.

« À bander ?

— Oui. Pas parce que je ne te désire pas ou parce que je n'en suis pas capable d'un point de vue physique, mais à cause de cet épuisement mental. Il m'arrive de douter de moi. Je deviens plus susceptible.

— Theo », lui ai-je lancé d'un ton apaisant.

À présent que je savais que c'était lui qui avait amené les ténèbres, j'avais l'impression que je n'avais plus besoin d'avoir aussi peur. La mélancolie ne venait pas de moi. J'étais toujours responsable de lui, mais pas de l'ambiance. J'avais si souvent essayé d'arranger les choses, les sentiments des gens, les humeurs changeantes des mecs, en adaptant mon propre comportement. Mais dans ce cas précis, c'était au-delà de mes capacités. Il était, après tout, surnaturel. Existait-il même vraiment ? J'ai décidé qu'il existait comme une humeur. Par certains aspects, mes humeurs existaient sans exister. Les gens prétendent que faire naître ou faire disparaître une humeur n'est qu'une question de volonté. Pense positif, c'est tout. Mais je n'avais jamais vu les choses ainsi. Mes humeurs étaient des entités à part entière, même si personne ne comprenait pourquoi elles étaient là. C'est pour ça que j'avais tellement peur des sentiments. Je me rendais compte à présent que ce qu'il fallait que je fasse, quoi qu'en disent les autres, c'était m'abandonner à mon humeur, au lieu d'essayer de la changer. Il fallait que je me laisse aller à tous les sentiments qui surgissaient, et peut-être qu'ainsi je pourrais les chevaucher, flotter sur les vagues. J'ai décidé que j'allais m'abandonner.

« On pourrait se reposer un peu, ai-je dit. Je suis fatiguée moi aussi.

— Oui, reposons-nous. Ça me dit bien. Viens là, viens t'allonger avec moi. »

Je me suis installée sur le sofa avec lui et on s'est couchés face à face. Il a fermé les yeux et j'ai embrassé ses paupières et ses joues. Il m'a enveloppée dans ses bras, et le haut de son corps était chaud. Tout ce qui se trouvait au-dessus de sa queue de poisson était doux. Je ne savais pas quoi faire du bas de nos corps. Je ne pouvais pas enchevêtrer mes jambes avec cet appendice comme s'il avait deux membres, alors j'en ai passé une autour de lui et j'ai plaqué l'autre le long de sa queue. Quand j'enlaçais un autre corps, j'avais généralement besoin de me décoller avant de m'endormir. Je me sentais trop coincée ou j'avais trop chaud, serrée ainsi contre eux. Mais la queue de Theo était fraîche, presque comme un ventilateur ou une compresse froide intégrée, et ce que m'avait dit la tante d'une copine il y a des années m'est revenu, un truc contre l'insomnie : garder un pied au chaud et sortir l'autre de la couverture. C'était comme si j'avais une jambe sur une serviette au soleil, tandis que l'autre trempait dans la mer. Avec cette image en tête, je me suis laissée aller entre les vagues. Son souffle était régulier et exhalait une légère odeur de poisson. Le soleil brillait sur nos têtes par la fenêtre, et on s'est tous deux assoupis, un halo de lumière baignant nos visages.

On s'est réveillés vers midi. Theo a remué et m'a attirée contre lui. « Mmmmmmm », a-t-il soufflé dans mon oreille. Je l'ai embrassé sur les lèvres. Son haleine était moins fraîche que d'habitude, un peu comme du cuir mouillé.

« J'aime le goût que tu as, ai-je dit. J'aime te goûter dans cet état, sans eau salée pour te rincer la bouche. C'est tellement primitif. J'ai l'impression d'accéder à une autre part de toi.

— C'est vrai ? » a-t-il demandé.

On s'est embrassés plus profondément, nos langues dans la bouche l'un de l'autre. Je sentais son sexe qui avait durci contre moi. J'ai pressé mon corps contre le sien, pleine de désir pur. J'avais l'impression d'avoir un trou en moi, pas juste ma chatte, mais un gouffre existentiel, et que pour la première fois il était sur le point d'être comblé : colmaté par la langueur de nos désirs mêlés. Il débordait d'attentes. Mon attente de sa bite était palpable, une entité à part entière, comme si mon désir était un second membre viril. Lui aussi semblait exsuder un désir et un amour total, ce qui me donnait confiance dans mon propre désir – comme si, dans le miroir qu'il me tendait, mon appétit sexuel devenait beau et pur. Il me donnait l'impression d'être innocente et de faire partie de quelque chose de plus vaste, comme si rien n'avait jamais été ma faute.

Je n'ai pas dit « Je t'aime », je ne l'ai même pas murmuré, mais d'une certaine façon j'avais l'impression de l'exprimer au creux de sa bouche comme une prière muette. Je le disais avec mon souffle, ma poitrine, le magnétisme entre nos hanches. Nous nagions l'un dans l'autre. Je sentais que lui aussi avait un trou en lui, ou plusieurs, et que d'une étrange manière ma bite le comblait – une bite existentielle, en réalité. Je percevais ce mouvement de va-et-vient mutuel dans nos orifices respectifs tandis que nous nous nourrissions l'un l'autre, en symbiose, magnétiques. Je sentais la Terre pivoter autour de nous, ou peut-être que c'était nous, la planète, tournant sur son axe. Dans ma tête est à nouveau monté le bruissement profond de la Terre en personne, et je ne savais pas si j'étais réellement en train de bourdonner à voix haute ou si tout se passait à l'intérieur de moi.

C'est ainsi qu'il faut exister dans le monde, me suis-je dit. C'est ainsi qu'il faut vivre.

« J'ai tellement envie de toi », a-t-il lâché.

Sous la couverture, pour rester au chaud, il a fait passer ma robe par-dessus ma tête. J'étais nue, à part ma culotte. Il a enfoui son visage entre mes petits seins, les a pris tendrement puis sucés. Il a embrassé et léché mon ventre, puis est descendu jusqu'à ma culotte, au niveau de mon clitoris. Il m'a titillée autour du tissu, au creux des cuisses, dans le repli où se rejoignaient mes lèvres. Ensuite, caressant mes fesses, il a baissé mon slip et a posé son visage entre mes cuisses. Il a inspiré profondément, comme s'il y avait de l'oxygène là-dedans.

« Mon Dieu, tu sens tellement bon », a-t-il dit.

Il a fait glisser ma culotte le long de mes jambes.

« Et ta chatte est tellement magnifique. Je voudrais passer mon temps à y enfouir mon visage, je voudrais vivre là.

— Ne te prive pas », ai-je répondu nerveusement, en gloussant.

J'ai contemplé le sommet de son crâne tandis qu'il me léchait. Même s'il avait dit un peu plus tôt qu'il avait envie de faire ça toute la nuit, je m'inquiétais tout de même du temps que ça pourrait me prendre pour jouir. J'ai émis des bruits de gémissement. Mon clitoris ressentait du plaisir mais mon esprit restait déconnecté. Je voulais le sentir en moi, je voulais le baiser, les yeux dans les yeux. Comme s'il savait ce que je ressentais, il a glissé un doigt en moi. J'ai lâché un halètement.

« J'ai tellement envie de ta bite, ai-je gémi.

— Tant que ça ? a-t-il fait, le visage toujours enfoui dans ma chatte.

— Tellement. »

J'avais remarqué qu'il se caressait tout en me léchant. Je sentais son sexe, tout dur contre mon tibia.

« Allez fais voir ta bite, ai-je demandé. Je t'en prie, tu veux bien me la donner ? »

Il est remonté sur moi de sorte que son visage était au-dessus du mien, sa poitrine contre la mienne et son sexe niché entre mes cuisses, tout contre mon clitoris et mes lèvres.

« Je prends la pilule, ai-je dit. On n'a pas besoin d'utiliser un autre truc. »

Et puis je me suis mise à rire, tellement tout ça était absurde. Est-ce que j'étais vraiment en train de parler de contraception avec un homme-sirène ? C'était vrai que je prenais la pilule, plus ou moins. Je n'étais pas très forte dans ce domaine. Il m'arrivait de l'oublier plusieurs jours d'affilée. De temps à autre, j'arrêtais pendant un mois. Jamie le savait, mais pendant toutes les années que nous avions passées ensemble, je n'avais jamais été en cloque. Il se retirait toujours et éjaculait sur mon ventre. Il avait peur que je tombe enceinte, que ça empiète sur sa liberté – les conséquences émotionnelles d'un avortement, ou pire encore, d'un bébé. Il avait peur, mais pas suffisamment pour mettre une capote. J'étais incapable de me souvenir si j'avais pris ma pilule la veille, mais se pouvait-il vraiment qu'un homme-sirène me féconde ? L'enfant aurait-il des jambes ou une queue ? Peut-être qu'il aurait des jambes et une queue, ou alors plein de jambes, comme une pieuvre.

Je ne pouvais pas non plus imaginer que Theo soit bourré de maladies, étant donné qu'il passait sa vie dans l'eau de mer. Ce garçon était comme du sérum physiologique. Je ne savais pas combien d'autres il avait baisées, et à ce moment-là je m'en fichais un peu. Qu'il me refile ses maladies, ai-je pensé. Il n'a qu'à m'inoculer une sorte de syphilis des mers chelou ou je ne sais trop quoi. Je prends. Rien à foutre.

Les yeux dans les miens, il a frotté sa bite contre le sillon de ma chatte. Et puis il m'a pénétrée, avec une lenteur infinie. J'ai poussé un halètement, il a gémi, et j'avais envie d'avaler son gémissement. Il était en moi. Je n'arrivais pas à croire qu'il y était. Je n'avais jamais vu les choses ainsi jusqu'alors, dans le feu de l'action – le fait qu'une personne entrait vraiment à l'intérieur d'une autre. « Possédée », comme on dit dans les romans sentimentaux. À chaque coup de reins il m'embrassait intensément, et je haletais dans sa bouche. Il était d'une agilité surprenante, compte tenu de sa queue de poisson.

On se regardait dans les yeux au rythme de nos mouvements. Je sentais qu'on était en train de créer quelque chose ensemble. Les bruits que je faisais ont pris une tournure animale, authentique. Mais alors j'ai commencé à le sentir un peu moins, et puis pratiquement plus. Sans trop savoir comment, il avait débandé.

Il s'est retiré et a essayé de se branler un peu. Il avait l'air honteux.

« Je suis désolé, a-t-il dit. Ça m'arrive d'être un peu nerveux la première fois avec quelqu'un de nouveau. C'est la pression. Mais c'est si bon avec toi, tu es vraiment magnifique. J'ai envie de te donner tellement de plaisir. J'ai envie de te faire ressentir tellement de choses. »

Il s'est retiré et s'est tortillé pour descendre le long de mon corps. Son envie de me faire grimper aux rideaux compensait la perte de son érection. Je me suis laissée totalement aller, comme quand on était sur les rochers. Je me concentrais uniquement sur la sensation, rien d'autre. Cette fois-ci, mon orgasme n'était ni pour les dieux ni pour les étoiles, mais juste pour lui. J'ai crié son nom en jouissant dans sa bouche. Ça a duré si longtemps que j'ai eu l'impression d'être suspendue dans le temps, dans les airs ou dans l'espace, comme si la frontière entre les secondes avait été abolie.

Plus tard, tandis que ma chatte se relâchait à nouveau, il y a laissé son visage, la joue posée à l'intérieur de ma cuisse droite. Je sentais qu'on était en train de s'attacher, et je savais que je n'avais plus aucune chance de parvenir à me détacher de lui, émotionnellement parlant. Désormais je lui appartenais.

37

J'ai lu quelque part que les femmes n'ont besoin que d'une baise et demie pour s'attacher – il paraîtrait que ça se passe au milieu de la deuxième. Je savais à présent que c'était vrai aussi pour les cunnilingus. Theo était allongé, la tête sur mes genoux, et je lui ai doucement chatouillé le visage. Puis j'ai entendu Dominic aboyer dans l'autre pièce.

« Tu veux faire connaissance avec le chien ?

— Non, a-t-il répondu. Et puis, je ferais sans doute mieux de ne pas m'éterniser.

— Qu'est-ce qui t'oglige à y aller ? Et si tu restais encore un peu avec moi, ai-je fait, en lui ébouriffant les cheveux.

— Et si tu venais dans l'océan et que tu restais avec moi pour toujours ? a-t-il dit en souriant.

— J'aurais trop froid. Mais je viendrai te voir autant que je peux. J'ai tout le temps envie de venir. Quand est-ce qu'on se revoit ? »

Désormais le simple fait d'être avec lui ne suffisait plus. Je sentais qu'il était déjà parti, même s'il était juste devant moi. Je voyais au-delà de son corps, son absence, je le sentais m'échapper, comme s'il faisait des allers-retours éclair, tantôt là, tantôt plus, façon stroboscope. Je m'inquiétais déjà du moment où il serait parti. Que faudrait-il pour qu'il me suffise? Même si je le cuisinais pour le manger, même si je faisais revenir cet être délicieux dans du beurre pour le déguster avec un bavoir, que je l'engloutissais pour le digérer, ça ne suffirait tout de même pas.

« Bientôt », a-t-il répondu.

Dominic aboyait comme un fou.

« Je ferais sans doute mieux de le sortir d'abord, et ensuite je te ramène à l'océan, ai-je dit. Je ne vais pas le laisser s'approcher. Il restera de l'autre côté. »

Mais à l'instant où j'ai ouvert la porte du cellier, Dominic s'est précipité hors de la pièce et a bondi sur le sofa. Il s'est jeté sur Theo.

« Oh mon Dieu, Dominic, non! » ai-je hurlé, le tirant brutalement de côté.

J'étais terrifiée. Pendant un instant, je ne discernais plus bien Theo. C'était comme s'il était en train de disparaître, ou que je n'étais pas capable de gérer simultanément ma peur et mon acuité visuelle. Son image se brouillait avant de se matérialiser à nouveau, jusqu'à ce que je le distingue enfin pour de bon, d'abord sa tête brune et son torse, et puis sa queue, jusqu'à la nageoire translucide à son extrémité. Il avait l'air fragile.

« Merde, a fait Theo. Voilà ce qui arrive. C'est exactement ce que j'essayais de te dire, c'est pour ça que je ne suis pas en sécurité ici.

— Je suis tellement désolée !

— Est-ce que tu pourrais le sortir plus tard, s'il te plaît, et me ramener tout de suite ? »

Je tenais encore Dominic par le collier et je l'ai flanqué à nouveau dans le cellier.

« Je suis désolée qu'il t'ait fait peur. »

Theo avait l'air honteux.

« Ramène-moi s'il te plaît, c'est tout. »

Nous l'avons chargé dans le chariot et caché sous la couverture. La plage était froide et le sable gelé sous mes pieds, humide à cause de la marée. Le soleil venait de se coucher, le ciel s'assombrissait, et on était tous les deux silencieux tandis que je le conduisais aux rochers. Est-ce que j'avais tout gâché ? J'aurais dû me contenter de laisser Dominic dans le cellier, mais je ne m'attendais absolument pas à ce qu'il attaque. Je ne sais pas si Theo avait peur, ou si c'était simplement sa fierté qui était blessée. Peut-être les deux.

« Est-ce qu'on va se revoir un jour ? ai-je demandé.

— Bien sûr. J'ai seulement besoin de retourner un petit moment dans l'océan. Laisse-moi un peu de temps pour me ressourcer. Tu n'as qu'à revenir aux rochers demain soir ? À onze heures ? Je serai là. »

Il ne m'a pas embrassée pour me dire au revoir, il s'est juste tortillé jusqu'à l'eau avant de s'éloigner à la nage. J'ai senti ma poitrine se serrer, et mon visage se froisser tandis que les larmes commençaient à couler. J'étais certaine qu'il serait là le lendemain – ce n'était pas le problème. Mais comment pourrions-nous jamais être vraiment ensemble ? Nous en étions réduits à une relation qui ne pouvait exister que sur un rocher. Ce n'était qu'une question de temps avant que ça se termine. J'ai senti mon corps frissonner. C'était nouveau ; je n'avais jamais eu ce symptôme du chagrin d'amour. Le Dr Jude n'avait rien dit du tout à propos des tremblements. J'entrais dans une phase de manque d'un genre nouveau.

Peu importe qu'on sache ce qui est bon ou mauvais pour nous, me suis-je fait la réflexion. Ça ne change strictement rien, putain.

38

J'ai sorti Dominic et puis je l'ai laissé enfermé dans le cellier le restant de la nuit. Je voyais en lui le symbole de tout ce qui nous empêchait d'être ensemble librement, Theo et moi. Ce n'était pas la mer le problème, mais la terre ferme.

Je suis allée sur Abbot Kinney pour essayer de me distraire. Si je parvenais à prendre ça avec légèreté, comme quand j'étais allée faire du shopping pour mes autres rencards, peut-être que je réussirais à me convaincre que je pourrais continuer à vivre, après ça. Mais alors que j'étais plantée là au soleil, chaque magasin ressemblait à une devanture factice – vide, comme un décor de cinéma. Dans l'une des boutiques les moins chères, j'ai décidé de voler quelque chose : une bague ajustable, avec une pierre bleue. Je l'ai emportée dans la cabine d'essayage et l'ai planquée dans mon soutien-gorge, et puis je suis partie. Ça m'a fait planer une minute, un shoot d'adrénaline, et puis je me suis remise à broyer du noir. J'étais malade et malheureuse. Sous un bouquet de palmiers, au coin de la rue, j'ai vomi sur une grille. Je n'arrivais pas à croire que mon sentiment de solitude puisse être aussi physique et immédiat. J'avais besoin d'aide, d'une forme de réconfort pour tenir jusqu'à ce que je puisse le revoir, d'un exutoire. J'avais besoin de quelqu'un de chaleureux qui, avec un peu de chance, ne me jugerait pas.

J'ai appelé Claire, et lui ai laissé un long message sur son répondeur.

« Salut, c'est moi. Je suis en train de perdre complètement pied avec ce nageur, je déconne grave. Je crois que je suis peut-être en train de crever. T'as déjà eu l'impression que ce que tu vis avec ces mecs te tue ? Je sais que oui, en fait. Mais genre que ça te fait crever pour de vrai ? De façon complètement physique, tu vois ? Je crois que je suis vraiment malade, Claire. J'ai gerbé devant une bande de touristes européens sur le boulevard Abbot Kinney. Je déteste les gens et leur vie normale. Enfin bref, tu peux me rappeler ? S'il te plaît ? Je suis désolée si j'ai été horrible. »

J'ai vomi à nouveau devant une boutique nommée Safe Sox qui vendait des chaussettes fantaisie hors de prix : à losanges, à rayures, avec des super-héros, des feuilles de marijuana. Je me foutais que quelqu'un me voie, de ce que pensaient les gens. Qu'ils aillent se faire foutre avec leurs chaussettes à la con. Pourquoi les gens voulaient-ils personnaliser leurs pieds avec un truc que personne ne verrait jamais ? Ils se rendaient forcément compte que leurs chaussettes étaient futiles, non ?! Qu'y a-t-il de plus sisyphéen qu'une paire de chaussettes ornées de sushis ? J'errais d'un magasin à l'autre, tel un fantôme. Je regardais les gens autour de moi et ils me paraissaient tellement insignifiants : bourrés d'illusions, interchangeables. Tout ce qui m'importait autrefois ne voulait plus rien dire à présent.

Mais il ne s'était rien passé de si grave. En fait, il s'était même passé quelque chose de beau – ou du moins, c'était censé être beau. La douleur allait-elle commencer à prendre le pas sur la beauté ? Jusqu'à quel point est-ce que j'allais devoir souffrir avant de renoncer à vouloir la beauté ? Et qu'est-ce que je ferais alors, de toute façon ? Non, hors de question d'arrêter. Même si cette expérience finissait par se résumer à la souffrance, même si celle-ci éclipsait entièrement la beauté, j'irais attendre sur ces rochers. J'irais attendre cette bribe de soulagement qui avait nourri la douleur au départ.

Et si je restais vraiment à Venice, au lieu de rentrer à Phoenix ? Est-ce que ce serait possible, d'abord ? Theo voudrait-il de moi ici ? Je ne connaissais rien de ses habitudes migratoires, ni quoi que ce soit de sa vie. Peut-être qu'il partait ailleurs, à d'autres périodes de l'année. Comment pouvais-je être sûre qu'il n'allait pas s'en aller ? Et Annika ? Son amour avait toujours existé à distance. Même dans la gentillesse qu'elle m'avait témoignée cet été, nous n'étions jamais toutes les deux au même endroit. Que penserait-elle de me voir prendre racine là où elle vivait ? Cela risquait-il de mettre en lumière une distance inhérente à notre relation, moins géographique et plus profonde ? J'avais peur d'avoir besoin d'elle, d'exiger davantage que ce qu'elle pouvait offrir. Je n'avais pas envie qu'elle me rejette à nouveau.

À mes yeux, Venice ressemblait désormais au néant – le même néant auquel j'avais voulu échapper en fuyant Phoenix. La seule différence, c'est que j'avais encore Theo. Il n'était pas parti. Je le verrais le lendemain soir. Auparavant, le vide survenait quand la personne me rejetait pour ne plus revenir, comme Jamie ou Garrett. Mais j'allais revoir Theo, ça, j'en étais plutôt certaine. Il y avait un lien entre nous. Alors comment le vide avait-il fait pour s'insinuer malgré tout ?

Je me suis aventurée dans une supérette de luxe pour pleurer au rayon chips. Je me suis rendu compte que je n'avais rien mangé de la journée. J'ai attrapé un pot de glace à la fraise et me suis assise sur un banc devant le magasin, observant les passants. Je ne savais pas trop quelle heure il était. Il y avait beaucoup de couples, main dans la main. J'imaginais que lorsque ces couples se séparaient un moment, quand ils passaient une journée l'un sans l'autre, ils ne s'effondraient pas et n'en étaient pas malades comme moi. J'étais différente de la plupart des gens. Je ne savais pas ce que c'était que ce truc, mais j'étais clairement atteinte, et ça ne faisait qu'empirer.

39

Ce soir-là, je suis allée aux rochers, même s'il avait dit qu'il ne viendrait pas. Où était-il dans l'océan? Je l'imaginais en train de respirer sous les vagues. Je me le représentais couché sur un lit de sable au fond de la mer, dans une obscurité pure et totale. Il dormait. Ses yeux étaient clos et il souriait vaguement. J'avais envie d'être là-bas avec lui, dans la quiétude, un abysse préférable à celui de la surface. J'avais envie de nager jusqu'à son lit pour me lover contre lui et l'embrasser sur le front, dans le clapotis de l'onde qui nous saumurait tous les deux.

Un sous-marin de passage a bourdonné au-dessus de nos têtes. C'était mon téléphone. J'ai jeté un coup d'œil. Je ne reconnaissais pas le numéro, alors je n'ai pas répondu. Mais je l'ai porté à mon oreille et j'ai fait comme si je pouvais parler à Theo à travers les vagues. Qu'est-ce que je lui dirais? Ça va? Qui es-tu? Est-ce que tu es moi?

Il y avait tellement de questions que je ne lui posais pas. Je n'avais pas envie de faire voler en éclats ce qu'il y avait entre nous. J'avais peur de le faire fuir en me montrant curieuse ou en demande – à cause d'une envie trop pressante de le circonvenir – alors qu'il me donnait déjà tellement. Je ne voulais pas connaître ses limites, identifier ses contours – physiques aussi bien qu'émotionnels. Je me demandais qui d'autre était capable de le voir comme je le voyais moi. Je ne connaissais pas les contraintes exactes de son monde ou de son existence, et je n'avais pas envie d'y entrer par effraction. Ma plus grande peur, c'était de le faire disparaître.

Est-ce que c'était comme ça avec tous les mecs? Est-ce qu'ils vivaient tous dans une réalité complètement différente – une réalité dans laquelle on ne pouvait pas poser certaines questions, au risque de rompre le charme? Mais c'était pareil pour moi. Quand un homme me tenait à distance, je le désirais. Mais s'il se rapprochait, s'il restait trop près trop longtemps, à mes yeux le charme était rompu: le mythe se dissolvait. Il n'était pas la personne que je croyais. Qu'était l'amour, sans ce charme?

En ce qui concernait Jamie, pour moi le charme était rompu. Il l'avait été par deux fois: d'abord avant la rupture, pour coaguler à nouveau sous forme de manque de lui, et une nouvelle fois à présent. Il m'envoyait quotidiennement des salves de textos frénétiques. Ce contact, cette façon de me courir après, tout ce qui me grisait tellement il y a quelques semaines à peine ne faisait plus que m'ennuyer désormais. Ça ne m'excitait plus d'être choisie. Même la perspective d'être l'autre femme, une échappatoire torride par rapport à Megan la scientifique, ne me faisait plus le moindre effet. Ça ne faisait qu'enfoncer le clou de ce que je pensais, à propos de la distance nécessaire à l'amour. Il me désirait uniquement parce que j'étais loin.

Je me demandais depuis combien de temps Jamie soupirait après Megan la scientifique. Longtemps, probablement. Peut-être qu'ils avaient même entamé une aventure pendant qu'on était ensemble, et qu'il avait fantasmé sur elle, eu envie d'être avec elle plutôt qu'avec moi. Mais à présent qu'il était avec Megan, j'étais devenue elle et elle était devenue moi. On a tous entendu parler d'hommes qui quittent leur femme pour une maîtresse et finissent par regretter le côté confortable et prévisible de leur épouse. Mais j'étais certaine que ce n'était pas le cas. Mon côté prévisible ne lui manquait pas. Il me voulait parce qu'il ne pouvait plus m'avoir. Il sentait que je n'étais plus là, et c'était pour lui un charme nouveau.

40

Dans la matinée, mon téléphone a sonné à nouveau, le même numéro qui avait appelé deux fois la veille au soir. Je n'avais pas encore écouté le message.

« Bonjour, c'est vous Lucy ? (C'était une voix masculine.)

— Oui, ai-je répondu. Qui est-ce ?

— C'est Arnold Schuman. Le mari de Claire.

— Oh. Je ne savais pas que Claire était toujours mariée. »

Et puis j'ai plaqué ma main sur ma bouche. Merde. Que savait-il de sa vie amoureuse ?

« Eh bien, les papiers n'ont pas encore été finalisés, mais oui, en pratique, on n'est plus ensemble.

— Oh, d'accord, j'en suis désolée, ai-je dit. Est-ce que tout va bien pour Claire ?

— En fait non, pas en ce moment. La nuit dernière elle a attenté à sa vie. Elle est hospitalisée en psychiatrie.

— Oh mon Dieu.

— C'était vraiment moche, a-t-il poursuivi. Elle a pris un tas de comprimés avant d'essayer de se pendre à la poignée de sa penderie. Heureusement les enfants n'étaient pas là, mais un type s'est pointé et a forcé la porte. Il l'a trouvée et amenée à l'hôpital. Son copain ou un truc comme ça, je ne sais pas trop. »

Je me suis demandé un instant lequel de ses hommes lui avait sauvé la vie. Était-ce David ? M. Best Buy ? Même si c'était M. Queue de Cheval, je lui étais sincèrement reconnaissante d'exister.

« Oh non, pauvre Claire. Je suis tellement désolée.

— Il n'a pas pris son portable alors je suis allé chez elle le récupérer pour voir si je pouvais faire signe à certains de ses amis. J'ai écouté votre message. Vous n'avez pas l'air en grande forme non plus.

— Je vais très bien. Merde, elle est à quel hôpital ?

— À l'hôpital neuropsychiatrique de UCLA. Elle a droit aux visites entre dix et quinze heures. Je viens de la voir pour la première fois ce matin, et ça peut aller, vu les circonstances. Mais je pense qu'elle aurait bien besoin d'un peu de normalité en ce moment, et d'une amie. Elle déteste être là-bas, mais elle ne va pas sortir de sitôt. Je vais essayer de la convaincre de se faire soigner pour ses problèmes de drogues et de dépression, après son séjour. Apparemment, elle s'est remise à prendre des cachets. »

Ça ne réglera rien, ai-je pensé. Ce ne sont pas les cachets ni la dépression. C'est le sexe et l'amour. Mais on ne peut pas parler à un mari, un mari qui l'aime encore sans doute énormément, de l'addiction de sa femme aux autres hommes. On ne peut pas dire : *Oh, le vrai problème se situe au niveau de son cœur et de sa chatte.* Qui étais-je pour savoir ce qu'était le véritable problème, de toute façon ? Peut-être que son vrai problème, c'était la toxicomanie, et que toute cette histoire d'amour et de sexe n'était qu'un piètre substitut. Mais si c'était vraiment le cas, alors où était mon problème de drogue à moi ? Et pourquoi est-ce que les mecs la faisaient pleurer, alors que la came, jamais ? Pourquoi est-ce qu'à chaque fois qu'il y en avait un qui s'en allait ou qui ne lui donnait pas assez de ce qu'elle désirait, Claire partait en sucette ? Et pourquoi est-ce que je m'étais retrouvée à gerber sur Abbot Kinney hier soir ?

« Je passerai la voir », ai-je dit.

J'ai rapidement sorti et nourri Dominic, et puis je suis allée voir Claire, tout simplement, sans avoir peur de ce qui m'attendait là-bas, sans faire remonter le souvenir de la fois où j'avais failli être hospitalisée suite à l'affaire des donuts. Je pensais uniquement à cette personne qui avait besoin de moi. Je ne cherchais pas un miroir de moi-même, une façon de me sentir bien dans ma peau. Il y avait simplement cet être humain, à qui je pouvais peut-être apporter un peu d'affection. Pour une fois, je pouvais vraiment me rendre utile. L'idée de m'extraire de ma propre tête, et de la situation avec Theo, me faisait temporairement du bien.

Le service psychiatrique sentait la purée de patates de cantoche, et les infirmières m'ont dit que Claire était avec un médecin. Je me suis demandé si c'était là que j'allais finir. Ou bien est-ce que je terminerais dans un hôpital de Phoenix ? En observant les allées et venues des patients qui traînaient leurs guêtres dans ce service verrouillé, je me sentais très consciente de ma liberté. Une femme d'à peu près mon âge était assise dans un fauteuil, en robe de chambre, en train de se griffer le cuir chevelu avec ses ongles : des lésions rouges formaient des croûtes tout le long de la naissance de ses cheveux. Elle donnait quelques coups d'ongles, puis s'interrompait pour examiner minutieusement la peau qu'elle avait arrachée, avant de l'enfourner dans sa bouche. Je n'avais pas l'impression d'être meilleure que ces gens, mais j'étais peut-être plus forte, ou j'avais plus de chance, un truc comme ça. Et puis j'ai eu honte de ma force et de ma liberté. J'étais comme eux, sauf que j'étais dehors.

Mais je n'étais pas comme eux, n'est-ce pas ? Ça faisait un moment que j'étais en vie, et je n'avais pas atterri dans ce genre d'endroit. Ça n'était pas passé loin mais je n'avais jamais complètement perdu ma liberté. Ce qui attestait de ma capacité à prendre des décisions, ou à me sauver au dernier moment et échapper à la catastrophe, non ?

Peut-être que je pourrais avoir deux vies. Peut-être que je pourrais être avec Theo, et aussi aller en thérapie de groupe. J'avais évité ces femmes, persuadée que ce n'était pas possible de concilier les deux. Mais si ça l'était ? Pourquoi ne pourrais-je pas, dans ce cas, rester à Los Angeles ? Je n'avais qu'à trouver un boulot dans une bibliothèque ou quelque chose de ce genre. Je pourrais vivre quelque part sur la plage dans un petit bungalow, si on en trouvait encore des pas chers. Je pourrais être une femme qui, plutôt que de se suicider à cause de ses problèmes, triomphait d'eux. Je serais équilibrée, un être humain plein de mesure. La tristesse n'aurait plus rien d'inéluctable. J'aurais et l'amour, et la santé mentale.

Ou bien est-ce que, comme Claire, j'allais seulement continuer à m'enfoncer ? C'était tellement difficile de concilier le fantasme et la réalité. J'avais peine à croire qu'une chose aussi belle que ce que Theo me faisait ressentir pouvait m'envoyer à l'hôpital ou me tuer.

Courir après la lumière nous conduisait-il fatalement entre ces murs ? Et même si on y renonçait, est-ce que les gens comme nous échouaient là dans tous les cas ? Si Claire n'avait jamais abandonné son mariage, où en serait-elle aujourd'hui ? Elle m'avait dit qu'elle était déprimée quand elle était mariée, et qu'elle avait déjà atterri ici une fois auparavant. Et c'était avant qu'elle entame son odyssée d'amour et de sexe. Si vous étiez voué à finir dans cet endroit, quoi que vous fassiez, ça semblait valoir la peine de vraiment pousser le bouchon, comme elle. Le néant allait vous avaler vivante de toute façon. Tout ça finirait en purée de patates quoi qu'il arrive. Alors pourquoi ne pas essayer de prendre tout ce qu'on pouvait ?

« Eh ben, j'ai vraiment tout foiré cette fois, a dit Claire. C'est reparti pour la thérapie de groupe, sauf qu'ici c'est avec une bande de trouducs complètement catatoniques – c'est peut-être mieux, d'ailleurs. »

Elle a ri. C'était bon de la voir retrouver son sens de l'humour. Elle avait toujours les cheveux gras, ramassés au sommet de son crâne, mais les cernes sous ses yeux s'étaient atténués et quelque chose s'était rallumé dans son regard.

« T'as l'air mieux, ai-je dit. Comme si tu ne te contentais pas de fixer le mur, quoi.

— Oui, à ma dernière tentative de suicide je m'étais réveillée complètement dépitée d'être encore en vie. Mais bizarrement celle-ci était rafraîchissante. J'avais peut-être juste besoin d'une sorte de sorbet – un trou normand de la vie, quoi. »

Putain, j'adorais cette nana.

« Je comprends, ai-je dit. Enfin bon, pas complètement, parce que moi c'était pas vraiment une tentative assumée et consciente.

— Non, toi c'était plus un geste symbolique.

— Exactement, un geste symbolique. Je ne suis pas une pro du suicide comme toi. Mais je crois que je comprends.

— Ma chérie, si j'étais une pro je ne serais pas là.

— Certes. Mais ce que je veux dire, c'est que j'ai pas autant de pratique que toi question suicide et tout ça, tu vois. C'est pas vraiment le cœur de mon œuvre, quoi. Je suis plus, genre… je ne sais pas trop ce que je suis, en fait. Mais je vois ce que tu veux dire en parlant de trou normand. Parfois tout est tellement fade que ça donne envie de planter un bon coup de couteau dedans. »

J'essayais de lui demander de façon détournée si ça valait le coup. On ressentait le même néant, de cela j'étais certaine. Mais j'avais envie de voir si, d'après elle, on allait s'en sortir ou pas. Ou du moins si j'allais m'en sortir moi. Je quémandais un conseil existentiel emballé dans un discours suicidaire à une amie en hôpital psy. Voilà où j'en étais dans ma vie.

« Alors, finalement t'es contente de tout ça ? Tout ce qui t'a amenée à te rendre compte que c'est pas si mal de vivre, voire que c'est bien ? T'es contente que ta vie ait pris cette tournure ?

— Ouais. Curieusement, je suis en paix avec tout ça. Clairement, pas de regrets. Je ne regrette rien.

— Je regrette tout, ai-je dit.

— Lucy.

— Je continue à coucher avec ce nageur. Plus que coucher, je suis complètement, totalement amoureuse de lui. Mais ce qu'il y a, c'est qu'il est totalement amoureux de moi. C'est le truc le plus passionné, le plus vrai et le plus sacré que j'ai jamais vécu avec quelqu'un, tu vois. Et pourtant, je ne suis même pas tout à fait sûre que tout ça existe vraiment.

— Qu'est-ce que tu veux dire ?

— Eh bien, nous deux ça ne fonctionne pas trop dans le monde réel.

— Le monde réel, c'est naze.

— Mais on passe l'essentiel de notre temps relégués sur un rocher. On est prisonniers de ce rocher.

— Ça ressemble à la plupart des mariages. En tout cas ceux avec des enfants.

— J'ai juste… j'ai peur que ça finisse par me tuer. Je suis incapable de savoir si c'est une maladie ou la meilleure chose qui me soit jamais arrivée.

— C'est génial !

— Dis-moi, est-ce que c'est vraiment juste à cause des mecs que t'as atterri ici ? »

Elle a marqué une pause.

« Oui, je suppose que c'est à cause des hommes, a-t-elle répondu. Mais en vrai, c'est à cause de moi. »

41

Cet après-midi-là j'ai eu mes règles. En découvrant le sang, j'ai fondu en larmes. Je me suis demandé si c'était pour ça que j'avais été si anxieuse et flippée. J'avais des crampes qui me faisaient l'effet de coups de poignard dans l'utérus. D'habitude j'aimais bien avoir mes règles, cette sensation d'évacuer quelque chose – j'avais toujours aimé ça. Ça me donnait l'impression d'être connectée à l'énergie d'une déesse primitive. Mais aujourd'hui, j'étais seulement démoralisée. Il ne me restait plus que cinq semaines avec Theo, et voilà que j'allais passer la prochaine toute sanguinolente et asexuée. Qu'est-ce qu'on allait bien pouvoir faire ensemble ? On pourrait se contenter de discuter, sans doute. Je pourrais prendre sa bite dans ma bouche.

Il m'attendait quand je suis parvenue aux rochers. Il a pris appui sur ses bras, et son corps luisant a jailli hors de l'eau. Il avait l'air de vouloir sauter sur ses pieds pour me saluer et courir à ma rencontre. Je me le suis représenté debout, comment ça serait possible, si ça l'était un jour. Il faudrait que je trouve quelque chose pour le soutenir, une sorte d'armature, presque, ou bien une estrade. Quel poids sa queue pouvait-elle supporter ?

« Devine quoi ?

— Quoi ? a-t-il demandé, en m'embrassant sur la joue.

— J'ai mes règles, ai-je lâché d'un ton morose.

— Je sais, a-t-il répondu.

— Comment ça, tu sais ? ai-je ri.

— Je sais, c'est tout. J'en ai eu l'intuition, tout simplement. Je le sentais. Ton vagin et moi on est synchronisés. On est en contact permanent. »

On riait tous les deux, mais il avait le regard sérieux.

« Et puis n'oublie pas, a-t-il dit. Je suis une créature de l'océan. Toujours en phase avec la lune. Je sais ces choses-là.

— Bon, je suppose qu'on ne va pas pouvoir coucher ensemble pendant un moment.

— Oh, je m'en fiche. Je serais ravi d'être couvert de ton sang.

— Vraiment ?

— Et comment, j'ai envie de ton sang partout sur moi. J'ai envie de ton sang sur mon visage et dans mes cheveux.

— T'es dingue.

— Non, c'est vrai. »

Et sur ces paroles il s'est mis à m'embrasser en bas, allongé entre mes jambes, le visage sous ma jupe.

J'avais peur. Est-ce que je sentais mauvais ? Jamie ne m'avait jamais fait de cunni pendant mes règles, les mecs précédents encore moins. Je portais un tampon et il n'y avait pas de sang en dehors de mon corps, mais même. Ça me choquait.

Mais au bout d'une minute ou deux, il a poussé un soupir.

« Je ne peux pas te lécher comme je voudrais avec ce rocher sous moi. Et je ne vais clairement pas pouvoir te baiser ici. C'est trop coupant », a-t-il lâché.

J'ai constaté que du côté de sa ceinture certaines de ses écailles avaient l'air hérissées, toutes de travers, comme celles d'un poisson qu'on aurait mis au fond d'un sac rempli de courses.

« Qu'est-ce qu'on fait ? ai-je demandé. Tu veux retourner dans l'eau ?

— Non. Je ne sais pas. Tu ferais sans doute mieux d'aller chercher le chariot.

— Oh mon Dieu, vraiment ? ai-je glapi.

— Oui. Mais enferme cette bestiole à double tour. Et balance la clé.

— Bien sûr, ai-je fait. Je reviens tout de suite ! »

J'ai filé en sautillant. Ou peut-être que je courais. Ma joie de l'avoir à nouveau, d'être près de lui, éclatait sans complexe. J'étais indissociable d'elle. J'étais le bonheur, et le bonheur était moi. Le néant était à mille lieues de là. Il ne pouvait pas m'atteindre. Je ne ressentais nul besoin d'être ou de faire quoi que ce soit d'autre que ce qui me plaisait. Et si j'avais voulu, ça n'aurait pas été possible de toute façon.

J'ai trébuché sur une dune et me suis écorché le genou en courant à travers la plage. Je me suis coupé sur un éclat de coquillage. J'ai dû m'arrêter un instant. Était-ce le signe que mon histoire avec Theo était une grave erreur ? Mon genou me faisait mal et la coupure était pleine de sable. Mais tout ce que je voulais, c'était qu'il vienne me soigner. J'avais envie de lui montrer ma jambe et de me faire cajoler.

En arrivant à la maison, je n'ai pas lavé la coupure ni mis de pansement. Je voulais qu'il voie ce qui m'était arrivé – qu'il sache que je m'étais fait mal et que j'avais besoin qu'on s'occupe de moi. Même si c'était lui qui pénétrait dans mon monde, tout n'était pas si facile pour moi. Je faisais des sacrifices, et je prenais des risques aussi. Il n'y avait pas que pour lui que c'était compliqué, tout ça. J'ai toujours trouvé les blessures assez romantiques, au sens où ça oblige à se montrer vulnérable, à laisser quelqu'un d'autre s'occuper de vous. Je voulais rester vulnérable.

Je me suis demandé s'il allait sucer le sang de ma plaie comme un vampire, tout comme il désirait lécher mon sang menstruel. Bien sûr, ce n'était pas un vampire, c'était un autre genre de créature mythique, mais peu importe. Même s'il avait eu des jambes, pas de queue de poisson, même s'il avait été un vrai vampire, je n'en aurais rien eu à foutre. J'aurais mis mon genou dans sa bouche en disant : « Vas-y, bois. J'espère que ça te plaît. » Je voulais qu'il essaie de me soigner, de me soulager, même si ça signifiait me consumer tout entière. Je me suis rendu compte que j'étais fatiguée. J'étais tellement fatiguée.

Dominic était déjà en train de geindre. J'imagine qu'il sentait l'odeur de Theo sur moi.

« Il est temps de faire un somme maintenant », ai-je dit, et j'ai attrapé les tranquillisants dans le placard. Je ne savais pas comment j'allais expliquer à ma sœur où étaient passés tous ces médicaments. Peut-être qu'elle ne remarquerait rien, ou peut-être qu'elle croirait que je les avais pris moi-même. Je pourrais sûrement choper de nouveaux cachets pour les filer à Dominic, ou aller chez le véto pour en avoir plus. Un autre véto, peut-être, pour que personne ne sache ce qui se passait. Je lui ai donné les tranquillisants dans une boulette spéciale médicaments, et j'ai pris sa tête sur mes genoux.

« Rien n'est beau, et tout n'est rien, lui ai-je dit. Tout est rien, et tout est beau. » Je n'avais pas la moindre idée de ce que je racontais, mais je me sentais hypnotisée par la joie et les possibilités.

Quand ses soupirs sont devenus plus profonds, j'ai fermé la porte du cellier et je suis partie sur la pointe des pieds. En retraversant la plage avec le chariot, je boitais.

Voilà comment on se blesse au nom de l'amour, me suis-je dit. *Voilà comment l'amour peut nous faire mal.*

Je me sentais pleine de grandeur et de noblesse, telle une femme partie au combat pour son homme, ou peut-être un homme venu sauver sa femme. C'était forcément moi la sauveuse, vu qu'il était plus handicapé que moi. Ses jambes étaient en pire état que les miennes. Au moins les miennes pouvaient se mouvoir sur terre. Pourquoi est-ce que je nous comparais, d'ailleurs ? Est-ce que c'était un concours, un concours de douleur ? Par ailleurs, quand il me léchait, c'était lui mon sauveur, sans aucun doute. Il était fort dans sa douceur. On n'avait qu'à alterner.

Et puis je l'ai aperçu dans le clair de lune et c'était comme la toute première fois. Il était destiné à m'appartenir, c'est tout. Dans mon esprit, j'ai entendu une autre voix, qui disait : *Personne ne sait ce qu'il fait sur Terre ni une fois qu'il l'a quittée.* Les dieux ne savaient même pas ce que faisaient les dieux, en supposant déjà qu'il y ait des dieux. Le vide savait-il ce qu'il faisait ? Se connaissait-il lui-même ? Peut-être que le vide ne savait même pas quoi faire de sa propre existence, peut-être qu'il ne s'aimait pas. Peut-être que le néant était tout juste bon à se gaver de gens, et qu'en ce sens, il était une sorte de créateur. Peut-être que le néant était un dieu, mais qu'il ne faisait pas exprès d'être cruel – il manquait d'assurance. Peut-être qu'il n'était pas méchant et qu'il ne se foutait pas de moi, peut-être qu'il était simplement seul, il se détestait, il avait besoin de s'enfoncer un truc dans le bide pour se soulager de lui-même. Theo n'avait pas l'air de savoir ce qu'il faisait. Manifestement moi non plus. En cela, peut-être qu'on était comme des dieux.

« Je suis tombée, ai-je dit. Je me suis coupée.

— Je sais. J'ai vu. J'ai essayé de grimper sur le rocher et de ramper pour venir à ton secours. Je voulais crier ton nom mais une jeep est arrivée sur la plage et j'ai dû rebrousser chemin et me traîner pour retourner à l'eau. »

Son désir de me protéger me faisait du bien. Je n'avais pas envie d'être la faible femme, mais au fond ça n'avait rien à voir avec la féminité ou la masculinité, de toute façon. En tant qu'être humain, tout simplement, j'étais contente que quelqu'un d'autre s'inquiète pour moi – quelqu'un d'aussi canon que lui. Des tas de gens s'étaient déjà inquiétés pour moi, plus qu'il n'en fallait, et ça ne m'avait pas plu. Mais que Theo s'inquiète pour moi, c'était sexy.

« Laisse-moi t'aider à grimper dans le chariot, ai-je dit.

— Non, je peux y arriver. Tu es blessée. »

Il s'est laissé glisser du rocher directement dans le chariot placé en contrebas, avec dextérité.

« Attends, aide-moi seulement à ajuster la couverture », a-t-il ajouté.

Ses bras étaient si forts et massifs, comme du marbre, mais souples. Je ne pouvais m'empêcher de me dire : C'est mythique… ce que tu es en train de voir est mythique. Tu t'es blessée pour lui, une blessure au nom de l'amour, et lui aussi est blessé. Mais il n'y avait que sur terre que sa queue le handicapait. Sur le plancher des vaches il était la moitié d'une personne, mais dans la mer il était complet. Moi aussi je me sentais la moitié d'une personne sur terre. Mais je ne savais pas s'il existait un endroit où j'étais entière. Ici il était semblable au dieu Héphaïstos, le forgeron cocu au pied bot. Il avait besoin de moi. Mais sous l'eau il était aussi puissant et gracieux que Poséidon, en plus jeune et plus beau gosse. Peut-être que c'était le fils de Poséidon, le fils rebelle. Peut-être que c'était Aphrodite en personne.

« Allons-y, a-t-il dit. Je te ramène à la maison. Après je pourrai embrasser toutes tes blessures. »

42

Dominic gisait aplati comme une crêpe sur le sol du cellier, et il n'a pas bronché. J'avais envie d'emmener Theo en haut, jusqu'au lit, mais je ne savais pas comment. Alors j'ai rapproché le chariot du sofa et l'ai laissé se hisser dessus encore une fois.

« Je veux tout ton sang », a-t-il dit.

Je n'étais pas sûre de savoir s'il parlait du sang de ma chatte ou de la blessure, mais je me suis mise à califourchon sur lui et l'ai embrassé sur la bouche. Il est passé au-dessus de moi, m'a couverte de baisers de haut en bas avant d'en déposer doucement autour de mon genou égratigné.

« Je suis tellement désolé, a-t-il dit.

— C'est pas grave. »

Il a parcouru ma jambe en long et en large jusqu'à lécher le creux entre mon sexe et ma cuisse, puis a retiré ma culotte pour s'attaquer à ma chatte. Il a donné des coups de langue devant, sur mon clitoris. Puis il a glissé un doigt en moi. J'avais l'impression qu'il y en avait deux là-dedans à cause de mon tampon.

« Je peux retirer ça ? » a-t-il demandé.

J'ai opiné et il a sorti mon tampon et l'a posé sur la table basse en verre. Il y avait du rouge et du brun, avec un caillot de sang pourpre sur le côté. J'ai eu honte. Mais il s'est contenté de m'embrasser et d'enfoncer deux doigts dans ma chatte. Et puis il a parcouru mon ventre en l'embrassant jusqu'à revenir à mon clitoris. Les yeux dans les siens, j'ai songé : je n'oublierai jamais ce moment. Il a léché le sang sur ses doigts. Il m'aime, me suis-je dit. Il m'aime complètement, totalement.

Bientôt il avait du sang plein la figure. J'ai fermé les yeux et chevauché son visage. J'ai joui très vite, en tout cas par rapport à mes habitudes. Il avait la joue barbouillée de mon sang séché. J'ai mis mes doigts dans ma chatte et lui ai étalé du sang sous les yeux, façon Eye Black de footballeur. C'était marrant de jouer à le maquiller avec mon propre sang. Il était là, un homme doté d'une queue de poisson, et moi je lui donnais un look encore plus bizarre. Je m'étais habituée à cette queue, à présent. Pour moi, c'était juste un homme, un enfant ou bien un homme-enfant, et j'avais envie de le peinturlurer de tous mes fluides : sueur, salive, sang. J'avais envie de le marquer, de l'estampiller.

Je présumais que dans l'océan, le sang ne risquait pas de stagner à l'entrée du vagin. Quand je prenais un bain en ayant mes règles, ou que j'allais nager, mon sang s'arrêtait toujours de couler. On apprenait ça au collège, en cours de natation : que le flux s'interrompt dans l'eau. Peut-être qu'il se dissout lentement, tout simplement ou peut-être qu'il est retenu plus haut dans l'utérus. Peut-être qu'il s'écoule en filet tellement mince que le temps ralentit, et c'est pour ça qu'on ne voit jamais de traînée rose dans l'eau du bain.

Est-ce que les sirènes avaient leurs règles ? Il était possible que cela participe de l'attirance que Theo avait pour moi, avec mes pieds plantés dans la poussière et le sang dans ma chatte. Mes pieds dans le sable du désert, des pieds sales, des jambes sales, des jambes sanguinolentes, du sang qui dégoulinait le long de mes jambes et sur toute la surface de la terre. On avait tous les deux la poitrine sèche, mais ma chatte était aussi humide qu'un foyer rougeoyant : la seule humidité depuis des jours, pas d'eau sinon. Est-ce que les sirènes étaient même capables de mouiller de la chatte ? Est-ce que c'était dur de les baiser sous l'eau, aussi canon soient-elles ? Je me souvenais d'avoir essayé de niquer dans une piscine il y a des années, dans un motel de Phoenix. Pas facile. L'eau vous desséchait complètement et vous empêchait de coulisser comme il fallait. Et dans l'océan, alors, ça se passait comment ? Ils utilisaient quoi comme lubrifiant ?

J'ai étouffé un cri quand j'ai vu sa bite. Je ne l'avais jamais vue aussi dure, épaisse et rose, pointée droit sur moi telle une flèche charnue. J'ai étouffé un deuxième cri en découvrant la mare de sang sur le sofa blanc de ma sœur. Je n'étais pas aveuglée par la passion au point de me moquer de l'avoir abîmé. Je ne pouvais pas détruire la maison d'Annika simplement parce que mon nouveau copain était un homme-sirène avec un penchant pour le sexe pendant les règles.

Mais Theo voyait la tache comme une relique et semblait en être fier : on aurait dit qu'il s'attendait à ce qu'on la signe, tous les deux. L'eau salée tachait les bateaux, mais d'une façon magnifique – en les patinant, en donnant au bois une douce teinte grise. Et notre tache aussi était pour lui un phénomène naturel. Peut-être la voyait-il comme un triomphe, même, un miracle témoignant que nous avions partagé une existence sur la terre ferme, vraiment pas de quoi s'inquiéter. Alors j'ai fait comme si je revendiquais mes sécrétions corporelles, comme si j'étais fière de ce qu'on avait fait, au lieu d'être secrètement honteuse. J'ai fait mine de célébrer ça en l'embrassant. Sa langue dans ma bouche, des miettes de sang séché s'écaillant sur sa joue, il a enfoncé sa bite en moi. Je n'arrivais pas à croire qu'elle soit si puissante.

« Baise-moi, ai-je dit. Baise-moi avec ta lance de Triton. »

On a ri tous les deux. On se regardait les yeux dans les yeux, et il caressait mes organes de l'intérieur. Mon flux était très abondant et Theo glissait dans un mouvement de va-et-vient, s'activant en moi. Je n'avais jamais joui grâce à la pénétration jusqu'alors, mais peut-être que j'y arriverais cette fois. Peut-être que j'y arriverais.

« Oh mon Dieu, soit je vais jouir, sois je vais pisser, ai-je dit en riant. Je vais jouir ou pisser, je ne sais pas lequel des deux.

— Alors jouis et pisse, a-t-il répondu. Jouis et pisse ! »

Mais je ne pouvais pas. Je n'arrivais simplement pas à lâcher prise, ou peut-être que je n'étais pas sur le point de jouir – seulement de pisser. J'ignorais ce que c'était, mais je ne parvenais pas à l'atteindre. Pourtant c'était si bon de baiser avec lui, je me sentais totalement connectée à lui et à tous les amants qui avaient jamais existé. Le missionnaire, c'était tellement classique : simple, romantique, ancestral.

Je n'arrive pas à croire que sa bite est en moi, n'arrêtais-je pas de me dire, *que c'est sa bite en moi, que c'est ta bite en moi*. Une expression sublime est passée sur son visage : les joues rouges, les yeux brillants, les lèvres humides et pleines. Il avait l'air ivre, et j'étais tellement fière d'être la source de son ivresse. Ou est-ce que c'était le fait d'être dans une chatte, une chatte humide – pas humide-sèche d'eau de mer, mais humide de sécrétions – qui lui donnait l'air exalté à ce point ? Est-ce que ça pourrait être la chatte de n'importe qui ? J'avais envie de croire que c'était moi et qu'il ressentait pour ma chatte ce que je ressentais pour sa bite : de l'émerveillement, à cause de la personne à qui elle appartenait. C'était moi seule, mon corps et mon âme, qui faisait totalement planer cette créature magnifique. Et ça me donnait l'impression que moi aussi j'étais devenue magnifique.

Et puis son expression a changé encore une fois. Il avait plutôt l'air en souffrance, à présent, ou peut-être submergé par un plaisir qui le dépassait. Il gémissait « han, han » dans ma bouche, mais pas comme les types des pornos, avec leurs répliques débiles et complètement bidon, genre « Baise-moi, salope ». C'était du son pur. C'était comme si la nature jaillissait pure de sa bouche. Cette bouche était comme un coquillage qu'on pouvait porter à son oreille. Ou peut-être qu'ensemble, nous étions la nature ? Étions-nous des coquillages ou des animaux ? Ou bien un coquillage et un animal ? Non, nous étions deux poissons qui nageaient en rond en se tournant autour, espiègles et épargnés par les souvenirs, inconscients d'être nés un jour et de devoir mourir un jour. Nous étions à présent connectés non seulement à toute l'Histoire humaine – tous les amants humains qui avaient jamais existé – mais aussi à l'Histoire animale. Ça faisait des années que j'avais une vie sexuelle. J'avais eu des centaines, peut-être même des milliers de rapports, mais c'était comme si je comprenais enfin ce qu'était le sexe. Il n'y avait pas tant de choses que ça dans nos vies qui nous reliaient à tous nos ancêtres, à l'humanité tout entière ainsi qu'aux animaux. La poésie pouvait servir de pont entre générations. Mais ça, c'était le truc ultime. Ça englobait toutes les espèces. À part ça, il y avait quoi ? Il y avait la naissance et la mort. Manger solide, boire liquide, pisser et chier. Il y avait ça.

Et l'amour, alors ? J'étais certaine que ceci ne pouvait pas être autre chose que de l'amour, et si c'était seulement du désir sexuel, une tocade ou un simulacre d'amour – alors dans ce cas ça me suffisait amplement. C'était à ça que je voulais que l'amour ressemble. C'était ça, l'amour que je voulais. Je ne voulais pas de l'autre sorte d'amour, peu importe ce que c'était. Je ne voulais pas de l'amour « conscient ». Franchement, qui voudrait dépouiller Cupidon de son carquois ? Qui voudrait expédier les sirènes en thérapie de groupe, ou Sappho en psychiatrie à UCLA ? Homère avait fait une mauvaise réputation aux sirènes. Tomber amoureux d'une sirène vous condamnait à une mort certaine, mais c'était peut-être ça le plus grand amour : crever de ressentir. C'était l'annihilation suprême – le but ultime – et les sirènes n'étaient pas mauvaises en soi. Elles offraient seulement aux humains le plus beau des cadeaux, celui de mourir ivre d'amour et de désir. Y avait-il meilleure façon de partir ?

« Je t'aime, ai-je dit dans sa bouche, sans regretter mes mots.

— Je t'aime, a-t-il répondu dans la mienne.

— Je t'aime je t'aime je t'aime je t'aime », avons-nous répété.

Entre deux gémissements il m'a regardée, nos nez se touchant presque, sa bite allant et venant dans ma chatte, et il a dit : « Je vais lâcher, je vais lâcher. »

Quelle drôle de façon de l'exprimer. C'était peut-être comme ça qu'on disait sous l'océan. C'était un témoignage de sa différence, ce sentiment que j'avais d'avoir affaire à une âme ancienne, malgré son apparence, et ça m'a fait l'aimer encore davantage. Alors qu'il commençait à jouir, sa voix est montée d'une octave : une gamme entière qui a traversé tout mon corps en me donnant l'impression d'être la lyre de Sappho. J'ondulais moi aussi contre lui, pour le faire jouir, pour l'aider à lâcher. J'étais un vaisseau. J'endossai ce rôle avec plaisir, pour l'aider à trouver la force d'abandonner son propre vaisseau : pour qu'il se débarrasse des besoins qu'entraîne le fait d'habiter un corps, de la douleur, de toute cette enveloppe rigide. Il pouvait se défaire de ses écailles, que je ne comprenais toujours pas tout à fait, et aussi de ses bras, que je connaissais bien à présent. Je ne savais pas ce que ça faisait d'être un homme ni ce que ça faisait d'avoir une queue de poisson, mais s'il y avait bien une chose que je comprenais, c'était que le corps était une prison. Je connaissais, moi aussi, le désespoir de ne pas savoir pourquoi on est là au juste. J'étais fière de servir de conduit à son évasion.

Quand il a joui, il avait l'air au bord des larmes. Je l'ai senti se répandre en moi et à cet instant j'ai connu le plus fort élan maternel que j'aie jamais ressenti envers un autre être humain. Je me sentais à la fois lascive et maternelle. Après, il est resté là, sa joue ensanglantée collée contre mes seins, tremblant. Mes seins, qui n'avaient jamais été assez gros, me paraissaient soudain amplement suffisants. J'avais l'impression de comprendre à présent que le cœur n'avait rien à voir avec la poitrine elle-même – c'était le courant sous-jacent. Le flux nourricier ne provenait pas du sein lui-même, mais d'un endroit situé au-delà de ce sein. Le sein n'était que le pont. Les hommes adultes aussi avaient besoin de ce flux nourricier. Peut-être que c'était cela dont Theo avait le plus besoin. Alors je l'ai nourri pour essayer de prolonger ce cadeau que je venais de lui faire : pouvoir disparaître dans le néant, et donc ne plus être obligé d'avoir conscience de son existence.

43

Un jour sur deux, à l'aube, ça recommençait : j'allais jusqu'au rocher avec mon chariot, Theo se hissait dedans, puis retour vers la maison de ma sœur, où il s'imaginait que j'allais continuer à vivre bien au-delà de l'été. Il ne me demandait pas quand ma sœur allait rentrer, et j'ai cessé d'avoir peur de ne plus le revoir. Nous avions désormais atteint juste ce qu'il fallait de permanence pour me donner confiance – une forme de certitude qu'il serait là. Pourtant subsistait une impression d'émerveillement et de mystère procurée par l'espacement de ses visites, et le fait de savoir que, dans un mois, je ne serais peut-être plus là. C'était l'équilibre parfait entre l'amour et le manque, ou le désir et le manque, ou le désir et l'amour : c'était ce que j'avais toujours recherché.

Je me sentais plus à l'aise, parce que je savais que je pouvais être celle qui provoquerait le dénouement si tel était mon désir. Je serais celle qui rentrerait dans le désert, si j'en décidais ainsi. Je ne serais jamais quittée. Je quitterais, point. La réponse était déjà en moi. Quand je réfléchissais à ce que ça signifiait vraiment – la fin, la vraie – un sentiment de terreur imminente m'envahissait. Je ne voulais pas partir. Mais je ne faisais rien non plus pour rester. Je vivais dans l'instant – conservant la date de mon départ supposé dans un coin de ma tête, comme un haricot magique. Il en émanait juste assez de contrôle sur le tour que pourrait prendre notre avenir pour que je cesse de craindre un rejet ou une reculade de sa part.

Les jours où je devais voir Theo, je travaillais d'abord sur ma thèse. Tout le postulat de départ avait changé. Je n'écrivais plus sur les blancs de façon théorique, je n'essayais plus de convaincre qui que ce soit que la seule manière de comprendre Sappho était de percevoir ces vides comme s'ils avaient toujours été là. Je ne critiquais plus les éléments biographiques que les spécialistes avaient pu projeter sur ses œuvres. À la place, j'écrivais sur Eros dans le texte lui-même, et sur son rapport avec les blancs. En termes de sens, le verbe *eratai* était moins proche d'« aimer » que de « désirer ». Pourtant, en dépit de tous les efforts de l'Histoire, du temps, des intempéries et des hommes d'Église, le désir présent dans les poèmes de Sappho avait survécu comme s'il était l'amour éternel. Peut-être le désir n'était-il pas si éphémère, après tout. Les sentiments pouvaient-ils être la seule chose vraiment éternelle, même si on prétend toujours qu'ils passent ? Pouvait-on se permettre un discours académique sur un sentiment ? J'avais l'intention d'essayer. J'ai informé le comité consultatif de ces changements par e-mail. Ils m'ont demandé d'envoyer le plan de ma thèse et un échantillon de texte. J'ai bricolé un plan à la con et le leur ai envoyé. En même temps, ça n'avait rien d'une connerie, parce que j'étais déjà en train d'en faire l'expérience. Ma thèse, c'était moi.

Dans l'intervalle de nos visites, quand j'avais rendu Theo à l'océan, je consacrais le plus clair de mon temps à me terrer pour échapper à mes sentiments. Je restais au fond de mon lit, et je dormais. J'essayais d'ignorer le reste du monde. J'étais comme quelqu'un qui a la gueule de bois, et qui passe le temps en attendant de pouvoir boire à nouveau. Il n'y avait qu'un moyen d'aller mieux : soigner le mal par le mal. J'étais une alcoolique qui n'attendait qu'une chose, son prochain verre.

J'avais le sentiment de l'aimer, et pourtant je lui cachais mon secret. Détenir la réponse sur la manière dont tout ça se terminerait – dissimuler cette information, et puis mentir en prétendant que j'allais continuer à habiter là toute seule – me faisait tout drôle. J'étais tellement proche de lui, c'était bizarre de garder un secret qui risquait de lui faire de la peine. C'était comme si on était une seule et même personne, mais capable de compartimenter entièrement certaines parties d'elle-même dans des zones différentes du cerveau, et que ces deux parties-là ne se croisaient jamais. Elles n'avaient pas le droit de se croiser. Tant que je vivais dans l'illusion de notre éternité (qui n'était peut-être pas une illusion, s'il fallait se fier aux sentiments plutôt qu'aux faits), je barrais la porte à la vérité. En fait, c'était comme si la vérité ne se donnait même pas la peine de frapper. Mais quand j'étais seule, la journée, je me réveillais en panique après mes siestes et elle était là sous mon nez : mon départ était imminent.

44

Un après-midi, j'ai reçu un coup de fil de Rochelle. J'ai tout de suite su que Jamie l'avait missionnée pour me cuisiner et savoir où j'en étais dans mes sentiments pour lui. Elle l'a joué amie-amie avec moi, comme si on était toujours en tête-à-tête dans ce resto colombien – comme si je n'avais pas vu la peur dans ses yeux, en dépit de son féminisme autoproclamé, au moment où j'étais passée de « meuf en couple bien rangée », confidente pour anecdotes sentimentales débiles, à « briseuse de nez célibataire et psychopathe ». Même si je savais qu'il ne fallait pas faire confiance à Rochelle, ça me plaisait bien de la voir revenir me flairer le cul : j'étais redevenue assez désirable à ses yeux pour être admise dans le giron de sa banalité. Non pas que je préfère ce dernier au jardin secret de camaraderie sexuelle que je partageais avec Claire, ou au nid de pathos qu'était la thérapie de groupe. Je trouvais désormais Rochelle tout à fait insupportable, et me suis juré de ne plus jamais lui faire le plaisir de déjeuner avec elle, une fois de retour à Phoenix. Elle n'avait qu'à se trouver quelqu'un d'autre pour pontifier à propos des pets de son mari. Mais c'était bon de savoir que j'étais de nouveau la bienvenue dans son cercle si je le souhaitais, que j'étais validée, comme si j'avais été autrefois saine d'esprit, avant de tomber malade, puis de guérir encore.

La vérité, bien sûr, c'est que je n'avais rien fait pour lui signifier que mon état d'esprit avait évolué depuis que j'avais quitté la ville. Tout ça venait de Jamie, ce mirage comme quoi j'allais « bien » – son regain de désir pour moi me rendait à nouveau attrayante et sans danger aux yeux de Rochelle. Après m'avoir dispensé un cours sur les différences entre culture de la plage et mode de vie enclavé d'un point de vue anthropologique, elle a baissé la voix.

« Tu veux que je te dise un truc ? a-t-elle demandé sur un ton de conspiratrice.

— Quoi ?

— Jamie me demande de tes nouvelles.

— Ah ouais ?

— Je n'ai pas arrêté de lui dire qu'on ne s'était pas parlé, mais il continue à demander.

— Eh bien pas de souci, parce que moi aussi, je parle avec lui. Il m'envoie tout le temps des textos. Parfois je lui réponds, ai-je fait.

— Oh, a-t-elle lâché, visiblement dégoûtée de ne pas être l'unique intermédiaire. Bon, je me suis juste dit que je t'en parlerais.

— C'est gentil, ai-je répondu.

— Tu sais, je crois que tu lui manques vraiment.

— Oui, c'est ce qu'il me dit aussi.

— Oh, a-t-elle répondu.

— Mais si je lui manquais vraiment, il aurait rompu avec la scientifique. Là je saurais qu'il est sérieux. »

Mais je savais pourquoi il n'avait pas rompu avec la scientifique. Personne ne rompait avec qui que ce soit sans avoir assuré sa prise sur quelqu'un d'autre. Même Jamie, lui qui, à l'époque où on était ensemble, tenait par-dessus tout à sa liberté, n'avait pas pris l'initiative de rompre. En fait, c'était l'erreur fatale que j'avais commise : rompre avec lui avant d'avoir une autre liane à laquelle me raccrocher. Bien sûr, tout ça m'avait menée ici, à Venice et à Theo, alors peut-être que ce n'était pas tant une erreur que ça.

« Bon, attendons de voir ce qui se passera quand tu seras de retour à Phoenix, a-t-elle fait, d'un air entendu.

— *Si* je reviens, ai-je dit.

— Vraiment ? Tu pourrais rester là-bas ? » a-t-elle demandé.

Elle avait l'air impressionnée.

« Je ne sais pas, peut-être. C'est juste que j'adore la liberté que j'ai en ce moment, ne dépendre de rien ni de personne », ai-je répondu en mentant complètement.

J'essayais simplement de la faire marcher, puisque je n'avais pas vraiment réfléchi à cette idée de rester. La vérité, c'est que je ne parvenais pas à admettre totalement en mon for intérieur que j'en avais envie. Le faire signifierait la fin du haricot magique, ça le ferait voler en éclats. Et même s'il était rangé tout au fond de mon cerveau, j'en avais besoin. Je n'étais pas prête à reconnaître consciemment que j'en avais besoin – comme une porte de sortie, une soupape de sécurité – mais je savais instinctivement qu'il était là. Peut-être que c'était ça, vivre dans l'instant : un état de déni absolu par rapport à l'avenir. J'avais aussi le sentiment que Theo « savait » d'une façon ou d'une autre que non seulement ma sœur allait bientôt rentrer, mais que j'allais partir. Peut-être que c'était ce que les mecs précédents avaient cru à mon sujet ? Que je savais tout simplement que les choses entre nous étaient temporaires.

J'avais l'impression que ce serait évident pour n'importe qui, même Theo, que Venice n'était pas mon environnement naturel. Malgré mon parfait look de plage et mes longues robes blanches, la seule chose que je portais désormais – plus jamais de noir –, il y avait quelque chose en moi qui n'était pas à sa place ici. J'étais comme un cactus, j'emmagasinais l'eau, je n'étais pas une créature qui baignait naturellement dans cet élément. Je ne prenais pas les choses à la légère. Je faisais des réserves. Et nos différences étaient évidentes chaque matin, quand sa queue de poisson commençait à se dessécher et à se craqueler, et que je le ramenais précipitamment à l'océan. Je ne pouvais pas faire de réserves de lui. Il ne demandait pas à faire des réserves de moi. Et je présumais donc que s'il ne demandait jamais si ma sœur allait rentrer, ou quand je prévoyais de partir, c'est parce que quelque part il le savait déjà.

Mais il l'ignorait. Et parfois quand on baisait, bien que le haricot magique soit relégué tout au fond de mon esprit, je me mettais à pleurer. L'éternité était là, et puis d'un seul coup elle se brisait et les larmes me montaient aux yeux. Avant les donuts, je ne savais même pas que j'avais envie de mourir. Désormais, j'attribuais mes pleurs à la joie. Je ne savais pas non plus que j'avais envie de joie. J'ignorais même d'ailleurs que je pouvais y avoir droit. Désormais, je pleurais parce que ça ressemblait à un miracle – non seulement que je veuille vivre, déjà, mais que j'en sois réellement capable.

La fois où j'ai le plus pleuré, ça a été ce matin à l'aube où il m'a baisée dans le cul. Je n'ai pas eu mal à cause de la sodomie, ou en tout cas pas au point de m'arracher une grimace. Je n'ai pas pleuré de douleur. Cette sodomie était la baise la plus tendre que j'aurais jamais pu imaginer. Un peu plus tôt, alors qu'on se chuchotait des choses à l'oreille sur les rochers, il avait dit : « J'ai envie de te faire ressentir des choses que tu n'as jamais imaginées, et d'explorer des endroits que tu ne croyais pas possible d'explorer.

— Ah ouais ? avais-je demandé.

— Oui. Comme le fond de ton trou du cul. »

J'avais ri.

Mais c'était romantique. C'était un peu comme perdre ma virginité, et c'était tout le contraire de ce qui s'était passé dans les toilettes de l'hôtel avec Garrett. Déjà, j'étais allongée sur le dos, pas en levrette. Et puis, Theo a d'abord longuement léché mon anus. J'avais peur, bien sûr, qu'il n'ait pas très bon goût : pourtant je me lavais à fond avant de le voir. J'avais peur mais il l'a tendrement léché, sucé, et m'a fait jouir avec son doigt qui caressait doucement mon clitoris. Je n'arrêtais pas de jouir entre ses doigts, et puis il en a glissé un dans mon cul en m'embrassant depuis le ventre jusqu'au cou et au visage. Ensuite il a continué sur ma bouche, mon front. Il bandait si fort que sa bite était complètement décalottée, déjà luisante, tendue vers moi. Je l'ai empoignée, et elle était chaude et palpitante.

« Tu es prête ? » a-t-il demandé, et j'ai hoché la tête.

Il a écarté mes fesses et ouvert mon anus en douceur. Il a d'abord introduit son gland en moi tout en continuant à me caresser doucement le clitoris avec la main dont il ne s'était pas servi pour toucher mes fesses et ma raie. Il avait peut-être entendu parler des infections urinaires ? Est-ce ça touchait aussi les sirènes ? J'adorais sentir le lent va-et-vient de sa bite dans mon cul, comme une intimité nouvelle. Je n'avais jamais imaginé que le sexe anal puisse être tendre. Je n'avais jamais vu ça comme un acte intime, un témoignage de confiance, seulement comme un truc pornographique et brutal. Alors j'ai beaucoup pleuré, mais pas parce que ça faisait mal.

45

Je n'ai pas reparlé de Dominic à Theo. Il fallait chaque jour un peu plus de cachets pour maintenir le chien détendu et endormi, et je suis allée chez trois vétérinaires différents pour obtenir de nouvelles ordonnances. À ma manière bizarre, j'étais devenue une sorte de toxico, comme Claire, finalement – je passais de docteur en docteur pour avoir des cachets. Sauf que je ne me shootais pas aux médicaments eux-mêmes, mais au temps et à l'intimité avec Theo qu'ils m'offraient.

« On voyage beaucoup, me suis-je entendue dire à la vétérinaire. Je pars visiter toute l'Europe et je ne supporte pas l'idée de le laisser à la maison en le faisant garder. C'est mon enfant, vous voyez. Donc je vais avoir besoin de quelques cachets pour le vol, et pour chaque trajet en train entre les villes.

— Combien de villes ? a-t-elle demandé.

— Dix ? »

Elle a haussé un sourcil.

J'avais entendu parler des toxicos qui alternent les médecins pour avoir des cachets, à mesure que leur tolérance au produit augmente. Dès qu'une addiction était en jeu, les choses allaient toujours de mal en pis, jamais l'inverse. Je sentais au fond de moi que c'était la vérité, et qu'à mon retour à Phoenix, si je rentrais, il me faudrait un millier d'amants pour espérer un jour remplacer le bien fou que je ressentais avec Theo.

Un soir, on était allongés sur le sofa, nos corps entremêlés après une journée passée à faire l'amour, et je lui ai demandé combien d'autres femmes il avait connues sur la terre ferme.

« Il y en a eu quelques-unes », a-t-il répondu.

Il m'a parlé d'une femme nommée Alexis, avec de longs cheveux noirs, qui était héroïnomane. Il avait léché son sang menstruel à elle aussi, le premier qu'il ait jamais goûté, et l'avait regardée s'injecter sa came. Elle venait tous les soirs sur la côte rocheuse de Monterey, à l'époque où il vivait plus au nord, déjà incohérente. Il n'avait jamais su si elle croyait à son existence, ou si elle le prenait pour un effet secondaire de la drogue. Mais il restait à ses côtés tandis qu'elle s'asseyait au bord de l'océan, piquant du nez par intermittence. Et puis elle avait totalement cessé de venir. Il avait eu peur qu'elle soit morte, jusqu'à ce qu'un soir, il l'entende chanter dans un vieux hangar à bateaux en bois, à quelques mètres du rivage. Il s'était traîné dans le hangar et était resté auprès d'elle cette nuit-là. À l'intérieur, il y avait quelques vieilles couvertures par terre et une valise pleine de vêtements. C'est là qu'il avait compris qu'elle était à la rue. Il aurait voulu pouvoir marcher sur la terre ferme et aller lui chercher de la nourriture. Il lui rapportait du poisson, mais leurs cadavres crus ne faisaient que lui donner la nausée et il ne savait pas comment faire du feu pour les cuire. Alors il lui faisait lécher de l'eau de mer et mordre des algues.

« J'ai commencé à comprendre, expliquait-il. Nous n'étions pas si différents, les humains et moi. Je ne savais pas que les terriens étaient à ce point dévorés par le désir. Je pensais que vous maîtrisiez tous votre vie, que vous étiez satisfaits.

— Loin de là, ai-je fait.

— C'était un moment de prise de conscience magnifique.

— Alors, qu'est-ce qui s'est passé ?

— Un jour elle a simplement disparu.

— Est-ce qu'elle est morte ?

— Je ne sais pas ce qui lui est arrivé, a-t-il répondu. Toutes ses affaires sont restées dans le hangar à bateaux. Mais elle n'est jamais revenue. »

Entendre tout ça m'était insupportable. Je détestais l'idée que ce soit elle qui l'ait quitté, même pour mourir, et je détestais savoir qu'il la regretterait éternellement. Et peut-être pour le punir, ou pour reprendre le contrôle de l'histoire – pour être comme elle et savoir ce que ça faisait d'être la bien-aimée évaporée – j'ai craché le morceau.

« J'imagine que ça n'aura pas d'importance avec moi, ai-je fait. Vu que t'es déjà passé par là, que t'as connu ce genre de tristesse.

— Qu'est-ce que tu veux dire ?

— Je veux dire que j'imagine que tu t'en remettras quand je partirai.

— Comment ça quand tu “partiras” ?
— Je vais bientôt m’en aller.
— Pour combien de temps ?
— Eh bien, pour de bon. »

Je lui ai tout avoué : que je venais d’un endroit où il n’y avait pas d’océan et que je m’en irais dans trois semaines pour y retourner, définitivement. Je lui ai demandé s’il savait ce qu’était le désert. Il s’est contenté de me regarder fixement. J’ai su immédiatement que je l’avais blessé.

« Est-ce que tu crois… » ai-je commencé à dire.

Je voulais faire machine arrière, lui demander ce qu’on pouvait faire. Est-ce que c’était possible de l’emmener avec moi ? Pourrait-il vivre un jour dans un désert ? Mais il a caché son visage entre ses mains et s’est mis à gémir.

« Theo », ai-je dit.

Il refusait de me répondre et avait l’air en transe. C’était comme s’il était devenu une sirène. Selon Homère, les sirènes avaient des voix sublimes et mélodieuses, mais elles pouvaient aussi hurler de peine et de douleur. Ce n’était pas le chagrin romantique que j’avais imaginé : lui en bel endeuillé, se languissant de moi. Ce n’étaient pas les sirènes telles que les humains se les représentaient, armées d’un pouvoir divin. C’était de la vulnérabilité, une certaine folie, même, et ce que ça révélait, c’était qu’il m’aimait véritablement, et que l’amour pouvait être grotesque.

Dominic s’est réveillé dans l’autre pièce et a mêlé ses aboiements aux gémissements de Theo.

« Calme-toi je t’en prie, ai-je fait. Je suis désolée. »

Je lui ai dit que je pourrais peut-être trouver une solution. Que je pourrais peut-être rester, en fin de compte. Je n'avais pas compris à quel point il tenait à moi. Mais il a répondu que c'était trop tard.

« Tu m'as menti. J'allais continuer à venir te voir sur la terre ferme. Je voulais même te demander de venir me rejoindre sous l'eau, sérieusement. Alors qu'en fait tu étais bien décidée à m'abandonner depuis le début. »

Je ne savais pas exactement ce que « sous l'eau » voulait dire. Est-ce qu'il s'illusionnait davantage que moi ? Est-ce qu'il se rendait compte que je ne pouvais pas vivre là-dessous ?

« Theo, non, ce n'est pas ça. Je suis vraiment amoureuse de toi. J'ai envie de rester avec toi pour toujours.

— Que tu aies songé à me quitter, a-t-il lâché. Que tu me laisses devenir si proche de toi sans jamais me dire que ça aurait une fin. Ça me brise le cœur. C'est humiliant, aussi.

— J'avais peur, si je te disais qu'il y avait une date de fin, que tu ne me considères plus de la même manière. J'aimais la façon dont tu me voyais. Je voulais que rien ne change. Et ensuite c'était trop tard, tu me connaissais comme tu me connais. J'ai imaginé trouver un moyen de rester à Venice, mais j'avais peur que tu me rejettes, ai-je dit.

— Est-ce que tu peux m'aider à remonter dans le chariot ? a-t-il demandé. Il faut que je retourne à la mer.

— Attends, tu ne veux pas rester un peu pour qu'on discute de tout ça ?

— Aide-moi, c'est tout. Ramène-moi s'il te plaît. Je te le demande, aide-moi à retourner à l'eau.

— Je ne me rendais pas compte de ce que tu ressentais.

— Tu ne te rendais pas compte de quoi ? Que je t'aimais ? Quand tu as parlé d'"amour éternel", je pensais que tu voulais dire que tu ne me quitterais jamais.

— Alors je ne te quitterai pas. Je ne te quitterai pas. Si tu ne veux pas que je le fasse, je ne le ferai pas. Moi non plus je n'en ai pas envie ! Quand j'ai parlé d'amour éternel – quand on en a discuté – je ne savais pas que tu voulais dire physiquement. Je ne savais pas que tu souhaiterais me voir rester ici, physiquement. Je pensais que ça voulait peut-être dire en esprit, ou que ce n'était qu'un jeu pour toi. J'ai toujours cru qu'à un moment tu allais partir à la nage et que je ne te reverrais plus jamais.

— Pourquoi t'as cru une chose pareille ? a-t-il demandé. À quel moment est-ce que je t'ai donné cette impression ? Qu'est-ce que j'ai fait, à part me soucier de toi ? »

Sur ce point il avait clairement raison. Mais à travers le prisme de mon regard paranoïaque et complexé, avec ma manie d'anticiper perpétuellement l'abandon, j'interprétais le plus infime défaut d'attention comme une baisse fatale du désir. Je ne pouvais pas lui avouer que j'avais guetté la moindre preuve de lassitude ou qu'il ne m'aimerait jamais autant qu'une autre. Je ne pouvais pas lui dire que parce qu'il avait déjà aimé quelqu'un avant moi, j'avais besoin de garder une porte de sortie. Je ne pouvais pas lui dire que je n'étais pas certaine d'être vraiment capable d'aimer.

« Tu ne crois pas en l'amour, a-t-il dit, comme s'il lisait dans mon esprit.

— Si. Je crois en l'amour plus que tout. Mais je crois que je ne suis vraiment pas douée pour ça. »

J'ai alors compris qu'il était comme moi, plus que je ne le croyais, qu'il avait une peur intense de l'abandon. Peut-être qu'on était identiques, et parce qu'on était identiques j'étais devenue quelqu'un d'autre, sans même m'en rendre compte. J'ai pensé à ma lune en Gémeaux, les frères jumeaux, avec leur nature double. Je contenais à la fois du masculin et du féminin. Mais Theo et moi, nous étions des copies conformes. J'ai pensé au signe des Poissons, tous deux reliés par un fil – une étoile – Alpha Piscium. En essayant d'échapper au monstre Typhon, Aphrodite et son fils Eros s'étaient changés en poissons pour s'enfuir à la nage. Mais qui était Aphrodite et qui était le monstre, ici ? J'avais menacé de m'enfuir à la nage pour ne pas être celle qu'on abandonnait. À présent il essayait de me punir en partant le premier.

On n'imagine jamais, dans nos fantasmes, que celui qui en est l'objet puisse être blessé. Je savais qu'il était sensible. Mais je n'avais pas cru que c'était pour de vrai, ou du moins autant que j'étais moi-même sensible. Je n'avais pas imaginé qu'il se sentirait réellement trahi. Parce que c'était un homme et moi une femme ? Je croyais être la seule à pouvoir ressentir ce genre de honte, de besoin, de rejet. Je pensais que seule une femme pouvait éprouver ça. Tout ça me paraissait dingue à présent. J'étais dingue quand j'étais celle qui suppliait l'autre de rester, et dingue quand j'étais celle qui partait.

« J'ai honte, a-t-il dit. Je veux m'en aller. Tu veux bien m'aider à m'en aller ? »

Je me suis contentée de rester plantée là.

« Laisse tomber, a-t-il fait. Je vais me débrouiller tout seul. »

Il s'est laissé tomber du sofa et s'est mis ramper à travers le tapis, à poil, sans rien pour se couvrir les parties génitales ou le cul. Je suis restée là à le regarder faire, choquée. Je n'ai pas essayé de l'aider, mais je ne l'ai pas non plus arrêté. Je ne pleurais pas. Je ne me sentais pas triste. J'étais simplement sidérée de voir que le fantasme que j'avais bâti à son sujet était à ce point à côté de la plaque – ce qu'il était capable de vivre, de ressentir, le dépassait de si loin. Au départ, c'était juste un jeune surfeur canon qui allait forcément me faire du mal – je ne l'avais jamais envisagé comme quelqu'un à qui moi je pouvais faire du mal.

Je l'ai regardé ramper jusqu'à la porte et s'efforcer de l'atteindre avec des soubresauts, jusqu'à ce qu'il parvienne à prendre un peu d'élan. Alors il a attrapé la poignée, il l'a tournée, et il s'est traîné dehors, nu, dans la nuit. Il ressemblait à un poisson en train de crever. C'est seulement à ce moment-là que je me suis mise à pleurer.

« Attends ! ai-je appelé en courant vers lui. Arrête, laisse-moi au moins t'aider !

— Tu en as assez fait comme ça », a-t-il répondu.

Je l'ai suivi dehors, le long de l'allée en ciment puis sur la promenade, où il s'écorchait la queue en rampant. Il progressait lentement. Mais il progressait, il y arrivait. J'étais tellement nerveuse que je ne savais pas quoi faire. J'ai soudain eu envie de rire, mais pas de lui. Peut-être que j'avais envie de rire parce que toute cette histoire était tellement bizarre. Juste au moment où je pensais que rien ne pouvait être plus chelou que de me réveiller au milieu d'une montagne de donuts à Phoenix, voilà que je me retrouvais à Venice avec un type mi-homme mi-poisson dont je m'étais amourachée allez savoir comment, et qui essayait de s'éloigner de moi en rampant. Ou peut-être que j'avais envie de rire parce que j'avais peur.

Je l'ai accompagné à travers la promenade, à pas lents, puis sur le sable. Dans le noir, d'une certaine façon, il ressemblait tout à fait aux autres junkies, s'il y en avait eu un pour porter un drôle de déguisement de poisson. Ou alors un amputé de guerre tombé de son fauteuil, qui essayait de remonter à la force des bras : ce qui restait de ses jambes enveloppé dans un sac scintillant et écailleux.

« Adieu », a-t-il dit.

Je me suis mise à sangloter. Je suis rentrée en courant à la maison, où Dominic était à présent en train d'aboyer comme un fou.

« Je suis désolée, ai-je pleuré en m'adressant au chien. Je suis tellement désolée pour tout. Allez, viens là. »

J'ai passé mes bras autour de son cou et j'ai pleuré dans sa fourrure. Et puis j'ai grimpé les marches quatre à quatre et Dominic, toujours fidèle envers et contre tout, m'a suivie en haut. De l'étage, je voyais que Theo n'avait parcouru que la moitié du chemin vers l'océan. Je l'ai appelé, mais il ne s'est pas retourné. Quand il a enfin atteint l'eau, au lieu de grimper sur les rochers, il s'est contenté de ramper dans la mer, sans s'arrêter ni regarder une seule fois en arrière. Il avait eu l'air tellement impuissant et pathétique en progressant péniblement sur le sable, mais au moment de se couler dans l'océan et de disparaître, il semblait soudain profondément maître de lui-même. C'est lui, les lois de la nature, ai-je songé, même si j'ignorais ce que ça voulait dire.

Je suis redescendue précipitamment et j'ai traversé la plage en courant jusqu'à l'eau – Dominic à mes trousses. Je me suis assise sur le sable et j'ai attendu. J'ai attendu là toute la nuit, sans couverture, vêtue seulement d'une robe d'été. Je me suis pelotonnée contre le chien pour me tenir chaud. De temps à autre je criais le nom de Theo, mais il n'est jamais revenu.

46

Au matin, j'étais très malade : de l'âme, de l'esprit et du corps. Je ne pouvais plus rester à Venice. Manifestement il y avait quelque chose qui avait complètement dérapé, et mon état empirait. La seule chose à laquelle la thérapie de groupe m'avait menée, c'était un homme-sirène avec de sérieux problèmes d'abandon. Ras le cul de toute cette merde. J'étais venue ici pour m'éloigner de Jamie, dans l'espoir que la distance m'aiderait à me remettre. À présent il me courait après et je ne voulais plus de lui. Ça signifiait que ma mission était accomplie, non ? J'avais gagné, pas vrai ? Il était temps de rentrer à Phoenix et de revendiquer ma victoire. J'ai décidé de l'appeler pour lui annoncer la bonne nouvelle.

« C'est moi, ai-je dit.

— Je sais, a-t-il ri.

— Comment ça va ?

— Ça va. Je n'avais plus de nouvelles de toi. Je me suis inquiété.

— Désolée. J'avais besoin de temps pour réfléchir un peu.

— Ah oui ?

— Oui.

— Et alors, t'en es où ?

— Eh bien, d'abord je me demandais si t'étais encore avec… Megan. Ou bien c'est déjà mort, cette histoire ?

— Eh bien, ça s'est un peu compliqué de ce côté-là, en fait. »

Je savais qu'il se désintéresserait vite d'elle, mais ce truc s'était terminé plus vite que je ne le pensais.

« Ah oui ? »

Ça allait être tellement bon.

« Oui, je voulais te parler à ce sujet. Mais je n'avais pas envie de te le dire par texto. Et comme je n'avais pas de nouvelles, je me suis dit que je t'en parlerais en personne, à ton retour. »

On y était. Il voulait que je revienne. Il quittait Megan pour moi, il voulait simplement s'assurer que j'avais toujours envie d'être avec lui avant de rompre. Les hommes sont lâches. Mais je pouvais comprendre, et j'avais de la compassion pour lui. Cinq minutes plus tôt, j'étais transie d'amour pour Theo. Le cœur contient des multitudes. On a tous besoin de quelqu'un dans nos vies, parce qu'au bout du compte, les humains sont faibles.

« En fait, j'envisage de rentrer plus tôt, ai-je dit.

— Ah ouais ? »

Il avait soudain l'air nerveux.

« Qu'est-ce que t'en penses ?

— Écoute, Lucy, je ne sais pas comment dire ça. Je… j'espère que ce n'est pas pour moi que tu veux rentrer plus tôt. »

Oh non.

« Non, ai-je balbutié, c'est pas pour toi.

— D'accord, tant mieux. Parce que, euh, les choses ont un peu évolué en ce qui nous concerne, Megan et moi.

— C'est-à-dire ? ai-je aboyé.

— Eh bien apparemment… apparemment elle est enceinte. Et elle va garder le bébé. Donc on va devenir parents tous les deux. Elle va emménager chez moi, pour un moment au moins. »

J'étais silencieuse.

« Lucy ? »

J'étais incapable de dire quoi que ce soit. Pendant toutes ces années, j'avais tout tenté pour qu'on habite ensemble, et tout ce qu'il avait fallu à cette poufiasse de scientifique blonde c'était un avorton dans le bide et boum, voilà qu'il était prêt à s'engager. Je n'avais pas envie de lui montrer que j'étais furax. Je n'avais pas envie de l'injurier, de lui donner la satisfaction de savoir qu'il avait gagné. Alors que je croyais avoir tout le pouvoir en poche, voilà qu'il était désormais entre les mains d'un fœtus. Mais j'étais incapable de dire quoi que ce soit. Aucun mot ne voulait sortir. J'étais totalement seule.

« Hou hou, Lucy, t'es là ? »

J'étais par terre en position fœtale, l'estomac noué. Je n'ai pas dit un mot, je l'ai juste laissé s'égosiller encore un peu avant de raccrocher. Qu'est-ce que je croyais ? Jamie n'aurait été qu'un pansement. Celui qu'il me fallait vraiment, c'était Theo. Mais il était parti pour toujours, à présent. La descente était brutale. Je ne savais pas quoi faire ni où aller. L'hôpital, ça n'allait pas le faire. Que voulez-vous qu'ils me donnent pour arranger ça ? Ce n'était pas d'une drogue réelle que j'étais en train de décrocher. C'était bien pire.

47

Je ne sais comment, j'ai réussi à me traîner à une séance. Il a suffi au Dr Jude d'un seul coup d'œil à mes cheveux sales, ma jupe couverte de sable et mon visage amaigri aux traits tirés pour hocher la tête d'un air entendu, comme pour dire : *Voilà à quoi ça mène, l'addiction.*

Oui, voilà dans quel état vous finissiez : échevelée, transie d'amour, seule. Peu importe l'issue que vous aviez imaginée, peu importe ce que vous pensiez être le pire, vous finissiez toujours dans une situation qui n'avait rien à voir. Si toutes ces femmes revenaient sans cesse en thérapie, il y avait une raison. Quelque part, dans un recoin de leur esprit, elles avaient dû se souvenir de l'effet de cette douleur. Elles n'en voulaient plus.

Mais Sara voyait toujours Stan et elle avait l'air de gérer. Elle a gazouillé au sujet de la façon dont elle était en train d'intégrer Stan à sa routine pour prendre soin d'elle.

« Cette fois, je continue à m'occuper de moi. Je continue à m'offrir des tête-à-tête avec moi-même.

Mais c'est chouette aussi d'avoir un partenaire de salsa attitré, à présent. Et puis il fait les exercices avec moi avant les cours d'impro. C'est vrai, c'est moi qui paye tout. Et techniquement, il n'a pas d'autre endroit où aller. Mais il est là pour moi, désormais. De mon point de vue, s'il ne voulait pas être avec moi il pourrait continuer à dormir au spa coréen. Ces tapis de sol ne sont pas si inconfortables. Il a le choix. Il n'est pas obligé de vivre avec moi. Il me choisit. »

Sara a déclaré qu'elle souhaitait rester dans le groupe et en même temps rester avec Stan. Le Dr Jude a répondu qu'elle ne le recommandait pas, mais que ce n'était pas elle qui allait la virer.

« Vous verrez, a répondu Sara. Je suis vraiment en train de m'épanouir. J'envisage même de me mettre au slam. »

Je me suis demandé si Sara était totalement en train de se mentir à elle-même ou si elle était la preuve que ce qui paraissait impossible était faisable, en fin de compte : raccommoder une relation usée et malsaine pour former un nouveau couple équilibré qui ne risquait pas de vous détruire. Aurais-je dû être plus réceptive quand Jamie avait envoyé ses premiers textos ? Pourquoi est-ce que je l'avais ignoré pour courir après une relation qui n'était viable que confinée sur un rocher ? J'avais clairement dû prendre une mauvaise décision quelque part, sinon je ne me retrouverais pas là, la tête entre les mains, assise sous le poster encadré des archétypes jungiens du Dr Jude. Et ce qui était pire encore, c'était que toutes les autres semblaient avoir fait des progrès en mon absence.

Même Diana était totalement clean, elle avait décroché des jeunes tennismen depuis plus d'une semaine, et se préoccupait davantage de ses enfants.

« Peu importe ce que je ressens pour mon mari, que j'aie encore envie de lui ou pas, mes enfants sont ma véritable raison de vivre. Je fais ça pour eux. Pour pouvoir être présente. Ce n'était pas juste vis-à-vis d'eux d'être attablée à leurs côtés dans la cuisine pendant qu'ils mangeaient leur pizza, et de courir toutes les cinq minutes vérifier mon téléphone dans le salon pour voir si un gamin de vingt-trois ans m'avait envoyé un texto. Je n'étais pas capable d'être là pour eux. Et ils s'en rendaient compte.

— Comment te sens-tu ? a demandé le Dr Jude.

— Un peu triste, a-t-elle répondu. Mais tellement mieux. Je ne suis plus aussi à cran qu'avant. Ma valeur n'est plus définie par des textos. »

Brianne, elle aussi, avait trouvé un peu de réconfort auprès de son fils.

« Quand j'ai parlé à mon fils du mec d'OkCupid, il m'a dit : "Maman, ce truc a l'air d'un sacré psychodrame. T'as vraiment besoin de ça ?" Et je me suis dit : Tu as raison. Un psychodrame. C'est aussi simple que ça, en fait. Alors j'ai posé quelques saines limites. J'ai dit au mec que j'avais toujours très envie de le voir quand il rentrerait aux États-Unis mais que je n'allais pas lui donner le moindre sou. J'ai dit que je lui souhaitais bonne chance et que je croyais en lui : qu'il était capable de trouver un moyen pour rentrer.

— Génial, a fait Sara, en croquant dans une poire Beurré Bosc.

— Mais ce qu'il y a de plus bizarre, c'est que le lendemain même, mon fils et sa copine ont rompu. Il a dit qu'il était triste, mais qu'il savait que c'était pour le mieux, parce qu'il voyait à présent qu'il y avait du psychodrame dans cette relation-là aussi. Et puis il a ajouté, et je ne l'oublierai jamais : "Maman, je suis tellement content qu'on ait une belle relation. Ça compte tellement pour moi de pouvoir te parler de ces choses-là." »

Quelle mauviette, ai-je pensé.

Mais était-ce une mauviette ? Il en savait probablement davantage que nous toutes réunies. Peut-être que les enfants n'étaient pas la pire des choses, en fin de compte. Ils ne pouvaient pas être pires que tout le reste. J'avais toujours jugé ces femmes qui tiraient tellement de satisfaction de leur progéniture. Je les trouvais faibles, elles me donnaient envie de gerber comme si elles avaient renoncé à leur propre vie. Mais j'aimais bien Diana. Quant à Brianne, eh bien au moins elle avait une raison de vivre en dehors de la chirurgie esthétique. Un truc pour la raccrocher à la planète Terre. Peut-être qu'elle ne mentait pas totalement quand elle prétendait avoir une vie bien remplie. Ou du moins, qu'elle la trouvait bien remplie. Qui étais-je pour juger les autres ? Je n'en savais clairement pas plus qu'elles, moi qui étais revenue là en rampant.

Je leur ai parlé de Jamie et de la grossesse. J'ai prétendu que c'était la raison de mes larmes. C'était un truc lisible, un rejet qu'elles pouvaient comprendre. Ce que j'avais à raconter sur Theo dépasserait de loin leur entendement. Qu'est-ce que j'aurais pu dire, d'ailleurs ? Je pleure un homme que j'ai vu en secret pendant tout ce temps. Il se peut qu'il ait la quarantaine mais il paraît vingt et un ans. Non, je ne l'ai pas rencontré sur Internet, je l'ai rencontré dans l'océan. Au fait, il a une queue de poisson.

C'était difficile de faire son deuil ainsi, de pleurer un homme tout en faisant semblant d'en pleurer un autre. Pourquoi certains chagrins étaient-ils tellement plus acceptables que d'autres ? Pourquoi est-ce qu'on aurait dit que tout le monde allait s'en sortir, sauf moi ? Même Crin-Bec était de bonne humeur, et a informé le groupe qu'elle avait finalement décidé de tenter un rencart. Elle avait rencontré un mec au parc à chiens, et il l'avait invitée à un événement de charité au profit d'un refuge pour pit-bulls.

« Je pars du principe que c'est un connard, a-t-elle déclaré. Mais je ne pense pas qu'il soit marié. Alors je vais y aller. »

À la fin de la séance je me suis attardée une minute pour parler au Dr Jude.

« Lucy, a-t-elle dit, en soufflant la poussière accumulée sur un livre intitulé *Mauvaise estime de soi et addiction : les sœurs siamoises*. C'est bien que tu sois revenue. Je suis désolée que tu souffres.

— Merci », ai-je fait, en m'essuyant le nez. Elle m'a offert un mouchoir.

« Je peux vous poser une question ? ai-je demandé.

— Bien sûr.

— Quand vous avez dit que vous étiez seule et heureuse – que c'était possible d'être bien sans personne – vous le pensiez ?

— Oh, Lucy, a-t-elle répondu.

— Parce que c'est juste que j'ai l'impression que c'est un mensonge. Je crois que tout le monde cherche quelqu'un. Et que les autres font semblant, point barre.

— Ce n'est pas forcément vrai, a-t-elle répondu. Moi, je suis tout simplement heureuse d'être en vie. Tu veux vraiment savoir ce que je pense ? Eh bien, laisse-moi te raconter quelque chose que tu ignores à mon sujet. J'ai survécu à un cancer du sein.

— Je suis désolée.

— Pas de souci. J'ai eu un cancer du sein de stade trois alors que j'avais seulement quarante-neuf ans. Je n'étais pas sûre de m'en tirer. En fait, je ne pensais pas que j'allais m'en tirer. Mais après plusieurs années de chimio et de radiations particulièrement éreintantes, ainsi qu'une double mastectomie, j'ai fini par être déclarée guérie. Et je suis toujours en rémission.

— C'est super.

— Oui. Mais après le cancer, après avoir traversé cette horrible expérience, j'ai bien reconsidéré ma vie. J'ai réfléchi aux années à venir et à ce à quoi je voulais qu'elles ressemblent, quel que soit le nombre qu'il m'en restait à vivre. Et une chose dont j'ai pris conscience, c'est que je n'avais plus envie d'être avec mon mari. Ça a été très difficile à accepter. Je n'ai pas d'enfants. Mes parents vivent sur la côte Est. Il était ma famille et m'avait accompagnée à travers toute cette épreuve. Il m'aimait toujours énormément. Mais je n'étais plus amoureuse de lui. Et j'ai alors compris que je préférerais être seule, même si ça impliquait de ne jamais retrouver quelqu'un, même avec le corps que j'avais après l'opération, plutôt que de passer le reste de mon existence avec quelqu'un que je n'aimais pas.

— Comment avez-vous su que vous ne l'aimiez plus ? ai-je demandé.

— J'ai su, c'est tout, a-t-elle répondu. Avec le temps j'ai compris.

— Je suis tellement perdue. Il y a eu des moments où je ne me sentais plus du tout amoureuse de Jamie. Mais après notre rupture, je voulais plus que tout au monde qu'il revienne. Alors c'était peut-être le désir sexuel qui s'était estompé.

— Le désir, c'est le désir, a-t-elle répondu. N'importe quelle femme peut avoir des rapports sexuels. Ce n'est pas difficile de trouver un homme avec qui coucher. »

C'était vrai. Jusque-là je n'avais jamais vu les choses ainsi. Avec Garrett et Adam, et même Theo, quand ils avaient voulu coucher avec moi, j'avais cru que ça signifiait que je comptais pour eux.

« Mais l'amour, c'est… (Elle a marqué une pause.) eh bien, l'amour est peut-être au-delà des mots. C'est amusant, depuis toutes les années que je fais ce travail, je n'ai toujours pas vraiment les mots pour en parler.

— C'est vrai, ai-je répondu.

— Je pense que le point de départ pour toi, la question qu'il faudrait peut-être que tu te poses, ce n'est pas : qu'est-ce que l'amour ? Mais plutôt : est-ce que c'est vraiment l'amour que je cherche ? »

48

La même odeur de purée et de cuir chevelu malpropre m'a accueillie dans le service psy quand je me suis présentée pour voir Claire. Cette fois, en revanche, je ne me sentais pas plus forte que les patients qui étaient là. J'imagine que c'était comme ça que ça se passait. C'était comme ça qu'on devenait cinglé. J'avais conscience d'être à deux doigts de partir en vrille. Ça faisait un petit moment que je le savais, même si je ne voulais pas le voir. L'étincelle Theo avait occulté ça. Elle avait éclipsé ce que je savais déjà, tout au fond de moi-même. J'ai réfléchi à ce qu'avait dit le Dr Jude. Ça tenait la route. Ses paroles étaient pleines de philosophie, de sagesse, de poésie, même. Mais les paroles n'empêchaient pas que Theo me manquait toujours autant.

Claire avait l'air incroyablement défoncée. J'avais vu les gobelets de médicaments alignés à l'entrée du couloir, et l'infirmière qui distribuait toutes sortes de comprimés. Je présumais que Claire avait droit au cocktail complet. Tout ça me rappelait un documentaire que j'avais vu un jour sur un centre de désintox où on donnait de la méthadone. On aurait dit qu'ils se contentaient de faire de la réduction des risques, en remplaçant une dépendance par une autre. Désormais, au lieu des bites et de tous les comprimés sans ordonnance qu'elle avait pris, ils lui donnaient une dose encore plus forte de saloperies sur prescription. Des médocs à la place des bites. Le marché semblait honnête. Et apparemment ça fonctionnait, en tout cas tant qu'elle pouvait rester défoncée.

Elle était étrangement en paix avec son environnement, comme un yogi sous hypnose. Peut-être qu'elle était trop dans les vapes pour percevoir l'aura nauséabonde de l'endroit où elle se trouvait. Je suppose que les drogues transformaient la puanteur et la rendaient plus acceptable, de même que les émotions.

J'ai été contente de voir qu'elle me reconnaissait encore, même si elle était dans le gaz.

« Toi ! m'a-t-elle interpellée en me voyant.

— Salut ma chérie, comment ça va ? »

Elle allait bien, a-t-elle répondu – tellement bien, en fait, qu'on n'allait peut-être même pas l'obliger à aller en cure. Mais elle voulait y aller, et avait décidé de le faire quand même.

« Tu veux savoir un truc bizarre ? a-t-elle demandé. Figure-toi qu'ici j'aime bien la thérapie de groupe, juste écouter les gens. Ils ont toutes sortes de problèmes bien plus pourris que moi – et que n'importe quelle nana de notre groupe. C'est comme si Sara la tripoteuse de pied était sous acide en permanence. Du coup je m'estime heureuse avec les problèmes que j'ai. J'adorerais que les deux groupes se rencontrent dans un grand cercle de guérison. Comme ça, quand Brianne se plaindrait à propos de Millionaire Match, elle pourrait se rappeler qu'au moins elle n'a pas d'hallucinations auditives. Peut-être que mon destin est de diriger un programme d'échanges entre thérapies de groupe.

— Eh ben, on dirait qu'ils t'ont eue, hein ? ai-je ri.

— Je ne sais pas s'ils m'ont eue ou pas. Mais tu veux savoir le truc le plus chelou ? Le truc le plus bizarre de tous ? J'ai plus envie de mecs. J'ai l'impression que j'ai mon compte.

— Ouah.

— On dit toujours qu'on n'a pas touché le fond tant qu'on n'y est pas, au fond. Lucy, et si ça y était ?

— Et puis quoi, si ça y est ?

— Tout ce que je peux te dire, c'est que putain, qu'est-ce que je me sens libre maintenant ! a-t-elle ajouté en rajustant son bracelet d'hôpital.

— Je suis tellement contente pour toi, Claire », ai-je répondu. Et puis je me suis mise à pleurer.

« Oh non, qu'est-ce qui ne va pas ?

— Je t'en prie. Il faut que tu m'aides. Je souffre tellement. Theo est parti pour toujours et je ne sais pas quoi faire.

— Le nageur ? Qu'est-ce qui s'est passé ?

— Il est parti. Il est parti, c'est tout, et je ne pense pas qu'il revienne un jour.

— Oh, ma belle, a-t-elle fait.

— Qu'est-ce que je dois faire ?

— Ignore-le. Ignore, ignore, ignore. Ne lui cours pas après. Dans ta tête, il faut que tu fasses littéralement une croix sur lui.

— Si je fais une croix sur lui, tu crois qu'il reviendra?

— Ils reviennent toujours quand on fait une croix sur eux – surtout, comme on sait, si tu te trouves d'autres bites. Mais et si tu ne faisais pas ça? Et si tu ne le remplaçais par personne? Tu n'es pas obligée de renoncer à lui juste pour qu'il te revienne. Tu pourrais renoncer à lui pour renoncer à lui, tout simplement.

— Pourquoi?

— Eh bien déjà, ça pourrait te faire du bien de te poser un peu, seule face à toi-même, un petit moment.»

Qui était cette personne qui me parlait?

«Alors c'est tout? Je fais une croix sur lui et je me pose un peu, c'est tout?

— Aucun de ces connards ne vaut le coup, a-t-elle répondu. Il faut les balancer dans un fossé et les laisser pourrir sur place.

— Tu ne comprends pas, ai-je dit. Il ne s'est pas foutu de ma gueule. C'est moi qui lui ai fait du mal. C'est moi qui lui ai menti, pas l'inverse. C'est pas comme avec les autres. Cette fois, c'est moi qui ai la main. Si l'on veut.

— Tu m'as demandé conseil, je te donne mon conseil.

— Je ne peux pas faire ça, ai-je dit. J'ai besoin d'amour. Ou si c'est pas de l'amour, alors j'ai besoin de la puissance de ce sentiment. J'adore ça. J'aime l'amour. C'est tout ce que j'ai.

— Oh, Lucy. Tu as des tas de choses. C'est comme tes nichons.

— Quoi ?

— Tes nichons. Tu dis toujours que t'as pas de nichons. Mais en réalité, ta poitrine est tout à fait généreuse. Tu as largement ce qu'il faut.

— Je veux un bonnet D. Au sens métaphorique du terme.

— Et je veux un millier de bites géantes. En tout cas je crois que c'est ce que je veux. Mais c'est un mensonge. Parce que même un millier de bites ne suffiraient jamais. Et il faut être taré pour penser le contraire. Tout ce fantasme est un mensonge.

— Mais je suis tarée. Et je n'ai pas envie de me passer de ce fantasme, ai-je fait.

— Tu peux y arriver. On peut y arriver ensemble.

— J'en ai pas envie.

— Fais comme ça te chante, a-t-elle répondu.

— Je peux te dire un dernier truc ?

— Quoi donc ?

— Jamie a mis cette femme enceinte. Ils s'installent ensemble.

— Non ! La scientifique ?

— Je te jure.

— Putain mais comment c'est possible ?

— Ils couchaient ensemble.

— Non, je veux dire… oh Lucy, je suis tellement désolée.

— Je sais. Comment est-ce que je pourrais rentrer à Phoenix et me retrouver face à eux ?

— Tu peux, et tu vas le faire. On n'a qu'à prier pour que ça lui bousille complètement la chatte.

— Elle a intérêt à enfler comme une truie.

— Bon, maintenant il va vraiment se languir de toi.

— Ah bon ?

— Oh oui. Il n'y a rien de tel pour révéler les envies d'évasions d'un homme qu'une femme en pleine montée de lait, quand c'est quelqu'un d'autre qui tète. »

49

En quittant l'hôpital, je me demandais si Claire avait raison. Était-il possible qu'elle soit devenue plus lucide que moi ? Voilà qu'elle me regardait exactement comme je les avais regardées plus tôt, Diana et elle : avec affection, mais surtout avec pitié. J'ai décidé que c'était elle qui était à plaindre. Elle avait renoncé à la seule chose qui la rendait vraiment vivante, même si c'était aussi ce qui la rendait cinglée. Je savais qu'elle voyait toujours ce qu'il y avait de beau dans cette ancienne existence. Mais par instinct de survie, elle s'était remise dans les rails de la sécurité et de la santé mentale. Même pour Claire, la douleur était simplement devenue trop grande.

Bien sûr, ça, c'était ce jour-là. Qui pouvait dire où elle en serait la semaine suivante ou le mois d'après, ou bien le jour où elle sortirait ? Pour l'heure, elle était parvenue à se convaincre, et peut-être même allait-elle un peu mieux. Mais ce n'était pas parce que vous alliez mieux que les hommes ne pouvaient plus vous atteindre. L'amour et le désir étaient latents chez elle, en embuscade. Pour l'heure, elle était débarrassée de la folie. Le cocktail de médicaments avait sûrement aidé. Je me suis demandé si ce qu'elle ressentait quand elle prenait tous ces traitements était aussi bien qu'une obsession amoureuse, mieux que cette étincelle. Il fallait au moins une sensation divine pour renoncer à la chasse aux mecs. La chasse, c'était tout, tous les espoirs et les possibles de la vie. Il n'y avait pas grand-chose d'autre qui puisse suffire. L'amour lui-même ne suffirait probablement jamais. On avait besoin de cet instant juste avant de se toucher, juste avant de baiser, cet instant qui précède le moment où il vous pénètre pour la première fois, tout le temps.

J'ai pensé à une histoire que j'avais lue au sujet de Solon, l'homme d'État athénien, qui entendit un jour son neveu chanter un poème de Sappho. Il demanda immédiatement au garçon de le lui enseigner pour qu'il puisse le mémoriser. Quand on lui demanda pourquoi, il répondit simplement: «Pour que je puisse l'apprendre et mourir ensuite.»

Je n'allais pas cesser de pourchasser Theo. Je n'en étais même pas encore au stade où la toxico balance sa came, pour en racheter immédiatement. Je ne balançais rien du tout. Sappho n'avait jamais renoncé à l'amour, même quand le manque était un poignard planté dans son cœur. Quand elle couchait avec son amant Phaon, elle croyait peut-être qu'elle n'allait pas s'attacher. Je vais juste me taper cette jeune créature torride, et ce sera fini, devait-elle se dire. Ou peut-être qu'elle pensait pouvoir le faire tomber amoureux d'elle en le sautant. Mais Phaon n'était pas capable de l'aimer en retour : elle était trop vieille, ou peut-être trop en demande, et il venait à peine de devenir jeune et canon, après avoir été massé avec l'onguent magique d'Aphrodite, qui transformait les vieillards en jeunes gens sexy. La situation aurait été difficile pour n'importe quelle femme, mais c'était tout simplement impossible pour Sappho, parce que c'était Sappho, de la jouer cool ou de rester détachée. Et donc, elle est devenue accro.

J'avais essayé toutes les drogues, et j'en étais à présent au stade où la toxico guette son dealer. Même si elle n'arrête pas de trembler, elle attend. Même s'il ne revient jamais, elle attend. Il ne reste rien d'autre.

Alors je suis retournée aux rochers tous les soirs pour m'asseoir au bord de la mer, le corps enveloppé d'une couverture. À mesure que les jours passaient, la douleur était de moins en moins brûlante, et j'étais de plus en plus vide. J'ai commencé à me sentir purifiée, à la manière d'une calebasse que quelqu'un aurait vidée à la petite cuiller. Je me sentais sacrée, presque sanctifiée, comme si je pouvais me contempler d'en haut, depuis le ciel. J'étais là, une femme sur les rochers au bord de l'océan, enveloppée d'une couverture, guettant le retour de son amant. D'après mes quelques connaissances en art, j'avais tout d'un tableau. J'étais clairement un poème. Sappho aussi en était un – sa vie était peut-être inconnaissable, mais ses sentiments étaient miens. J'étais mythique. Et même si j'étais convaincue de ne plus jamais revoir Theo, c'était trop tragique pour y songer. Mon corps pleurait. Mais je ne laissais pas le néant me dévorer tout entière. Il y avait en moi une mince lueur d'espoir qui me poussait là-bas tous les soirs.

J'emportais le chariot, au cas où il aurait fait son apparition. Je voulais lui montrer que j'étais prête à me donner du mal pour lui. Mais en même temps je me demandais si ça ne portait pas la poisse – peut-être que si je prenais le chariot il ne serait pas là, comme quand on prend un parapluie et qu'il ne pleut pas. Mais le chariot restait mon totem, et il fallait que je l'emporte. Il montrait mon espoir aux dieux auxquels je ne pensais même pas croire. Il était comme un calice vide attendant d'être rempli.

Chaque soir, je me promettais que c'était la dernière fois que je droguais Dominic. Mais chaque soir il fallait que je le fasse, juste au cas où. Si jamais Theo revenait, je voulais qu'il n'y ait aucun obstacle quand il nagerait vers moi. Je l'emmènerais à la maison et on se mêlerait immédiatement l'un à l'autre. Je ferais n'importe quoi pour rester avec lui. Jamais plus je ne songerais à le quitter.

Parfois, je m'endormais sur les rochers. En m'assoupissant, j'imaginais qu'il me surveillait de quelque part, pour voir si je me donnais du mal, pour me tester. Peut-être que c'était les dieux auxquels je pensais ne pas croire qui m'épiaient. Mais c'est comme ça que ça se passe avec les dieux et autres créatures mythiques. On s'imagine qu'ils nous observent. On sent presque leur regard. Alors je l'attendais. Plus rien n'avait de sens sans lui, hormis l'espoir de son retour.

Un soir j'ai rêvé que Sappho venait sur les rochers et s'asseyait à mes côtés. Elle ressemblait à Crin-Bec, sauf que c'était Crin-Bec en lesbienne butch canon : ses grosses cuisses moulées dans un jean déchiré, les cheveux teints en noir corbeau, avec une coupe pompadour. Sappho-Crin-Bec m'a dit que j'étais trop conne d'attendre Theo. Elle a posé la main à plat sur mon sternum et m'a dit : « Regarde-toi, tout ça pour un connard de mec-poisson.

— Mais c'était toi la reine timbrée de l'amour à sens unique, autrefois, ai-je répondu. S'il y a bien quelqu'un qui peut comprendre, c'est toi, non ?

— Fais seulement attention à ne pas te noyer », a-t-elle répondu.

Dans mon rêve, j'ai fermé les yeux. Elle m'a embrassé sur les paupières, l'une après l'autre. Je me suis sentie excitée, comme si j'avais envie de me frotter contre ces cuisses moulées dans son jean. Quand j'ai rouvert les yeux dans mon rêve, Sappho était devenue Claire.

« Je suis désolée de ne pas pouvoir me noyer avec toi, a dit Claire.

— Ce n'est pas grave, ai-je répondu.

— Je suis vraiment désolée, Lucy.

— Personne ne va se noyer ! Va plutôt te faire faire une manucure et une pédicure. Tu n'as qu'à imaginer que tu as un rencart avec David.

— La mani-pédi comme antidote au suicide, a-t-elle répondu. Tout ça paraît tellement logique maintenant. Mais je viens de me faire faire les ongles.

Que faire pour éviter le suicide quand tes ongles sont déjà manucurés ?

— Et si tu essayais Le Pain Quotidien ? Tu pourrais aller t'acheter un pain aux raisins. Mais je dois rester près de l'eau, au cas où il sortirait.

— Combien de temps tu vas attendre ?

— Ce ne sera plus très long. Je le sens qui m'observe. »

50

Au bout de quatre nuits, j'ai commencé à perdre espoir. Le mal a ressurgi, plus profond, pénétrant jusque dans mes os, comme le syndrome de manque décrit par les toxicos. Je n'arrêtais pas de me chier dessus. Je vomissais dans l'océan. Je ne savais pas trop ce que Theo m'avait fait mais mon corps était devenu dépendant. J'avais littéralement besoin de lui pour survivre. J'avais entendu parler de gens qui mouraient des effets du manque. Peu importe ce qui était en train de s'échapper de mon corps, c'était forcément mauvais. Est-ce que j'allais crever, à cause de la chiasse et des tremblements ? Est-ce que j'allais connaître une mort douloureuse et merdique ? J'ai soudain été terrifiée à l'idée de mourir. J'étais à deux doigts d'arrêter de respirer. Rien que l'idée que je pourrais arrêter de respirer et disparaître était terrifiante. Encore plus effrayant : je m'étais infligé ça toute seule.

J'avais besoin d'aide. Deux bonnes heures à attendre avant la thérapie de groupe. J'avais besoin d'une sorte de méthadone émotionnelle, au moins de quelques conseils sur leurs techniques pour amortir la descente. Je me suis douchée rapidement, puis j'ai marché de Venice à Santa Monica, car j'avais peur de gerber ou de chier dans la voiture si j'appelais un Uber. En m'arrêtant à la pharmacie de la supérette pour acheter du Spasfon, j'étais terrifiée, comme une extra-terrestre, ou bien Theo sur la terre ferme. Cette incursion à la supérette était tellement différente de la dernière fois – pour l'infection urinaire, quand j'avais eu cette étrange sensation d'intimité avec moi-même. À présent j'étais totalement en rupture avec mon corps, comme si j'étais sortie de lui, comme si je ne savais pas du tout comment me mouvoir. Je voyais mes pieds marcher, je sentais mon cœur battre, mais je ne savais pas comment je parvenais à respirer toute seule – comment mes poumons savaient qu'il fallait respirer et mon cœur qu'il fallait battre.

« Bon, j'ai recommencé, a déclaré Diana. J'ai à nouveau couché avec un des profs de tennis. Encore plus jeune cette fois-ci. Dix-huit ans à peine. On dirait carrément qu'ils se refilent le plan, maintenant. Je ne vois pas comment je pourrais éviter que tout mon cercle social s'en rende compte. »

On la regardait toutes bouche bée, comme si on était devant un feuilleton télé. Sara faisait péter des noix de cajou comme du pop-corn.

« Je… je ne sais même pas comment c'est arrivé. C'est comme si j'avais eu un trou noir. J'étais en train de monter dans ma voiture, et l'instant d'après je discutais avec lui. Et puis il est monté dans la voiture avec moi et on a commencé à se peloter direct, sur le parking du club. Je l'ai emmené au Loews, sur la plage, et je nous ai pris une chambre, parce qu'il n'y a que des touristes là-bas et que je savais qu'on ne croiserait personne. Toute l'affaire a duré moins d'une heure. Il ne m'a même pas demandé mon numéro.

— Est-ce que ça s'est présenté de façon spontanée ? Ou est-ce qu'il y a eu un moment avant de passer à l'acte où tu t'es rendu compte que tu avais cette idée en tête ? N'importe quoi qui aurait pu jouer un rôle de déclencheur, a demandé le Dr Jude.

— À part qu'il avait dix-huit ans et des abdos en béton ? Et qu'il avait envie de moi ? Non. Oh, il y a bien eu un moment… la veille au soir. J'étais à une soirée avec mon mari, un truc du monde du cinéma. Et je l'ai regardé à l'autre bout de la pièce. Il portait un smoking et moi une robe de soirée. Il parlait à un réalisateur, très connu. Et s'il y avait un seul moment où il aurait dû me paraître séduisant… c'était bien celui-là. Mais je l'ai regardé et je me suis juste dit : "Je n'ai pas de désir pour cet homme. Je n'ai aucun désir pour lui. Et je vais rester coincée avec lui pour le restant de mes jours." Et j'ai eu l'impression de sombrer. Comme si je m'enfonçais dans le sol. »

Qu'est-ce qui n'allait pas chez nous ? Il y avait des femmes sur la planète qui acceptaient si facilement leur destin. Elles étaient faites pour apprécier leur lot, et elles avaient pile ce qu'il fallait pour que tout s'emboîte. Ces femmes savaient d'instinct comment se trouver un mec et le garder, chacun de ces mecs étant interchangeable avec le voisin : un torse, une bite, une paire de mains. Ces femmes savaient accueillir à bras ouverts n'importe quel type produit à la chaîne dont elles héritaient. Elles savaient s'y prendre pour lui donner un nouveau souffle, jour après jour, et elles savaient trouver leur sort enviable. Elles étaient de véritables psaumes vivants. Il n'y avait pas de failles dans leur existence. Ces femmes n'avaient jamais croisé le moindre vide de leur vie. Elles n'en voyaient aucun, tout simplement.

« Est-ce que je peux dire quelque chose ? est intervenue Sara. Diana, je suis désolée, mais si j'avais un mari qui prenait soin de moi – et si j'avais ta tête – et de jeunes enfants qui m'aiment, je serais tellement heureuse. Je serais juste… heureuse.

— Dr Jude, je me sens jugée », a fait Diana. Mais Sara ne s'est pas arrêtée.

« Stan est encore parti. On s'est disputés au sujet d'un documentaire historique. *Les Roosevelt.* Il a dit que j'étais la femme la plus horripilante qu'il ait jamais rencontrée, et puis il est simplement parti. Je ne sais pas où il dort. Peut-être au spa ? Peut-être chez une autre femme ? Je ne sais pas qui pourrait vouloir de lui. On était censés aller à un atelier ce week-end. Un séminaire "Ouvrir son cœur"… une remise à niveau pour moi, les rudiments pour lui. J'étais tellement contente. J'allais enfin avoir un petit copain d'atelier. J'ai payé pour nous deux et tout. Et vous savez quoi ? Je n'ai même plus envie d'y aller. Je n'ai pas envie d'ouvrir mon cœur ! Je vais devoir y aller toute seule, maintenant. Je vais encore une fois être la femme seule de service. »

J'ai regardé à la ronde et je me suis sentie triste pour nous toutes. On n'était pas fichues comme tout le monde – notre constitution était différente de celle des gens qui s'en sortent en amour. On ressentait peut-être les mêmes émotions que les autres, mais on les ressentait de façon plus intense. Sappho aussi ressentait plus fort, ça je le savais. Sappho était des nôtres. Qu'est-ce qui aurait pu la pousser à chanter, si ce n'était pas les émotions qui la submergeaient ?

Crin-Bec nous a raconté qu'elle avait annulé son rencart avec le mec du parc à chiens. Elle a dit qu'elle avait eu un drôle de pressentiment à son sujet.

« Drôle dans quel sens ? a demandé le Dr Jude.

— Je ne sais pas. Il portait une de ces casquettes gavroches. Et quand j'ai repensé à la casquette, j'ai senti que ça déclenchait un truc. Je ne fais pas confiance aux hommes qui portent ce genre de casquette, c'est tout. C'est comme un gros NON rouge et clignotant.

— Quel est le problème avec ce couvre-chef en particulier ? Tu as déjà eu une expérience négative avec un homme qui portait une casquette de ce genre ? a demandé le Dr Jude.

— Non, a répondu Crin-Bec. La vérité… c'est que c'est peut-être moi. Je sais que vous voulez que je recommence à sortir avec des hommes. Je sais que vous pensez que je suis prête. Mais je crois que je ne le suis pas. Je ne sais pas si je le serai un jour. »

Je me suis demandé si c'était à ça que ressemblait la guérison, si c'était la seule option pour les femmes comme nous. Est-ce que c'était mieux d'être à peu près saine d'esprit et sans mec, plutôt que timbrée avec un mec ? Le Dr Jude avait l'air de nous estimer capables de vivre des rencontres conscientes et, à terme, de bâtir des relations équilibrées. Elle croyait en nous, en notre capacité à nous améliorer. Mais je n'y croyais pas, moi. Crin-Bec non plus ne croyait pas en nous.

Brianne s'était tenue à sa décision de ne pas donner d'argent à l'homme d'affaires en carton. À présent il ne lui adressait plus la parole. Il avait envoyé un dernier e-mail quelques jours plus tôt, pour lui dire que c'était entièrement sa faute s'ils ne pouvaient pas être ensemble, parce qu'elle ne lui avait pas avancé l'argent pour rentrer. Il l'avait traitée d'égoïste, et avait déclaré qu'il reviendrait quand il reviendrait. Mais il avait ajouté qu'il ne voulait pas sortir avec une personne à ce point dépourvue de confiance et de générosité.

« J'ai une vie bien remplie, a-t-elle répété, sa lèvre inférieure – récemment regonflée au collagène – tremblant légèrement. Elle est vraiment très bien remplie et tout ce que j'ai me rend reconnaissante. Mais j'avais de l'espoir avec celui-là. Je pensais qu'après tout le travail que j'avais fait sur moi ici, c'était peut-être la récompense de tous mes efforts. Je me suis laissée aller à l'enthousiasme. Peut-être que c'était ça, mon erreur. »

Elles ont toutes murmuré que c'était mieux qu'elle sache tout de suite que c'était un connard. Mais elles n'ont pas utilisé le mot connard. Elles ont dit « incapable de s'engager », « allergique à l'amour » et « terrifié par l'intimité ». C'était mignon, cette manière de vouloir qu'elle s'en sorte. Elles avaient vraiment l'air de la soutenir. Bizarrement, à ce moment-là, elles ressemblaient toutes à des gamines, pour moi. Je voyais chacune comme elle avait pu être, enfant : pas physiquement, c'était plutôt une innocence qu'elles portaient en elles. Je me suis souvenue qu'elles avaient toutes une mère qui les avait aimées un jour. Leurs mères les avaient aimées et n'avaient souhaité que leur bonheur. C'était trop bizarre que tout le monde ait une mère. Ça me rendait triste que les gens aient des mères qui restaient auprès d'eux très longtemps. J'imaginais que les mères qui n'étaient pas mortes caressaient les cheveux de leurs filles tous les jours, écartaient les mèches qui traînaient sur leur front, leur chatouillaient le cou, passaient la main au sommet de leur crâne.

Quand ma mère était morte et qu'Annika était retournée à l'école, mon père avait proposé de me caresser les cheveux avant mon coucher. C'était gentil de sa part, mais on savait tous les deux que c'était juste trop bizarre. Il n'était pas du genre tactile. C'était plutôt quelqu'un qui vous filait une tape sur le crâne.

« Caresse-moi les cheveux », demandais-je à mes amies adolescentes, mais quand elles s'exécutaient, ça ne suffisait jamais. Il me fallait plus que ce que mes amies pouvaient offrir. J'enviais celles qui pouvaient se satisfaire de quelques caresses dans les cheveux avant de passer à autre chose. Ça leur était égal. Elles savaient que leur mère pourrait finir le boulot plus tard, sans même avoir besoin de demander. Alors elles prenaient tout ça à la légère. C'était pareil avec leurs amoureux.

J'ai contemplé les joues de Brianne, tendues désespérément pour lui donner l'air jeune, et me suis demandé à quoi ressemblait son visage quand elle était petite fille. Elle trouvait injuste et terrifiant que le temps passe pour de vrai. Le temps n'était pas censé passer. Ou alors il était censé passer pour tout le monde sauf elle. Je comprenais ça. Moi aussi j'avais peur. J'avais envie de lui caresser la joue et de lui dire qu'elle n'était pas obligée d'y injecter quoi que ce soit d'autre. Qu'elle était encore jeune d'une façon essentielle. Une vague de douleur est montée en moi, plus palpable que je ne l'aurais jamais imaginé. J'avais l'impression qu'elle allait me tuer, et j'ai essayé de la refouler. Lui résister m'a donné une impression de suffocation. Comment savoir ce qui me tuait le plus, d'ailleurs : la douleur, ou le fait de la réprimer ? Je voyais, j'entendais, je ressentais trop intensément. Il me semblait que si je ne quittais pas la pièce immédiatement j'allais finir étouffée – par mes sentiments ou ma résistance à ces sentiments – et mourir.

J'ai quitté précipitamment la salle en me tenant la gorge, et me suis retrouvée sur le trottoir. Je me suis recroquevillée en position accroupie, la tête entre les genoux. Rien que d'être seule à nouveau, loin de toute cette humanité qui me renvoyait la mienne en pleine face, je me suis sentie mieux. La tristesse et la nausée ont commencé à refluer. Et puis j'ai entendu la porte du bâtiment s'ouvrir et des pas derrière moi. C'était Crin-Bec, qui venait voir si j'allais bien. Je me suis demandé comment elle avait été élue.

« Coucou, je voulais juste être sûre que ça allait.

— Ça ne va pas, ai-je fait.

— Tu veux retourner à l'intérieur ?

— Non, j'ai besoin d'air.

— Tu penses que je devrais m'asseoir avec toi ?

— Il vaudrait sans doute mieux me laisser seule.

— On ne va pas te faire de mal, Lucy. »

J'ai contemplé son visage. L'espace d'un instant, elle n'avait plus rien d'équin ni de gallinacée. Elle avait de grands yeux bruns et, quand elle fermait la bouche, de belles lèvres rouges et pulpeuses. Était-il possible qu'elle soit en fait jolie ?

« Écoute, a-t-elle dit. Je ne sais pas ce qui t'arrive. Ce que tu fabriques au juste. Je veux dire, à part ce truc avec Jamie. Mais peu importe ce dont il s'agit... tu n'es pas obligée de le faire. »

J'ai ri tout haut, un rire de cinglée. J'étais recroquevillée sur le trottoir en pleine journée. Bien sûr que j'étais obligée de faire ce que je faisais.

« Tu ne me connais pas vraiment, ai-je dit.

— Peut-être pas, a-t-elle répondu. Mais je te comprends. »

Je ne voulais pas qu'elle comprenne. Je ne voulais pas être comme elle. Mais je savais qu'elle était sincère.

« Alors, c'est quoi la solution ? Ne plus jamais sortir avec personne ? » ai-je demandé.

Elle m'a regardée.

« Honnêtement, je ne sais pas. Les choses se sont tellement mal passées pour moi à la fin… à la fin de ma dernière tentative. Ça aurait pu me tuer, facile. Si je devais me retrouver encore une fois dans cet état émotionnel ? Par certains côtés, je crois qu'il vaudrait mieux que je sois morte, plutôt que d'errer sur la planète comme une âme en peine pendant le restant de mes jours. »

C'était peut-être pour ça que je suivais cette thérapie de groupe, pour rappeler aux gens comme elle l'enfer qui les attendait de l'autre côté. J'étais là pour servir de récit édifiant.

« Comment t'as réussi à gérer le sevrage sans crever ? ai-je demandé.

— J'ai tenu bon, c'est tout. Une minute après l'autre. Et progressivement j'ai constaté que les sentiments ne me détruisaient pas.

— Mais on t'a forcée à renoncer à lui, non ? Tu n'as pas choisi de le faire. Je veux dire, il a obtenu une injonction d'éloignement, c'est ça ?

— Qu'est-ce que ça fait, une injonction d'éloignement, pour les gens comme nous ? Face à une obsession comme la nôtre ? Mais j'imagine que oui, techniquement, je n'avais pas le droit d'être avec lui. Ce n'était pas mon choix. »

C'était donc ça. Ce n'était pas tant qu'elle s'était désintoxiquée, c'était la justice qui l'avait arrêtée. Je me la suis représentée en marionnette, une marionnette de l'amour obsessionnel, avec un juge qui tirait les ficelles. Elle courait en faisant du sur-place, comme une boxeuse, incapable d'avancer vers ce qu'elle croyait être l'objet de son amour.

« Mais si tu pouvais être avec lui ? Si tu pouvais à nouveau être avec lui, tu ne foncerais pas sans hésiter ?

— Non, je ne le ferais pas, a-t-elle répondu du tac au tac.

— Allez, quoi. S'il était juste devant toi, sur ce trottoir ? »

Elle y a réfléchi une seconde et les commissures de ses lèvres se sont affaissées en tressaillant.

« Est-ce qu'il me manque encore ? Oui, il me manque. Je mentirais si je prétendais le contraire. Mais ce que je perdais à être avec lui, ça ne me manque pas.

— Comme quoi ?

— Tout, a-t-elle répondu. La dignité, la santé mentale. Ma vie.

— C'était pour quoi, cette injonction d'éloignement, au fait ? ai-je demandé.

— C'est assez gênant.

— Allez, quoi. Je suis affalée en posture de l'enfant sur le trottoir. »

Elle a ri. Je ne l'avais encore jamais vue rire.

« Bon d'accord, a-t-elle fait. Un jour j'ai aperçu sa femme en train de se promener. Je ne l'avais jamais rencontrée, je l'avais seulement espionnée sur Internet. Mais soudain la voilà, qui descendait l'avenue Montana en mode marche sportive, sous mon nez. Et je me suis dit que c'était injuste parce que je savais tellement de choses sur elle, vu que je l'avais espionnée, tandis qu'elle ignorait jusqu'à mon existence. Ça m'a rendue furax, tout simplement. Et je l'ai, disons, un peu poursuivie… avec ma Pryus.

— Non !

— Je te jure.

— Tu l'as poursuivie ! Tu veux dire que t'as essayé de la renverser ?

— Je n'aurais pas dit ça à l'époque. Mais oui, c'est ce que j'étais en train de faire.

— Mon Dieu, c'est génial, ai-je ri.

— Non, a-t-elle répondu. C'est assez dégueulasse.

— D'un seul coup je t'apprécie tellement plus.

— Tu ne devrais pas. Rien de tout ça n'était sa faute. C'était la faute de son mari. En réalité, c'était la mienne.

— Mouais », ai-je fait.

On est restées silencieuses un petit moment.

« Tu veux retourner à l'intérieur ? a-t-elle demandé.

— J'arrive dans une minute. J'ai seulement besoin de prendre encore un peu l'air. »

Mais je n'avais pas la force d'y retourner. Et je savais que si j'essayais de rentrer à pied, je n'y arriverais jamais. Rire m'avait collé le vertige, et le trottoir s'était mis à tourner. J'ai tâté le ciment avec ma paume et il était plus frais que l'atmosphère de l'après-midi. Je me suis demandé si je ne ferais pas mieux de me coucher là, tout simplement. Est-ce que je devrais simplement m'allonger, joue contre le trottoir, je m'allonge et je m'endors ? Je crois que ça me conviendrait de mourir tout de suite, dans mon sommeil. Mais je n'avais pas envie de crever là, en public, sous les yeux de n'importe quel passant. Soudain je flippais à nouveau. J'ai sorti mon téléphone et appuyé sur les touches pour commander un Uber qui me ramène à la maison. Tout le monde faisait ça désormais. On passait de l'émotion au téléphone. C'était comme ça qu'on échappait à la mort au vingt et unième siècle.

Le chauffeur, qui s'appelait Chase, est arrivé en Honda argentée. Il était mignon, avec des dents du bonheur – peut-être vingt-six ans tout au plus. Il essayait apparemment de se faire pousser la moustache, et ses cheveux bruns lui descendaient aux oreilles, sous une casquette de baseball siglée FML. Il jacassait, racontant qu'il était comédien, ou essayait de le devenir. Sa philosophie préférée en matière de jeu d'acteur était celle d'Uta Hagen, un truc comme quoi il fallait étudier le genre humain. Eh ben, pour quelqu'un qui étudiait le genre humain, il était à chier pour cerner les gens. Dans ma tête, je n'arrêtais pas de répéter : *Ta gueule ! Ta gueule !* J'avais envie de lui dire : *Tu vois pas que je suis en train de crever ?*

Mais même en train de mourir, j'étais incapable d'être méchante avec lui, de peur qu'il me prenne pour une garce. Pourquoi est-ce que je me souciais de ce qu'il pensait, franchement ? Ma mort avait-elle aussi peu d'importance ? Comment pouvais-je accorder la priorité aux sentiments d'un jeune nigaud à moustache plutôt qu'aux miens… mes propres sentiments, alors que j'étais sans doute en train de crever ?

J'ai répété : « C'est chouette » et « Oh, intéressant », et je me suis allongée sur la banquette arrière. Je ne l'ai pas prévenu que j'allais m'allonger, je l'ai fait, point. Il ne faisait absolument pas attention à moi, préférant continuer à déblatérer au sujet d'une audition à venir pour un médicament sur ordonnance contre les allergies, pour laquelle il devait jouer le beau-fils d'une femme qui souffrait d'allergies à l'âge adulte. Il était partagé, disait-il, parce qu'il n'avait pas envie de limiter son registre aux produits pharmaceutiques. Le rôle qu'il voulait vraiment, c'était celui que proposait Samsung la semaine suivante. Il passait une audition pour jouer le téléphone.

« Ce n'est pas facile d'y arriver dans cette ville. Je suis en concurrence avec deux cents autres téléphones potentiels, au moins », a-t-il ajouté, en jetant un œil à la circulation derrière lui dans le rétroviseur.

J'ai remarqué qu'il avait les yeux verts. Il était vraiment mignon. J'ai attendu qu'il fasse un commentaire sur le fait que j'étais allongée à plat dos sur sa banquette arrière, mais il ne m'a pas demandé si ça allait. J'imagine que c'était un comportement normal en Californie. J'ai fermé les yeux et me suis concentrée sur ma respiration. Je n'étais pas morte. Je respirais, sur la banquette arrière du véhicule de ce séduisant crétin.

Quand on s'est garés devant chez Annika, il s'est arrêté et m'a dit : « Voilà, on y est. Souhaite-moi bonne chance avec Samsung ! »

J'ai ouvert les yeux et les ai plissés pour l'observer. J'avais envie de lui dire que j'espérais qu'il n'obtiendrait jamais le moindre rôle.

« Ça te dit de baiser ? » ai-je dit à la place.

J'étais sous le choc quand les mots sont sortis. Lui aussi sans doute, parce qu'il s'est retourné pour me regarder pour la première fois.

« T'es sérieuse ?
— Absolument.
— Ici ? Dans la voiture ?
— Ben oui, pourquoi pas.
— Quelqu'un pourrait nous voir.
— Si tu t'en fous, je m'en fous, ai-je répondu.
— Putain. Je suis chauffeur depuis trois ans et ça ne m'est jamais arrivé. Ouais, pourquoi pas ? YOLO[1], pas vrai ? Attends une seconde », a-t-il répondu, et il a passé la marche arrière.

Ce n'était pas vraiment la réaction que j'attendais. J'aurais voulu quelque chose qui ressemble plus à : « Je suis sidéré par ta requête, tu es tellement sublime », et moins à : « Bon, puisque tu le proposes, *carpe diem* ! » Mais il s'est garé dans une petite rue parallèle et a coupé le moteur.

« Viens là, a-t-il fait. Fais le tour et monte devant. »

Je suis sortie de la voiture, je l'ai contournée jusqu'à la portière conducteur, et je me suis faufilée sur les genoux de cet homme-enfant à moustache. Je lui faisais face, à califourchon sur lui. Il a reculé son siège à fond et je lui ai enlevé sa casquette de baseball FML. Il avait le front qui commençait à se dégarnir. On s'est mis à s'embrasser et il a glissé ses mains sous mon tee-shirt. Il m'a à moitié agrippé les seins, en les tordant comme si c'étaient des poignées de porte. J'avais l'impression qu'il tâtonnait en espérant trouver la suite,

1. YOLO, *you only live once* (on ne vit qu'une fois), expression typique de la génération millenials, très utilisée sous forme d'acronyme sur les forums et autres réseaux sociaux.

qu'il essayait de tirer dessus pour les faire grossir, sauf qu'il y avait des limites à leurs capacités d'extension. J'avais envie de dire : *Plus doucement*, mais à la place j'ai dit : « Ouiii ».

Il a sorti sa bite de son jean mais conservé ce dernier. Il n'a pas mis de préservatif, ni demandé s'il fallait qu'il en porte un. Sa bite était petite mais ferme, comme un cornichon mariné. J'ai soulevé ma jupe et fait glisser ma culotte sur le côté, me suis assise sur cette bite. Je montais et descendais en répétant : « Ouais, baise-moi », même si c'était moi qui faisais le boulot. Quelques-uns de mes poils pubiens se sont coincés dans sa braguette. Je n'arrêtais pas de me cogner la tête contre le toit de la voiture, tous les deux ou trois coups de reins. À chaque fois je m'excusais.

« C'est pas grave. Touche-toi le clito, a-t-il fait.

— Ne me dis pas ce que je dois faire.

— Désolé.

— Et n'éjacule pas en moi. »

Mais il a éjaculé en moi, et en moins d'une minute en plus, avec une grimace qui ressemblait à celle d'un guerrier à l'agonie, un bruit de sifflement s'échappant de sa bouche ouverte.

« La vache, a-t-il soupiré une fois qu'il a eu terminé d'expulser sa dose de mini Uta Hagen dans mon vagin. C'était génial. T'as joui ?

— Euh, clairement pas. » J'ai ri.

Est-ce qu'il se foutait de moi ? Il aurait fallu que je sois meilleure comédienne. J'imagine qu'il croyait que j'étais hypersexuelle et que je jouissais instantanément, balançant orgasme sur orgasme à tous les vents. Qui d'autre coucherait avec un inconnu dans sa bagnole ? La plupart des gens préféraient éviter de se faire tripoter par leur chauffeur.

J'ai imaginé ses spermatozoïdes en moi qui essayaient de parler à mon ovule, tandis que ce dernier les ignorait. Qu'est-ce qu'ils disaient ? *Cette ville est rude, mais j'espère pouvoir prendre un agent cette année*, faisaient les spermatozoïdes. *Mais ferme ta gueule*, faisait mon ovule.

« Bon, a-t-il lancé en me donnant une tape sur le cul. J'espère que tu me mettras une bonne évaluation.

— Oh, aucun doute là-dessus, ai-je répondu. Cinq étoiles. »

51

Je suis entrée dans la baignoire et j'ai fait couler l'eau, j'ai aspergé et frotté pour me débarrasser du sperme de Chase, qui avait formé une croûte sur ma cuisse. Je le voyais aussi qui s'échappait de mon corps, comme des nuages qui passaient dans l'eau du bain. Franchement, qu'est-ce qui ne tournait pas rond chez moi ? Pourquoi étais-je incapable de me contenter de rester allongée à contempler le ciel, sans essayer de consommer quoi que ce soit, comme un tas de gens le faisaient ? Qu'y avait-il de mal à se contenter de vivre, tout simplement ? Pourquoi est-ce que j'étais aussi dysfonctionnelle ? Cela dit, ce n'était pas ma faute si on nous avait collés sur cette planète en laissant à chacun le soin d'y trouver un sens. J'essayais de trouver le mien, et je faisais de mon mieux. En séchant, j'ai enfilé un des kimonos de soie de ma sœur, et puis je suis descendue me chercher un verre de vin blanc. Est-ce que j'étais cool ? Glamour ? Est-ce que je vivais une vie dont d'autres auraient rêvé, est-ce que j'avais perdu la tête, à coucher avec un chauffeur que je ne connaissais pas ? Une partie de moi se sentait glamour et l'autre timbrée, les deux sentiments alternant sans arrêt.

Je me suis allongée par terre et j'ai remarqué que je me sentais mieux. J'étais détendue, je planais même un peu. Le mauvais sexe avait eu l'effet d'une sorte de méthadone. Dominic est venu me lécher le visage en gémissant. Je le sortirais plus tard, quelle importance s'il chiait dans le cellier. Je n'ai qu'à aller me coucher, me suis-je dit. J'étais à présent certaine que j'allais dormir, et non mourir. Je savais que j'allais juste dormir.

Mais au moment où je m'assoupissais, mon téléphone a sonné. C'était un numéro de Phoenix et j'ai répondu tout de suite, en pensant que c'était peut-être Rochelle qui appelait de son bureau pour dire que Megan avait fait une fausse couche, ou m'annoncer d'autres nouvelles sur Jamie. Mais c'était le comité consultatif, la présidente du département d'anglais et le président du département de lettres classiques, tous les deux au téléphone. Ils appelaient pour m'informer qu'ils avaient lu le plan et l'extrait de ma nouvelle thèse. Il y avait de l'enthousiasme dans leurs voix. Ah, c'était bon signe ! Ils réagissaient beaucoup plus rapidement que je ne m'y attendais. Et les avoir tous les deux en ligne laissait forcément augurer une grande nouvelle. Peut-être qu'ils étaient tellement impressionnés qu'ils allaient me proposer plus d'argent ? C'était bizarre mais j'étais tellement éreintée que je n'arrivais pas à visualiser leurs visages, seulement le nez plein de couperose du président du département de lettres classiques, et le poussin en train d'éclore sur le pull de Pâques de la présidente du département d'anglais. Quand ils parlaient, j'imaginais que c'était le nez lui-même qui prenait la parole, tandis que le poussin intervenait à mesure qu'il sortait de sa coquille.

« Il y a une fluidité peu orthodoxe dans votre nouveau travail qui est très rafraîchissante, a dit le nez.

— Oui, l'omniscience en retrait, le souffle romantique. Cette nouvelle version est très forte, a dit le poussin.

— La voix de l'omniscience critique n'était pas votre point fort, a dit le nez. Ou peut-être que vous ne croyiez pas à ce que vous disiez auparavant, et que c'est là que se situait la faiblesse de votre thèse. Après tout, si vous ne parveniez pas à vous convaincre vous-même, comment auriez-vous pu convaincre le lecteur ?

— Je n'en sais rien, ai-je répondu.

— La nouvelle structure thématique crée une dialectique bien plus judicieuse, a dit le poussin.

— Super, ai-je fait.

— Cela étant, nous regrettons de vous informer que nos départements ne vont plus pouvoir financer ce projet », a dit le nez.

J'étais abasourdie.

« Quoi ? Pourquoi ?

— Pour être francs, avec ce nouvel apport d'idées et de ressentis personnels, il ne peut plus être considéré comme un texte académique, a dit le nez. Ce genre d'interprétation personnalisée, ce n'est tout simplement pas ce que nous faisons ici.

— La vérité, c'est qu'en tant que lecteurs, nous sommes sincèrement heureux que vous ayez pris ce tournant, a dit le poussin. Votre thèse précédente n'allait manifestement nulle part.

— Mais malheureusement, les départements ne sont financés que pour les projets qui font avancer la science – pas pour les hybrides entre science et création littéraire », a dit le nez.

Qu'est-ce que j'allais faire pour l'argent ? Comment est-ce que j'allais vivre ?

« Est-ce qu'il y a un moyen de refaire une demande ? ai-je questionné.

— Malheureusement, on ne pourra pas la financer, a dit le nez.

— Vous ne pourrez pas ou vous ne voulez pas ? Ce n'est pas vous qui décidez de ce qui est subventionné ?

— Jusqu'à un certain point, oui, a dit le poussin.

— Mais nous ne pouvons pas trop nous écarter de la ligne traditionnelle de l'université, a ajouté le nez. On doit maintenir une continuité de ton.

— Donc vous êtes en train de me dire que cette version est beaucoup mieux que la précédente, mais que vous étiez disposés à financer l'ancienne version, et pas celle-ci ? ai-je dit.

— C'est cela, a répondu le nez.

— Bon, et si je reviens à l'ancienne version ? Si je m'y remets d'arrache-pied ?

— Malheureusement, ça ne fonctionnera pas, a dit le poussin.

— Pourquoi ?

— Nous avons toujours été sceptiques quant au postulat de départ de cette thèse, et maintenant vous nous avez convaincus que le raisonnement était défaillant.

— Par ailleurs, nous souhaitons encourager votre percée créative.

— Super, ai-je dit.

— Nous vous suggérons de chercher un éditeur commercial grand public, ou de déposer une nouvelle demande dans un programme plus sensible à la créativité que celui de Southwest State, a dit le poussin.

— Mais vous, vous n'y mettrez pas un sou ?

— Non », ont-ils répondu en chœur.

52

Je suis retournée aux rochers. Je savais que c'était là qu'était ma place. Puisque le désespoir était inéluctable, les hommes de la surface terrestre ne pouvaient rien pour moi, peu importe combien je m'en tapais. J'avais besoin d'aller à l'océan, au robinet primordial, là où nageait librement le catalyseur de mon mal. Quitte à me retrouver seule et désespérée, autant me lamenter là-bas. Autant affronter la brutalité du sevrage à l'endroit que j'aimais désormais le plus au monde. Peut-être que ce ne serait pas si brutal, en fin de compte? Peut-être que les vapeurs des souvenirs amortiraient ma chute. Pendant cette semaine à attendre près des rochers, je n'ai été dérangée qu'une seule fois. Un sauveteur est passé en jeep et m'a demandé si tout allait bien. J'avais envie de dire : *Eh bien, en fait, si vous voulez vraiment savoir…* mais au lieu de ça j'ai répondu que ça allait. Puis je lui ai dit que j'étais chercheuse et que je réalisais une étude sur les vagues.

« Vous savez que vous n'êtes pas censée traîner par ici aussi tard le soir ? a-t-il dit.

— Je sais. Mais je fais ça pour le bien des vagues.

— Vous êtes sûre que ça va ?

— Ça va. »

Puis tout est redevenu silencieux et il s'est éloigné dans sa jeep.

J'ai interprété ça comme le signe que j'étais au bon endroit. C'était sûrement un test, pour voir à quel point j'étais forte et dévouée. C'était comme si je participais à une cérémonie d'un culte ancien, sauf qu'au lieu de laisser des bougies, de la nourriture ou du vin devant l'autel, c'est moi que je déposais là. Et au lieu d'un autel, il y avait l'océan. Je contemplais les vagues et, l'espace d'un instant, j'étais persuadée de l'apercevoir. Je ne l'avais jamais vu en pleine mer, il ne restait pas assez près de la surface, mais désormais je n'arrêtais pas d'avoir des hallucinations. Généralement, c'était un oiseau qui volait au ras des flots. Une fois, un dauphin. Et à chaque fois, quand ce que je croyais être lui se révélait n'être que de l'écume de mer, ou le vent qui soufflait sur l'eau, je me demandais quelle part de tout ce que j'avais vu ou cru voir au cours de mon existence n'avait été qu'une illusion comme celle-ci. Je me demandais s'il existait quoi que ce soit de vraiment vivant, si ça avait jamais existé.

53

Une nuit, endormie sur le rocher, je me suis réveillée pour trouver deux mains sur mes épaules. C'étaient les siennes. Je ne rêvais pas, parce qu'elles n'ont pas bougé ni relâché leur emprise. Je ne rêvais pas, parce que je venais juste de rêver que j'étais seule, de retour dans le désert, et ce songe s'attardait encore vaguement dans mon esprit. J'avais rêvé que j'étais dans un resto aux environs de Phoenix où j'essayais de choisir un gâteau dans une vitrine rotative en verre. J'avais du mal à voir les desserts. Ils étaient flous, ils tombaient en miettes, vieux et rassis. Tellement rassis qu'ils étaient en train de se transformer en poussière sous mes yeux. Ils étaient en train de se transformer en rien. Mais les serveuses insistaient pour dire qu'ils étaient là. C'étaient toutes des membres du groupe : Diana, Sara, le Dr Jude. Tout le monde me pressait de choisir un gâteau. Elles avaient formé un cercle autour de moi et elles m'encourageaient. Mais je ne pouvais pas choisir un dessert, parce que je ne les voyais pas. Et quand j'essayais d'expliquer que je ne les voyais pas, le groupe répétait en chœur : « Mais ils sont juste là. »

Quand je me suis réveillée, j'ai cru l'espace d'un instant que j'étais encore au resto. Puis j'ai senti ses mains et j'ai compris que j'étais sur les rochers, au bord de l'océan à Venice Beach. Immédiatement j'ai su à qui appartenaient les mains posées sur moi. C'était comme si j'étais devenue les rochers et que je revivais notre rencontre, quand j'avais découvert ses mains sur la pierre pour la première fois. Sauf qu'à présent, une autre part de moi assistait à la scène, et ses mains étaient sur moi. Puis son visage a surgi face au mien, un œil dissimulé sous une mèche de cheveux humides.

« Salut », a-t-il chuchoté.

Il avait toujours été là.

Il a embrassé mon front, ma bouche.

« Salut », ai-je fait.

Une vague d'euphorie déferlait en moi, une paix profonde mais aussi un retour à la normale, à l'ordre établi, comme si j'étais censée me sentir comme ça tout le temps. C'est ce que racontaient les junkies pour décrire les moments où ils se sentaient mieux. Il leur avait manqué une pièce, et désormais elle était là. C'était bon de la retrouver, mais c'était aussi tout simplement normal. Le mal qui avait envahi mon esprit, mon cœur, mes tripes, avait disparu. Peu importe le destin que la nature me réservait au départ. Peu importe que j'aie un jour vécu sans lui. Il n'était pas une pièce rapportée, il était le tout. C'était ça, la nature, à présent.

Il s'est hissé sur le rocher et on s'est pris dans les bras, assis ensemble. On est restés là, totalement enlacés, sans parler. J'ai oublié où on était, et c'est ce qui semblait le plus normal dans tout cela : n'être nulle part. J'entendais l'océan, mais j'oubliais que c'était l'océan. J'oubliais que je n'avais pas toujours vécu au bord de la mer, et même que c'était une entité à part entière. C'était la seule vie que j'aie jamais connue.

« Je suis tellement désolée, ai-je dit, mais il m'a fait taire.

— Je sais. Je t'ai aperçue tous les soirs sur ce rocher.

— Vraiment ? Mais t'étais où ? Je n'ai pas arrêté de venir ici et je ne t'ai jamais vu.

— J'étais loin. J'étais dans une région plus profonde de l'océan, plus profond que tu n'es jamais allée. Mais je te voyais. Je te voyais et j'espérais seulement que tu continuerais à venir. Chaque soir j'avais envie de te rejoindre. Tout ce que je voulais, c'était nager vers toi, être avec toi. Mais j'avais peur. Il me fallait plus de nuits. Il me fallait toutes ces nuits avant de savoir. Mais ce soir, tu avais l'air tellement au bout du rouleau. Tu avais vraiment l'air d'en avoir fini avec la Terre, d'avoir capitulé totalement. Je voyais dans ton sommeil que tu étais à bout. J'étais sûr que si je revenais tu ne retournerais pas dans le désert. Je savais que tu n'en avais plus la force. C'est bien. Il faut que ce soit ton choix. Il faut que ça vienne de toi. J'ai vu sur ton visage que tu ne reparlerais plus jamais du désert. J'étais sûr que tu étais enfin à moi.

— Je ne veux plus jamais vivre sans toi, ai-je répondu. Je m'installerai sur ce rocher, je m'en fous.

Je vendrai des mangues, ou des bijoux en toc. Ces colliers pourris en cristal qu'on trouve sur la promenade. Ça m'est égal.

— Tu pourrais abandonner ton chien? a-t-il demandé.

— Oui! ai-je dit. C'est même pas mon chien!

— Et le feu?

— Le feu?

— Oui, le feu. Tu renoncerais au feu? Tu renoncerais à pouvoir marcher?

— OUI! ai-je dit. Je déteste le feu. Je déteste marcher. Je n'aime rien de tout ça. Je serais prête à renoncer à tout ce que tu veux. Je n'ai pas besoin de tout ça. Tu peux me demander de renoncer à n'importe quoi, c'est d'accord.

— Je veux que tu viennes sous l'eau avec moi», a-t-il dit.

Quand on se disputait, quand il avait dit qu'il s'apprêtait à m'inviter à vivre avec lui dans l'océan, je n'avais pas compris ce que cela signifiait. Je m'étais demandé s'il croyait que j'avais des branchies. Mais à présent je savais exactement ce qu'il voulait dire. Je savais ce qu'il voulait dire, car je me voyais soudain à ses côtés dans les profondeurs infinies, dans le noir infini. Mais cette fois je n'étais pas en train d'embrasser ses paupières ou son front pendant qu'il dormait. Cette fois c'était moi qui avais les yeux fermés. J'étais morte.

Ou peut-être qu'il ne parlait pas de mourir, pas tout à fait. Je ne parvenais pas à me résoudre à demander: *Qu'est-ce que ça implique exactement? Qu'est-ce que ça signifie, si je te suis au fond ? Est-ce que je deviens moi-même une sirène ? Est-ce que je me noie ?* Et si, au moment de l'accompagner dans l'océan, c'était la mort sur un certain plan, mais la vie éternelle à un autre niveau ? Peut-être qu'il me pousserait une queue. Peut-être que je deviendrais immortelle, ou presque. Ça me faisait flipper de ne rien savoir du voyage avant de me lancer, mais j'avais encore plus peur de demander. Je craignais de rompre à nouveau le charme avec mes questions, de le faire disparaître. Si je trahissais un manque de confiance, je ne le reverrais peut-être jamais. Et puis après ? Je n'allais pas tarder à me balancer à la flotte avec des cailloux plein les poches, de toute façon. Ou à avaler discrètement tous les Stilnox. Je ne pouvais trahir aucun doute. Je ne pouvais trahir aucune hésitation.

On dit que Sappho fut tellement anéantie quand Phaon la rejeta qu'elle ne supportait plus de vivre. Elle se jeta à la mer, convaincue que soit elle serait guérie de son amour pour lui, soit elle se noierait. Elle se noya. Ce n'est qu'une histoire parmi d'autres. Mais dans tous les mythes de sirènes et de femmes-poissons que j'avais lus, la mort était toujours au bout du chemin pour les humains qui les suivaient au fond de l'eau. Des hommes plongeaient depuis la poupe des bateaux, la nuit. Des hommes entraient dans l'eau avec des pierres attachées aux chevilles. Beaucoup d'hommes. C'était leur choix, s'ils voulaient être avec leurs sirènes pour toujours. Peut-être que ça n'avait rien d'un choix ? Une fois que vous aviez fait l'amour avec l'une de ces créatures, vous ne pouviez plus vivre sans elle sur la terre ferme.

Est-ce que ça signifiait qu'il voulait me voir morte ? Ce n'était pas tout à fait le scénario romantique que j'avais imaginé. Si j'étais morte et pas lui, est-ce que ça voulait dire qu'il avait tout le pouvoir ? Si je mourais pour lui, c'était un peu comme s'il ne répondait pas à mes textos, sur un plan cosmique. Ou peut-être que c'était la personne qui mourait qui avait tout le pouvoir, puisque l'autre se retrouvait à devoir vivre sans elle. Quand Roméo pleurait Juliette, parce qu'il la croyait morte, c'était Juliette qui avait le pouvoir. Mais ensuite elle le pleura alors qu'il était vraiment mort, et c'était lui qui avait le pouvoir. C'est la personne qui meurt que l'on chérit le plus, au bout du compte.

« Il n'y a rien que je désire plus qu'être avec toi, ai-je dit.

— Je te tiendrai la main tout du long.

— Tu peux me laisser un peu de temps avant qu'on y aille ? On peut peut-être continuer à se retrouver sur le rocher encore quelque temps ?

— Donc tu ne vas pas venir.

— Si, je veux venir. Mais j'ai besoin de mettre quelques trucs en ordre pour ma sœur, avant. J'ai seulement besoin d'un peu de temps.

— Combien de temps ? a-t-il demandé d'un air soupçonneux.

— Quelques jours, c'est tout. Jusqu'à jeudi peut-être ? »

Il était silencieux. Je l'ai embrassé sur le front.

« Tu ne peux dire à personne que tu t'en vas, a-t-il déclaré, en s'écartant de moi. Ils vont te prendre pour une folle et t'enfermer.

— Je sais. Je ne leur dirai rien, ai-je répondu.

— Bien.

— En attendant, pourquoi tu ne viendrais pas vivre un peu à la maison avec moi ? Le temps que je me prépare. Le chien dort. Je l'endors tous les jours maintenant juste au cas où tu serais là, alors je pourrais t'emmener à la maison.

— Non, a-t-il répondu. J'en ai fini avec la terre ferme.

— Oh.

— Je ne peux pas aller plus loin. J'espère que tu comprends pourquoi. »

Je ne voulais pas comprendre, mais en fait je comprenais. Il s'était sacrifié pour moi. Penser à lui en train de se traîner à travers la plage ce soir-là, le risque qu'il avait pris, c'était terrifiant. À présent il voulait que je me sacrifie pour lui. Mais n'était-ce pas ce que j'avais fait ? À quoi rimait toute cette semaine, sinon ?

« Je te retrouverai ici tous les soirs jusqu'à jeudi, a-t-il ajouté. Et tu pourras me dire si tu viens toujours. »

Il me paraissait différent, le visage bouffi, plus désabusé. Ses yeux avaient l'air plus foncés. Je ne savais pas quoi penser du fait qu'il avait besoin de moi autant que j'avais besoin de lui. Qu'on ait besoin de moi me faisait flipper.

« Je viens, ai-je dit.

— Bien. »

Nous avons rapproché nos visages et nous sommes embrassés doucement, sur la bouche. Il a posé une de ses mains à la base de mon cou, sous mon menton, et il a serré – pas suffisamment pour empêcher l'air de passer, mais juste assez pour que je sente qu'il appuyait un peu sur mon larynx. Je sentais ma gorge se remplir d'émotion et de plaisir. J'ai ouvert ma bouche plus grand sur la sienne et émis un « ohhh ». On a partagé un baiser mouillé.

« Je voudrais qu'on passe le restant de nos jours sur ces rochers, ai-je dit. Pourquoi est-ce que ce n'est pas possible de vivre à la lisière des deux, entre l'océan et la terre ? »

Bien sûr, je savais pourquoi. Cette lisière était un lieu inconfortable et dangereux pour nous deux. Les rochers n'avaient rien d'un endroit où vivre. J'avais voulu qu'il vienne dans mon monde pour cette même raison.

« Un jour ces rochers ne seront plus là, a-t-il répondu. L'océan les emportera peu à peu.

— Alors on pourrait en trouver d'autres, ai-je dit.

— Tu dois finir par faire un choix. L'histoire a toujours été celle-ci, et ce sera comme ça pour l'éternité.

— Mais pourquoi ? ai-je demandé.

— Eh bien, a-t-il répondu, en réfléchissant. Je suppose que c'est parce qu'on a toujours le choix. »

54

Quand je suis arrivée à la maison, Dominic n'a pas aboyé. C'était bizarre, car il sentait toujours l'odeur de Theo sur moi. Je suis allée dans le cellier voir comment il allait. Il était couché sur le flanc, parfaitement immobile.

« Dominic, ai-je dit. Domi. »

Et puis j'ai vu sa tête. Sa langue pendait de sa bouche. Ses yeux étaient ouverts, troubles, comme s'ils étaient en plastique. Il ressemblait à une grotesque version en peluche de lui-même. Le sol était couvert de dégueulis et de bave.

« Oh non, ai-je dit tout haut. Pitié, non. »

Il était inerte. Je n'avais même pas besoin de le toucher. Je n'avais pas besoin de tâter son flanc ni de chercher un souffle pour savoir qu'il était mort.

Tout l'été est repassé sous mes yeux en accéléré : chaque mec, et derrière eux l'adorable Dominic qui pendant tout ce temps-là m'attendait dans l'ombre. Qu'est-ce que j'avais fait ? Je l'avais empoisonné. Je lui avais donné des doses de plus en plus fortes, parce qu'il semblait développer une résistance.

« Reviens je t'en prie. Je t'en prie », ai-je supplié, agenouillée près de lui.

Son œil avait l'air de me regarder, ou de regarder dans le vide à travers moi. Son oreille était rabattue sur sa tête et je l'ai remise en place, bien à plat. Elle était froide au toucher, et semblait détachée de tout être vivant, comme un bout de velours qui traîne. Je me suis mise à pleurer. Je me suis souvenue qu'il n'aimait pas qu'on lui caresse l'oreille, mais qu'il me laissait toujours faire. Le reste de son corps était froid aussi, lourd comme de la pierre.

Je l'ai secoué un peu. Où était-il passé ? Comment son corps pouvait-il être là alors qu'il venait de partir ? Tout en lui n'avait été que chaleur, tendresse, ce que la vie a de plus doux. Mais à présent il était tout le contraire : rigide et vide.

« Je n'ai jamais voulu te faire souffrir, ai-je dit. Je voulais seulement que tu te sentes bien. Je ne voulais pas que tu aies peur de Theo. »

Mais une petite voix en moi a dit : *Non, ce n'est pas la vérité.*

La vérité, c'est que j'avais voulu me débarrasser de lui pour aller me perdre dans le labyrinthe de ma vie fantasmée. Un amour pur m'avait été offert sous la forme de ce chien, et je l'avais détruit.

Je suis restée assise et j'ai attendu. J'ai attendu comme j'avais attendu Theo, parce que je ne savais pas quoi faire d'autre. Et tandis que j'étais assise là, par terre, la vérité a continué à se faire jour : je n'étais capable d'aimer personne. J'avais toujours imaginé qu'il y avait une réalité subjective. Mais ceci n'avait rien de subjectif. J'étais objectivement égoïste et cruelle. J'ai soudain pris conscience qu'il existait réellement des dieux capables de nous châtier. Les dieux étaient tout simplement la nature elle-même. Quand on ne suivait pas les dieux, on se plantait. J'avais défié la nature. J'avais tout foiré.

Je m'étais trompée au sujet de la mort aussi. Il n'y avait pas de sortie en douceur possible. Quand j'avais pris ces Stilnox à Phoenix, je croyais qu'il existait un moyen paisible pour simplement disparaître, en quelque sorte. Mais la mort n'avait rien de doux. C'était une cambrioleuse. Elle vous dérobait à vous-même, et ne laissait qu'une coquille vide. Toute la chaleur de Dominic s'était enfuie. Mais son esprit devait être quelque part. Où était son esprit à présent ? Est-ce qu'il était encore dans la pièce, planant au-dessus de ma tête et de son cadavre ? J'espérais qu'il ne se voyait pas ainsi. Est-ce qu'il m'observait, furieux ? Ou était-il déjà avec Annika en Europe ? Pouvait-elle sentir sa présence ?

Qu'est-ce que j'allais dire à Annika ? Je ne pouvais pas le lui annoncer. Elle allait être anéantie et s'en vouloir. Pire encore : et s'il y avait une autopsie et qu'elle découvrait que j'avais tué son enfant ? Même s'il y avait le diabète. Peut-être que c'était ce qui s'était passé, un truc avec sa glycémie. Mais je l'avais affreusement négligé. Et Annika n'avait pas eu l'occasion de lui dire au revoir.

Je me suis souvenue de ma première séance de thérapie de groupe, quand Claire avait dit au Dr Jude : « On s'en fout de ce que je fais ! Je ne fais de mal qu'à moi-même. » Et le Dr Jude lui avait répondu que ce n'était pas vrai. Elle avait dit qu'il y aurait des victimes, qu'il y avait toujours des victimes. Voilà ce qu'elle voulait dire.

J'avais trop peur pour contacter Annika tout de suite. J'ai décidé d'aller à l'hôpital voir Claire avant d'appeler ma sœur. J'ai nettoyé le vomi et la bave, et puis j'ai enveloppé Dominic dans la couverture que j'utilisais pour trimballer Theo en douce dans le chariot.

« Ça va aller », ai-je dit au pauvre chéri, même si c'était faux.

Je suis restée assise avec le chien mort sur mes genoux et je l'ai caressé à travers la couverture pendant un long moment. Ça faisait des semaines que je ne lui avais pas accordé autant d'attention.

Cette fois-ci, Claire avait l'air à nouveau vivante – pas assommée par les médocs.

« Ma chérie, a-t-elle dit. Quelle agréable surprise.

— Pour moi aussi, ai-je répondu. Tu as l'air d'être à nouveau toi-même. Tu as l'air d'être de retour.

— Oh ça, je suis de retour, ma belle.

— J'ai vraiment cru l'espace d'un instant que tu étais devenue saine d'esprit.

— Jamais. (Elle a ri.) Je ne renoncerai plus jamais au suicide. Ils trouvaient que les médicaments me donnaient trop un côté *La vallée des poupées*, j'imagine, alors ils les ont changés. Eh bien ça n'a pas marché, et j'ai refait une tentative. J'ai essayé de me pendre à la poignée de porte de la salle de bains avec un cardigan à quatre cents dollars de chez CP Shades. Ils ont dû forcer la porte et m'ont retrouvée à poil sur le sol de la salle de bains, pas tout à fait morte, mais dans les vapes. La grande classe. »

J'ai ri avec elle, mais frémi aussi. Voilà ce qui arrivait aux filles comme nous. Nous étions programmées pour mourir.

« Tu laisses toujours tomber les mecs ? ai-je demandé.

— Alors là pas question ! Tu veux savoir le meilleur dans tout ça ? David a su, pour ma dernière tentative. Il s'est mis à m'écrire des lettres de manière compulsive. Deux par jour, des pages et des pages. Il ne les poste même pas : il vient ici et les dépose pour moi. Je crois que plus je suis suicidaire, plus il me veut. Quand je sortirai on va essayer de vivre ensemble. Arnold va obtenir la garde exclusive des gosses à l'issue du divorce, et je m'en branle totalement. Alors comme ça je suis trop cinglée pour être mère ? Bon, très bien, ça me va. J'ai pas choisi d'être ce genre de meuf. C'est comme ça.

— Tu as l'air… en forme, ai-je dit.

— Au top, a-t-elle répondu en tirant sur sa chemise d'hôpital. Et toi ?

— C'est la cata. Je crois que j'ai peut-être empoisonné le chien de ma sœur.

— Oh putain, a-t-elle gloussé. T'as fait quoi ?

— C'est pas drôle. Il est mort.

— Cette bête que t'as amenée chez moi ? Tu l'as empoisonnée ? Avec quoi, des Friskies périmées ?

— Non. Des tranquillisants.

— Oh merde.

— Ouais.

— Un chien camé. Jésus Marie, qui l'aurait cru ? Tu sais, je sentais qu'il avait un problème de drogue. Il a essayé de me piquer ma télé. » Elle a pouffé de rire.

Là, ça n'avait plus rien de réconfortant de retrouver l'ancienne Claire. Pourquoi est-ce qu'elle se marrait ? Elle ressemblait à ces jeunes garçons qui canardent les animaux avec un pistolet à billes, sans jamais éprouver le moindre remords. Sauf que c'était moi qui avais tué Dominic. Je me suis demandé si on était toutes les deux intrinsèquement de mauvaises personnes. De méchantes femmes. Est-ce que c'était vrai ? Les gens mauvais savent rarement qu'ils sont mauvais. Quelqu'un m'avait dit ça une fois. Et si on était sur cette planète pour remplir un rôle, mais que c'était celui de la méchante ? Peut-être que c'était pour ça qu'on devait mourir.

« C'était un chien tellement adorable, ai-je dit. C'est horrible. Ma sœur va être anéantie. Je ne crois pas qu'elle me le pardonnera un jour.

— Écoute, ce n'est pas ta faute s'il ne savait pas se gérer. Faut jamais faire confiance à un toxico, Lucy, même pas un chien.

— Arrête, je me sens décidément affreuse.

— Eh bien, tu ne l'es pas.

— Ça t'arrive de ressentir ça ? Comme si t'étais horrible et que c'était sans espoir ?

— Chérie, je *sais* que je suis horrible, a-t-elle répondu. Et bien sûr que c'est sans espoir. »

Je me suis mise à pleurer.

« Oh, ma belle, ne sois pas si dure avec toi-même. Je suppose que tu ne l'as pas fait exprès.

— Non, bien sûr que je ne l'ai pas fait exprès. Et il avait du diabète. Alors peut-être que c'était ça.

— C'était probablement ça.

— J'ai vraiment merdé cette fois.

— Écoute, a-t-elle dit, en posant sa main sur mon épaule. Ta sœur peut se trouver un autre chien. Mais il n'y a qu'une seule Lucy. »

J'avais envie de la croire. Je n'arrêtais pas de me contorsionner pour m'extirper de la réalité de cette situation, pour me prouver que je n'étais pas une tueuse de chien. Mais peu importe la manière dont j'envisageais les choses, j'étais une meurtrière, coupable de canicide involontaire, au minimum. J'avais envie de me voir comme Claire me voyait. Elle n'était pas moralisatrice pour un sou. Mais si elle se refusait à me juger, c'était seulement pour ne pas avoir à se juger elle-même. Elle ne pouvait pas admettre que j'étais une méchante, parce que ça voulait dire qu'elle aussi.

« Et ton nageur ? a demandé Claire. Il a fini par revenir ?

— Oui, il est revenu.

— Et ?

— On va s'enfuir ensemble.

— Dans le désert ?

— Non, ai-je dit. Au fond de l'océan.

— Mortel, a-t-elle dit. Genre pacte de suicide. Trop romantique, j'adore.

— Si l'on veut, ai-je répondu, si l'on veut. »

55

Annika et Steve ont immédiatement sauté dans un avion pour Los Angeles. Leur retour me terrifiait. Assise sur le sofa blanc, je repensais à tout ce qui s'y était passé, et je m'enfonçais les ongles dans les gencives. Quand elles se sont mises à saigner un peu, j'ai imaginé frotter ce sang sous les coussins du sofa, là où mes règles avaient laissé des taches. À présent je comprenais le désir que Claire avait de se faire du mal. Je ne pouvais pas boire ni prendre un cachet, parce qu'il fallait que je sois lucide pour les accueillir. Mais la dernière chose que je voulais, c'était être lucide. J'avais besoin d'une échappatoire, d'un truc pour me libérer de la honte que je ressentais. Alors je passais mes nerfs sur mes gencives.

Quand ils se sont garés dans l'allée, Annika a refusé de sortir du taxi et Steve est entré seul. Il ne m'avait jamais aimée, déjà, mais à présent il était clair qu'il me détestait. J'ai pensé à son trench, couvert du sperme de Garrett, dans une benne à ordure quelque part. Il a lâché un bonjour d'un ton brusque et est entré dans le cellier, où Dominic gisait toujours sous la couverture.

« Bordel de merde », a-t-il lâché. Il avait l'air en colère.

Puis il est ressorti. Je me suis approchée discrètement de la fenêtre et je l'ai vu parler doucement à Annika, pour la convaincre de sortir du taxi. Mais elle refusait de venir. Je l'entendais pleurer et répéter : « Non, non, non. »

Elle a levé les yeux et nos regards se sont croisés à travers la vitre. Elle a ouvert la porte du taxi et s'est précipitée à l'intérieur. Je m'attendais à ce qu'elle me hurle dessus, mais elle m'a prise dans ses bras pour me serrer très fort. Je suis restée plus ou moins plantée là tandis qu'elle pleurait sur mon épaule, ne sachant pas quoi faire.

« Je l'aimais tellement, Lucy, a-t-elle dit.

— Je sais.

— C'était le bébé le plus exceptionnel du monde. Je… Il n'y a rien que j'ai aimé autant que lui.

— Asseyons-nous », ai-je répondu.

On s'est assises à la table de la cuisine. Elle était bronzée par le soleil romain, et sentait la fleur d'oranger. Son cul avait grossi sous son pantalon de yoga, et elle portait une chemise ample pour le dissimuler. J'ai glissé mes mains sous mes fesses, serrant fort mes poings crispés à chaque fois qu'elle prenait la parole.

« Qu'est-ce que je vais faire maintenant ? Enfin merde, qu'est-ce que je suis censée faire maintenant ?

— Tu veux que je sorte vous chercher un truc à manger ? ai-je demandé.

— Manger ? (Elle a levé les yeux vers moi.) Oh non, je suis incapable de manger.

— D'accord.

— Je voulais partager encore tellement d'années avec lui. Il nous restait encore tant de choses à vivre ensemble. Enfin bon, j'aurais fini par lui survivre en fin de compte. Mais pas avant des années. Il n'était même pas vieux. Et pour moi c'était encore un chiot. Il restera toujours mon chiot.

— Annika, je suis vraiment désolée », ai-je dit.

Mais elle ne m'a fait aucun reproche. Elle n'a pas dit : « Comment as-tu pu laisser ça arriver ? » Elle se contentait de rester les yeux perdus dans le vide, ses lèvres pleines légèrement écartées, comme si elle aussi connaissait le néant. Peut-être que c'était la première fois qu'elle le voyait. Même quand on avait perdu notre père, elle n'avait pas eu ce regard. C'était le visage d'une mère qui avait perdu son enfant. Ça m'a fait penser à ma propre maman. Je me suis demandé, si ma mère n'était pas morte – si c'était moi qui étais morte à sa place et que ma mère avait vécu – est-ce que c'est à ça qu'elle aurait ressemblé ?

Steve est venu et a posé les mains sur ses épaules. Il a dit qu'ils allaient devoir faire incinérer Dominic parce que le droit californien ne leur permettrait pas d'enterrer un cadavre si près de la plage. Le technicien vétérinaire passerait le chercher dans la matinée. À ces mots, Annika s'est mise à sangloter. Elle est entrée dans le cellier. Je l'ai suivie jusqu'à la porte et l'ai regardée s'allonger par terre auprès de son chien mort, ses cheveux déployés à côté de lui. Il était à elle, c'était l'être qu'elle aimait le plus au monde, et je le lui avais enlevé. Je sentais son odeur depuis le seuil de la pièce. Ni Annika ni Steve n'ont dit quoi que ce soit au sujet de l'odeur, mais les effluves de la mort s'échappaient du cadavre et flottaient dans la maison de verre.

Une fois Steve couché et Annika endormie sur le sol du cellier, je me suis faufilée dans le noir jusqu'aux rochers, pour voir Theo. Il n'était pas sorti de l'eau et avait les bras posés sur un des blocs, dansant sur les vagues.

« Tu es en retard, a-t-il dit, en levant les yeux vers moi. J'ai cru que tu n'allais peut-être pas venir.

— Je sais, je suis désolée. Mais je viendrai toujours. Et demain, à l'eau.

— Je suis content », a-t-il répondu sans sourire.

Je lui ai pris la main pour le rassurer. Ses doigts étaient glacés. J'ai songé au cadavre de Dominic, tellement froid et inerte, et que la mort n'était pas le bain tiède que j'avais imaginé. L'eau allait être glaciale. J'en avais peur, peur de sentir le froid m'envahir brutalement, ou peut-être peur de sentir la chaleur me quitter brutalement. Je n'avais jamais pensé à cette chaleur comme à quelque chose qui me manquerait. Et Theo était devenu tellement distant avec moi, il faisait la tête. Je me sentais seule.

« Je me demande à quoi ça va ressembler, comment ma vie va... s'exprimer là-dessous. Et aussi, comment je vais pouvoir rester sous les vagues sans remonter à la surface comme un vulgaire bouchon. »

J'allais à la pêche aux réponses.

« Tu dois me faire confiance, a-t-il dit. Ça va être magnifique. Je t'aiderai à partir. Tu auras choisi, mais je t'assisterai. Ensuite on sera ensemble pour très longtemps.

— Et on fera toujours l'amour au fond ?

— Bien sûr que oui, a-t-il répondu.

— D'accord, ai-je dit. J'ai juste un peu peur.

— Attends, laisse-moi monter te rejoindre. »

À ces mots il s'est hissé hors de l'eau et est venu s'asseoir près de moi.

« Je t'aime », a-t-il dit, en prenant mon visage dans sa main froide et mouillée. Il m'a embrassée tendrement sur la joue, d'une manière qui m'a donné l'impression d'être une douce enfant, et non plus une personne horrible. Je me sentais de retour dans l'utérus que lui et moi partagions, innocente. Était-ce là tout ce qu'il fallait pour être purifiée : une belle personne qui vous traite avec gentillesse et tendresse, et vous voilà réhabilitée ? Comment la mort de Dominic et l'amour de Theo pouvaient-ils être vrais tous les deux simultanément ? Comment pouvais-je avoir tué Dominic, et être encore digne d'une affection si tendre ? Soit j'étais affreuse, soit je ne l'étais pas. Lequel des deux ? Je ne pensais pas pouvoir être les deux.

Ses baisers sont passés de ma joue à mon nez puis mes lèvres. J'ai doucement embrassé et léché sa belle bouche, une lèvre puis l'autre. Il s'est allongé sur les rochers et m'a hissée sur lui. Mes cuisses enserraient son bassin. Tandis qu'on s'embrassait encore, je l'ai senti durcir sous sa ceinture. J'étais excitée d'avoir encore ce restant de force vitale en moi, capable de réveiller son sexe. J'ai commencé à frotter mon corps contre lui, de haut en bas sur sa cuisse, puis contre son bassin. Et puis j'ai promené ma chatte dans un sens et dans l'autre le long de sa queue, par-dessus le tissu, comme pour lui donner l'onction. J'ai frotté de plus en plus vite tandis qu'on restait enlacés, nos bouches collées l'une à l'autre. Une chaleur s'est répandue du fond de ma chatte vers mon ventre puis mon cœur. Elle irradiait du sommet de mon crâne. Soudain tout était chaud, le froid totalement évacué.

Était-ce à cela que ressemblait la veille d'une noce ? J'avais l'impression qu'Aphrodite elle-même nous retenait sur le rocher. Demain elle me balancerait à l'eau, mais peut-être que l'eau n'était que son giron. Et si je ne faisais que tomber dans une étreinte plus chaude et plus profonde encore ?

J'ondoyais contre lui sans jamais m'arrêter. Tout en m'activant, je nous imaginais devant un immense château de sable sous-marin. Les murs du château étaient faits de coraux et de cristaux de mer de toutes les couleurs, textures et tailles : des fragments couleur pêche, argent, menthe douce ou bleu cyan incrustés dans des masses blanches translucides, de gros blocs composés de milliers de minuscules cristaux étincelants d'un vert sombre, des cailloux couleur d'or rouillé, des pyramides indigo transparentes, du verre poli rosé, des récifs coralliens aux alvéoles orange fluo. Le château avait de hautes flèches et des tourelles, et Theo et moi nous tenions devant, prêts à entrer.

Mais alors j'ai commencé à jouir et, en même temps, le château s'est lentement dissout. On se cramponnait l'un à l'autre, lui et moi, tandis que le château s'évanouissait, éclipsé par une vague de plaisir, disparaissant de mon champ de vision intérieure. Je n'ai cessé de bouger qu'après avoir chevauché le pic de cet orgasme. Si quelqu'un avait regardé les rochers, il aurait vu une femme de trente-huit ans, qui faisait un peu plus jeune, j'espère, en train de se tortiller contre ce qui ressemblait à un gros poisson. Ou peut-être qu'il l'aurait simplement vue chevaucher le vide. Je n'étais pas sûre de savoir ce qui était le plus dingue.

Quand je suis rentrée à la maison, Steve était réveillé, attablé à la cuisine devant un bol de céréales, dans un pyjama bleu à rayures, quelques cheveux hirsutes sur son crâne de plus en plus dégarni. J'étais couverte d'embruns et de saletés. Il m'a lancé un regard sévère.

« Baignade nocturne ? a-t-il demandé.

— Juste un tour sur la plage, ai-je répondu.

— Je ne sais pas ce qui s'est passé pendant notre absence, a-t-il dit calmement. Mais comment ça se fait qu'à chaque fois que tu viens ici, c'est la catastrophe ?

— Ne t'en fais pas, je m'en vais demain soir.

— Ce n'est pas ce que je dis. Je ne suis pas en train de te demander de partir. Tout ce que j'essaie de dire… ta sœur ne souhaite que ton bien. Elle veut que tu sois heureuse, c'est tout.

— Je sais.

— Mais tu es incapable de ne pas foutre le bordel.

— Il faut croire que non.

— Si ça n'avait tenu qu'à moi, on aurait engagé quelqu'un pour garder le chien. Mais Annika voulait t'offrir ces quelques semaines ici. Tu sais qu'elle ferait n'importe quoi pour toi.

— Vraiment ? ai-je demandé.

— Oui ! » a-t-il dit, comme si c'était dingue que je l'ignore. Mais la vérité, c'est que je l'ignorais.

« C'est le sang de qui ? Qu'est-ce qui s'est passé ? » a-t-il demandé en désignant le sofa. Il avait retourné les coussins.

« C'est... »

Mais alors que j'étais sur le point de répondre, il m'a interrompue.

« Non, tu sais quoi ? Je ne sais pas ce qui s'est passé et je ne veux pas le savoir.

— O.K., ai-je répondu. Mais c'est mon sang. Il n'y a eu personne d'autre que moi ici. »

56

Le lendemain soir, j'ai fait ma valise. En pliant chaque vêtement, j'imaginais mes petites robes et mes pulls en train de flotter dans l'eau. Ça m'a attristée. Je n'arrêtais pas de penser aux mots *appartenir* et *appartenance*. Dominic n'était plus dans le cellier. Je ne savais pas trop qui était venu l'emporter. L'odeur d'ammoniaque était puissante, mais j'aurais juré sentir encore les relents de la mort.

Annika était retournée dans le cellier. Elle était simplement assise là par terre, avec l'écuelle de Dominic et un jouet pouet pouet en forme de canard.

Elle a levé les yeux vers moi.

« C'était son jouet préféré, a-t-elle dit, en appuyant dessus. Tu le savais ? Je te l'avais dit ?

— Oui. On a beaucoup joué avec tous les deux, ai-je menti.

— Bien. » Elle a souri. « Je voulais qu'il ait la plus belle des vies.

— Annika, je suis tellement désolée. Je veux que tu saches que je te suis reconnaissante.

— Je sais que j'aurais dû rentrer. J'aurais dû écouter mon intuition. Mais tu m'as dit que tu étais capable de gérer. Tu as dit qu'il ne lui arriverait aucun mal, qu'il irait bien.

— Je sais. S'il y a un moyen pour me faire pardonner…

— Non, ce n'est pas ta faute, a-t-elle repris. C'est la mienne.

— Tu ne pouvais pas savoir. Même le véto ne savait pas à quel point il était vraiment malade.

— Je ne me le pardonnerai jamais. Jamais.

— Annika. »

Il ne restait plus rien à dire. Je lui ai tendu la main pour l'aider à se relever. Elle l'a prise, mais au lieu de se remettre debout, elle m'a attirée par terre à ses côtés. Nous nous sommes adossées au mur, et j'ai pris sa main entre les miennes. J'ai doucement caressé sa peau, pour la réchauffer. Ça me rendait nerveuse de faire ça, comme si je n'étais pas sûre que ce soit approprié. Pourquoi est-ce que ça ne le serait pas ? Nous étions sœurs, après tout. C'était un si petit geste, mais il paraissait tellement intime. C'étaient la douceur et l'assurance avec lesquelles je lui touchais la main qui me faisaient drôle, comme si j'ignorais que je savais faire ça. Je me suis demandé de quoi ou de qui ça venait chez moi. C'était presque maternel.

« Tu veux que je te caresse les cheveux ? lui ai-je demandé.

— Oui », a-t-elle répondu.

J'ai relevé mes genoux pour qu'elle puisse s'y adosser. Puis je lui ai massé la nuque et le cuir chevelu, d'une oreille à l'autre.

« Mmmm, c'est agréable, a-t-elle fait.

— Allonge-toi », ai-je dit, en repliant mes jambes en tailleur. Elle a posé la tête sur mes genoux et fermé les yeux. J'ai suivi le contour de ses paupières l'une après l'autre, du bout de l'index. J'ai massé doucement ses sourcils et la zone entre les deux, remontant vers son front en décrivant des cercles, titillant doucement son cuir chevelu. J'ai perdu peu à peu la notion du temps. J'avais l'impression de partir à la dérive, d'échapper à moi-même par intermittence, comme si ce geste tendre et réconfortant me libérait de l'obligation d'être une personne – ou rendait cela plus supportable. Mais à chaque fois que j'étais sur le point de m'abandonner totalement, de me dissoudre dans cet instant, je me rappelais qu'il y avait un autre endroit où j'étais censée être. Je ne voulais pas me souvenir. Je voulais oublier mon plan pour de bon. Mais je sentais que je devais aller jusqu'au bout, comme si une autre part de mon être, qui n'était ni ma tête ni mon cœur, plutôt une sorte d'aimant interne, s'emparait de moi pour me pousser vers un autre aimant.

« Je vais devoir y aller, lui ai-je dit, en lui tapotant la tête une dernière fois.

— Où est-ce que tu vas ? a-t-elle demandé en levant les yeux vers moi.

— À l'aéroport. Mon taxi sera là dans une minute ou deux.

— L'aéroport ?

— Oui, j'ai pris mon billet.

— Oh non, ne pars pas, a-t-elle dit.

— J'ai pensé que je ferais mieux de vous laisser tous les deux.

— Non, ce n'est pas ce que je veux! Reste, s'il te plaît. Steve travaille toute la journée et je vais me sentir tellement seule sans Dominic. J'ai peur d'être seule.

— Je ne peux pas, ai-je répondu en me relevant. Je dois retourner à l'université.

— Mais j'ai besoin de toi», a-t-elle dit.

Brusquement j'ai eu envie de rester. Peut-être pour la première fois de ma vie, je n'avais pas envie de fuir un sentiment inconfortable. Je voulais donner à Annika de l'amour maternel comme elle avait essayé de m'en donner. Son amour à elle avait toujours existé de loin, mais il existait. Et j'avais envie de lui donner de l'amour maternel comme elle n'avait pas su m'en donner: en restant, même si c'était inconfortable. N'était-il pas temps que je sois là pour elle?

J'avais aussi envie de lui offrir un amour de sœur, comme je l'avais fait pour Claire et Diana. Le groupe m'avait appris à faire ça, de façon imparfaite, mais désormais je savais ce que c'était. Il suffisait de rester auprès de la personne et de l'écouter. C'était tout ce qu'il fallait faire. Je me suis demandé si Diana avait terminé son marathon de baise avec tous les profs de tennis – si elle était passée au copain de son fils. Ou si elle allait de nouveau mieux. J'ai pensé à Claire. Dans l'éventualité où je renonçais à quitter Venice, combien de temps resterait-on amies toutes les deux?

Combien de temps resterait-elle en vie ? L'avais-je choisie comme amie parce qu'elle avait une date d'expiration, elle aussi ?

J'avais envie de laisser ma valise en bas de ses escaliers, de m'asseoir aux côtés de ma sœur, et de lui dire que je resterais aussi longtemps qu'elle aurait besoin de moi. J'avais envie de la prendre dans mes bras et de la remercier d'avoir besoin de moi, de ne pas craindre de partager le même espace. J'avais envie de la remercier d'avoir demandé, d'avoir pris le risque de ce rejet.

Mais cet aimant ne cessait de m'extraire de là. C'était comme si ce qui allait suivre était déjà écrit et que je ne faisais que remplir ma part de l'histoire. Alors je me suis fermement cramponnée à ma valise, et tout ce que j'ai réussi à dire, c'est : « Je reviendrai. Je te le promets, bientôt, je reviendrai. »

J'ai dépassé quelques maisons avec mon bagage pour que Steve et elle ne me voient pas. Et puis j'ai fait demi-tour vers la plage. Était-ce la dernière fois que je marchais ? Le vent soufflait et il faisait froid. Annika ne m'avait pas dit avant mon arrivée à quel point il pouvait faire froid à Venice, même l'été. Je l'avais découvert par moi-même.

Avec le vent qui soufflait, les maisons donnant sur la plage avaient l'air chaleureuses et accueillantes. De l'extérieur, elles donnaient l'impression qu'il était si facile de vivre sur Terre, de se calfeutrer dans un nid chaud et douillet. Est-ce que les gens à l'intérieur ressentaient la même chose, une forme de soulagement d'être à l'abri des éléments ? Ou est-ce qu'ils oubliaient très vite le froid du dehors, considérant que la chaleur allait de soi ?

Je me suis assise sur les rochers pour attendre Theo. Regarder de nouveau ma valise m'a remplie de tristesse. Comment est-ce que j'allais pouvoir plonger et rester sous l'eau ? Qu'est-ce qu'il voulait dire quand il affirmait qu'il m'aiderait ? C'était dingue de me lancer totalement à l'aveuglette comme ça, mais j'avais l'impression de ne pas avoir le choix. Et puis, tout le monde se lançait à l'aveuglette, pas vrai ? Personne ne savait ce qui se passerait ensuite. J'espérais que ce serait paisible. Je ne cherchais qu'un peu de paix.

Quand Theo est arrivé à la nage, j'ai vu que la pleine lune planait bas sur l'océan, comme un gros œuf de poisson. Je ne l'avais pas remarquée avant qu'il surgisse, même si j'ignore comment j'avais pu la manquer. Comme il se hissait en rampant, sa queue claquant sur les rochers, j'ai eu l'impression de le voir à nouveau pour la première fois. Il ressemblait à un surfeur, ou non, pas un surfeur, juste une créature, peut-être un humain comme moi, mais plus beau que n'importe qui d'autre et en ce sens pas humain comme moi je l'étais. Quelle était la part de beauté que je projetais sur lui, et quelle part venait de la lune ? Et si ce n'était pas moi qui projetais cette beauté, et que ce n'était pas la lune, jusqu'où était-il réel, au-delà de la beauté ? Je me suis demandé s'il nous arrivait parfois de ne rien projeter. Nous croyons avoir grandi, ou avoir appris quelque chose, mais peut-être que ce n'est jamais qu'une nouvelle projection. Les pensées et les sentiments qui m'assaillaient sans cesse n'étaient-ils qu'un mécanisme pour échapper au néant, ou est-ce que c'étaient ces pensées et ces sentiments qui constituaient le néant ? Y avait-il une autre issue que de prendre la sortie ? Cela n'avait plus d'importance à présent.

Il m'a souri et j'ai eu l'impression qu'il me regardait devant l'autel. J'ai senti que j'avais plus que jamais le contrôle sur lui. Même si c'était moi qui renonçais à mon existence pour le rejoindre, le sacrifice semblait me donner du pouvoir. C'était le truc de la fille morte. C'était toujours la fille morte qui avait le pouvoir.

« Je ne savais pas si j'allais avoir besoin d'une valise, ai-je dit.

— Pas besoin. » Il avait une corde avec lui.

« Tu veux bien l'emporter quand même avec nous ? Pour que personne ne sache ce qui s'est passé ?

— Oui, je l'emporterai au fond. »

Une bouffée d'adrénaline a déferlé en moi. J'avais peur.

« Alors, comment ça marche ? ai-je demandé. J'ai toujours entendu dire que les humains ne peuvent pas se noyer tout seuls – qu'il faut s'attacher une pierre ou un truc comme ça. Apparemment le corps humain se bagarre toujours pour survivre, même si c'est débile. Qu'est-ce qu'on fait ? Tu m'attaches avec cette corde et tu m'entraînes sous la surface, jusqu'au fond ?

— C'est toi qui vas t'attacher, a-t-il répondu. C'est vrai, le corps humain se bat pour remonter à la surface, parfois même contre la volonté. »

J'ai remarqué qu'il avait dit « se battre pour remonter à la surface ». Il n'avait pas parlé de se battre pour survivre. Pas une seule fois il n'avait explicitement mentionné ma mort dans cette histoire. Il refusait toujours de le faire. Mais il ne m'avait pas contredite quand j'avais parlé de me noyer. J'ai trempé ma main dans l'eau glaciale. Mes doigts se sont engourdis presque immédiatement.

« Je ne peux pas t'aider à t'attacher, a-t-il repris. Je ne peux que te guider jusqu'au fond. Je ne lutterai jamais contre toi. Je ne tirerai jamais plus fort que tu ne le souhaites pour t'entraîner au fond. Autrefois, avec les autres, c'est comme ça que j'ai toujours fait. J'ai besoin de sentir que tu es là de ton propre gré.

— Les autres ? » ai-je demandé.

Je savais qu'il y en avait eu d'autres sur la terre ferme. Alexis dans le hangar à bateaux, et allez savoir qui encore ? Mais je n'étais pas au courant que d'autres avaient fait le plongeon. Ça m'a instantanément fait mal. Et puis je me suis sentie stupide. Pourquoi n'y avais-je pas pensé ? Je n'avais pas envie d'y penser. Il avait un tel désir pour moi, une envie si désespérée de me voir plonger. Il avait voulu tellement fort que je coule de ma propre volonté, c'est dire à quel point il était vulnérable et impuissant face à ses propres sentiments. Son besoin d'affection était si immense qu'il n'était pas capable de l'assumer. Il avait besoin que ce soit le mien. Mais cela ne signifiait pas que j'étais la seule. Je n'avais jamais envisagé que toutes celles qui m'avaient précédée pouvaient aussi se trouver au fond. À présent je frissonnais.

Qui était-il ? Un incube qui avait besoin d'être désiré par quantité de femmes ? Qui avait besoin que quantité de femmes meurent pour lui ? Combien de femmes ? Dans mon propre désir de me sentir choisie par cette créature sublime, je n'avais jamais pensé à demander si d'autres avaient sauté le pas avant moi. Il me paraissait impossible que son besoin d'être désiré soit plus vorace que le mien. Sexuellement, j'avais rencontré ce genre de besoin, chez les playboys et les connards. Mais leur désir était purement physique. Ils n'attendaient rien d'autre de moi que du sexe, et surtout pas de l'amour. Ils ne voulaient pas de ma vie. C'était moi qui la leur imposais. Et à présent voilà un homme qui avait besoin de mon amour et de ma vie. Mais mon amour et ma vie, et la vie de combien d'autres femmes ? J'ai ressenti un picotement dans les yeux. Je pleurais.

« Les autres ? »

Il a détourné le regard.

« Combien il y en a, Theo ?

— Quelques-unes, a-t-il répondu.

— Combien ? » ai-je insisté.

Il regardait ses mains, les yeux baissés.

« Combien il y a de cadavres là au fond ? »

Il a marqué une pause. Je voyais bien qu'il était en train d'essayer de décider s'il fallait mentir ou pas.

« Dis-moi la vérité, c'est tout, ai-je demandé.

— Dix-sept », a-t-il enfin répondu.

Alors il avait un harem. De quoi, je ne savais pas trop. Peut-être qu'il ne restait d'elles que leurs os, ou tout ce qui ne s'était pas décomposé dans l'eau salée. Je n'étais pas scientifique. Mais qu'elles soient vivantes ou mortes, de sable ou de chair, j'avais besoin de défendre ma singularité. Qu'est-ce que j'allais faire à présent ? J'ai soudain repensé à ce qu'avait dit Crin-Bec. *Peu importe ce dont il s'agit, tu n'es pas obligée de le faire.*

Mais j'étais obligée. Que faire d'autre ? Je n'allais pas rentrer à Phoenix pour me laisser dépérir dans mon appartement. Il n'y avait rien pour moi là-bas. Et je serais obligée de vivre consciemment chaque jour après l'autre, en me maudissant de ne pas m'être dissoute de la plus belle des façons quand j'en avais l'occasion. Brusquement, pourtant, cette dissolution paraissait moins belle. Elle ressemblait à une énorme erreur. S'il fallait que je meure pour lui, s'il fallait que je sois morte – et je savais en mon for intérieur qu'il fallait que je sois morte – je ne pouvais pas me contenter d'être une fille morte parmi tant d'autres. On ne vénère pas une fille morte parmi tant d'autres. Je voulais être la seule fille morte sinon rien.

« Je te déteste, putain », ai-je articulé froidement.

J'étais choquée que ces mots soient sortis de moi. J'ai immédiatement pensé à rectifier le tir, mais n'en ai rien fait.

« Lucy. »

Je l'ai regardé avec attention. M'aimait-il vraiment, ou est-ce que tout ça n'avait été qu'un jeu ?

En un sens, c'était les deux. C'était un jeu auquel il jouait avec lui-même, un jeu très sérieux, dans lequel j'avais tenu un rôle crucial. Theo avait espéré pouvoir combler le vide en lui, au moins pendant un petit moment. Puis, une fois qu'il m'aurait entraînée sous l'eau – une fois prouvé mon désir pour lui – il n'aurait plus eu besoin de moi. J'aurais commencé à me dissoudre dans ce vide et il aurait eu besoin de quelqu'un d'autre pour le remplir. Ce jeu-là, je le connaissais bien. Comme Claire, moi aussi je voulais un millier de bites. Est-ce qu'on ne voulait pas toutes un millier de bites, rattachées au corps de garçons morts pour nous, encore tièdes, pour venir combler nos orifices infinis ? C'était un véritable mode de vie, en fait, la quête de cette satiété. Et lui aussi jouait son existence là-dessus.

Je me suis demandé si c'était moi-même que je contemplais en lui. Étais-je aussi belle et froide que ça ? Ce qui m'avait toujours paru un excès d'appétit, un trop-plein de désir, n'était pas le problème. C'était ma peur d'avoir à éprouver ça qui me faisait du mal. Lui aussi avait peur. Ce désir naturel était plein de chaleur, merveilleux, même, mais la peur de Theo l'avait changé en une chose froide.

Ce n'était peut-être pas une si mauvaise chose d'avoir besoin, même quand on s'exposait au rejet. Annika avait besoin de moi à présent. Ça m'avait émue qu'elle ait pris le risque de le dire. Chez elle, cela ne paraissait ni faible ni répugnant, mais une qualité magnifique. Son besoin faisait ressortir un aspect de moi dont j'ignorais l'existence. Il avait le pouvoir de me transformer.

Je pouvais retourner à la maison sur la plage. Je pouvais y retourner et je pouvais y rester, elle me l'avait dit. En fait, non seulement elle voulait que je le fasse… mais elle avait besoin que je le fasse. Peut-être même que je pourrais terminer ma thèse à ma manière. L'université pouvait aller se faire foutre. Je pourrais trouver un véritable éditeur, au moins le bouquin ne serait pas une grosse daube.

« Ne reviens plus jamais sur cette plage, lui ai-je dit.

— Lucy…

— Tu m'entends ? Je ne veux plus jamais te revoir.

— Je suis tellement désolé, a-t-il dit.

— Désolé que je ne sois pas morte. »

Il était silencieux. On savait tous les deux que c'était une version simpliste de la situation. Mais il ne m'a pas contredite pour autant.

« Je t'aime vraiment, Lucy », a-t-il dit.

Je l'aimais aussi. Mais en même temps, qui savait ce qu'était l'amour, au juste ? Je n'avais toujours pas tout pigé. Je me suis souvenue de ce que le Dr Jude avait dit. *La question n'est pas qu'est-ce que l'amour, mais est-ce que c'est vraiment l'amour que je cherche ?*

« Je pensais seulement… je ne sais pas ce que je pensais, ai-je dit.

— Tu pensais qu'on valait mieux qu'un mythe parmi d'autres.

— Oui, ai-je dit. Je pensais que le fait que tu me choisisses me rendait exceptionnelle – assez pour l'emporter sur l'histoire.

— Tu es exceptionnelle, a-t-il répondu.

— Non, je ne le suis pas. Mais je ne veux pas faire partie de cette histoire. »

Il était plus pâle que jamais, comme si la pleine lune ou mon rejet avait drainé tout le sang de son visage. Il était beau et oui, je l'aimais, à ma manière parmi l'infinité de manières dont il était possible d'aimer. Je savais que j'allais souhaiter un millier de fois que les choses se soient terminées autrement. Mais je savais aussi, quelque part en moi, qu'il n'y avait pas de manière douce d'en finir. Ce genre de fin – la fin en douceur, pleine d'amour – m'aurait ramenée sur les rochers, puis au fond de l'océan, morte. Parmi les mortes.

« Adieu, ai-je dit.

— Lucy. »

Mais il savait que je ne viendrais pas. On savait tous les deux que c'était fini.

« Adieu », a-t-il dit.

Je l'ai regardé prendre appui sur les rochers et plonger dans l'océan. On aurait dit qu'il pénétrait dans un vagin géant, comme si une autre femme était déjà venue me l'enlever. Je me suis demandé s'il aurait toujours d'autres femmes, si c'était moi qu'il avait le plus aimée. Même si les autres n'étaient que des ossements dans la mer, même si elles n'étaient rien, elles s'étaient dissoutes pour lui. Elles étaient son rien.

Mais qu'est-ce que ça faisait de lui, dans ce cas ? Avait-il même jamais été quoi que ce soit ? Des créatures mythiques, il en naissait et il en mourait tout le temps. Elles venaient au monde quand on avait besoin d'elles et périssaient quand notre regard sur elles changeait. En ce sens, il n'avait rien de si extraordinaire. Combien d'autres créatures de ce genre étaient nées avant lui ? Combien étaient mortes quand une vision humaine, puissante mais en fin de compte fragile, avait été effacée par le temps et la poussière ? Il renaîtrait à la prochaine femme qui aurait besoin de lui. Il reviendrait pour combler un autre vide.

J'ai ramassé ma valise et retraversé la plage. Une rangée de palmiers bruissaient en chœur dans la brise, le long de la promenade.

« Putain de merde ! » ai-je lancé aux palmiers.

Je ne m'aimais toujours pas. Je ne savais pas si ça viendrait un jour, ni quand. Mais ça viendrait peut-être si je continuais à vivre.

« Désolée », ai-je ajouté.

Quand je suis rentrée dans la maison, Steve était dans la cuisine, encore en train de manger des céréales. Il m'a dévisagée d'un œil sceptique par-dessus ses lunettes de lecture. Le journal était devant lui, avec un gros titre qui annonçait : INCENDIES DANS LA VALLÉE.

« J'ai commis une erreur », ai-je dit.

Il a cligné de l'œil et continué à mâcher.

« Je ne vais pas partir tout de suite, finalement.

— Ah bon ? a-t-il demandé.

— Oui. »

Il était silencieux. Il s'est levé et a mis son bol dans l'évier.

« Essaie de ne pas saigner partout », a-t-il lâché, et il est monté en traînant les pieds.

Je me suis soudain rendu compte que je n'avais pas eu mes règles depuis un moment, pas depuis que Theo et moi avions mis du sang sur le sofa. Ça faisait au moins cinq semaines. C'était peut-être le début de la ménopause ? Est-ce que la ménopause commençait à trente-huit ans ?

Je n'ai pas pris la peine d'ouvrir ma valise, de me brosser les dents ou de me laver le visage. Je me suis déshabillée pour ne garder que ma culotte, sans soutien-gorge, et suis montée sur le sofa pour me pelotonner sous la couverture. C'était bizarre d'être là sans Dominic ni Theo. Pourquoi n'avaient-ils jamais pu coexister dans le même espace, Theo avec son amour fantasmatique et Dominic avec son amour si pur ? Theo avait tellement peur de Dominic, de la façon dont cet amour pur aurait pu lui faire du mal ou même l'éliminer. J'avais peur aussi, raison pour laquelle j'avais choisi de le tenir caché. J'avais espéré que le fantasme triompherait. Désormais, je n'avais plus ni l'un ni l'autre. Mais j'avais ma sœur.

En un sens, c'était assez agréable d'être seule. L'euphorie avait disparu, le silence avait disparu – ils appartenaient à Theo. À leur place, une partie du néant était clairement revenue. Mais je ne le voyais plus de la même façon, comme s'il riait avec moi, ou peut-être moi avec lui. C'était mon néant à moi, pour le meilleur et pour le pire. Dans ma tête, je l'ai traité d'enfoiré et j'ai éteint la lumière.

REMERCIEMENTS

Merci à Meredith Kaffel Simonoff, mon agente et ma sirène, pour y avoir cru depuis le début. Merci à mon éditrice, Alexis Washam, pour sa vision, et à Molly Stern, Liz Wetzel, Rachel Rokicki, Lindsay Sagnette, Roxanne Hiatt, Lisa Erickson, Jillian Buckley, Alex Larned, Rachel Willey, et tous les gens formidables de chez Hogarth. Merci aux filles passionnées de chez Bloomsbury UK: Alexis Kirschbaum, Philippa Cotton, Alexandra Pringle et Rachel Wilkie – j'ai de la chance de vous avoir. Merci à ma mafia hollywoodienne: Michelle Weiner et Olivia Blaustein chez CAA. Merci à Olive Uniacke et Erik Feig chez Lionsgate, et à Anne Carey pour sa capacité à rester (sur)réaliste. Merci à Libby Burton, dont les premières suggestions ont eu une importance vitale pour ce livre. Merci à mes éditeurs étrangers, et en particulier à Aylin Salzmann chez Ullstein! Merci à Amy Jones, Susanna Brisk, et Karah Preiss. Merci à mes parents de m'avoir éduquée. Merci à Pickle de m'avoir fait connaître l'affection d'un adorable (vilain !) chien. Tout mon amour et ma gratitude à Nicholas Poluhoff, sans qui – pour un tas de raisons – ce livre n'aurait jamais existé.

Cet ouvrage a été mis en pages
par IGS-CP à L'Isle-d'Espagnac (16)
Impression : CPI Firmin-Didot
Dépôt légal : mai 2021 – N° 2497 (163542)
Imprimé en France